La hojarasca
y otros 12 cuentos
Gabriel García Márquez

落葉《おちば》 他12篇

G・ガルシア＝マルケス
高見英一 桑名一博 井上義一 訳

Obras de García Márquez | 1947-1955
Shinchosha

落葉　他12篇●目次

Obras de García Márquez
1947-1955

Drawing by Silvia Bächli
03.2: without title, 2003, "LIDSCHLAG How It Looks", Lars Müller Publishers, 2004 through WATARI-UM
Design by Shinchosha Book Design Division

三度目の諦め

La tercera resignación, 1947

井上義一　訳

またあの音が鳴りだした。空から降ってくるような、冷たい、耳を刺すその音を彼はよく知っていた。だが、今度の音は耳が痛くなるほど鋭く、一夜にして聞き慣れぬものに変わったかのようだった。

その音に頭の中を掻き回されて、彼は脳が空になった。他の音が聞こえなくなり、ずきずきする痛みを感じた。頭蓋骨の中で蜂の巣をつっついたような痛みだった。痛みは切れ目のない螺旋《らせん》となって次第に広がり、脊髄を激しく震わせた。痛みは、彼の肉体の正常なリズムを狂わせた。健康な人間としての肉体的構造の中の何かが、彼から欠落したのだ。《昔》は正常に機能していた何かが、今、彼の頭の中をハンマーのように、激しく、容赦なく、叩きつづけていた。その衝撃は、肉のそげ落ちた、骨だけの手で打たれているようにも感じられた。痛みの中から、これまでの人生の苦々しい思い出が浮かびあがってきた。こぶしを握り締めて、青い血管が浮いて見えるこめかみを押さえつけたいという動物的衝動に駆られた。できることなら、ダイアモンドの角のような鋭さで痛みが襲ってくる一瞬を、敏感な両の掌《てのひら》でとらえたいとも思った。飼い猫のような動作で全身の筋肉を縮めた瞬間、彼は、自分が熱く燃える脳髄の片隅に追い込まれ、熱のために引き裂かれるのではないかと感じた。よし、もう少しで音が捕まえられそうだ。いや、やはりだめか。音の表皮はつるつるしていて、とても手でつかめそうにない。しかし彼は巧妙な戦術で音をとらえようと、力を振りしぼって、永久に確実な方法でそれを押さえ込もうと、覚悟を決めていた。二度とこの耳から入りこませたりはしない。この口からも、毛穴のひとつからも出入りさせたりはしない。また、目を開けて音の侵入を許し、それによって盲目にさせられ、ずたずたに引き裂かれた暗闇からその音が逃げ出していくのを見のがしたりはしない。この痛んだ水晶、氷の星を頭蓋骨の内壁に押しつけさせることはこれ以上許すまい、と考えていた。あの音は、子供の頭をコンクリートの壁に打ちつけるように、延々と彼を苛《さいな》んでいたのだった。音のもたらす痛みは、自然界の硬質な物体にぶつかったときの衝撃と同じであった。しかし、その音を捕まえ、閉じ込めてしまえさえすれば、もうこれ以上彼を苦しめることはできないはずだ。影をとらえて来て、さまざまに形を変える音に切りつけてやるのだ。そして、そいつをつかんで締めあげる。今こそ、徹底的にやらなければならない。石畳に力いっぱいたたきつけ、ぴくりとも動かなくなるまで、容赦なく踏みつけてやるのだ。その時こそ、気が狂うほど彼を苦しめてきたあの音に止《とど》めを刺したと、息をはずませて言えるだろう。音は完璧な死体として、そこらにころがっている他の物体と同じように、地面に横たわるだろう。

　だが、彼はこめかみを押さえることができなかった。彼の両腕は縮まっていて、今では小人のもののようだった。小さな腕には脂肪がつき、ぽってりと太っていた。彼は頭を動かそうとして、左右に振ってみた。その瞬間、音はさらに大きな衝撃を残して、頭蓋骨の内側を駆けめぐった。頭が硬く膨れあがり、より大きな重力がのしかかってきたように感じられた。音は重苦しく、硬質だった。あまりの重さと硬さに、それを捕まえて壊す時は、鉛の花の葉をむしり取るような手ごたえがするのではないかと思った。

彼は《以前》にもこれと同じくらい執拗な音を聞いたことがあった。それは彼が初めて死んだ日のことであり、死体を目の前にしてそれが自分の死体だと気づいたときのことだった。彼は死体を見て、手で触れてみた。だが、それは触れることのできないもの、空間にはないもの、そこには存在しないものに感じられた。彼はまぎれもなく死体であり、若いが病弱な自分の肉体に、死が訪れたのを感じていた。家中の空気がまるでセメントを詰めたように、固まっていた。部屋の真ん中の――そこには空気が柔らかかったときと同じように、いろいろなものが置かれていた――硬いセメントで作られているのに透明な棺《かん》の中に、彼は丁重に納められていた。その時もやはり、《あの音》が彼の頭の中で鳴っていた。足の裏はなんて遠くて、なんて冷たいのだろう、と彼は思った。柩《ひつぎ》が大きすぎたので身体に合わせるために、彼の足元には枕が置かれていた。死者には新しい衣装を着せなければならなかったので、彼は白い服を着せられ、首のまわりにはスカーフが巻かれた。死者の装束を身にまとった自分の姿の美しさに彼は感動した。冷たく感じられるほどに美しかった。

彼は棺に入れられ、埋葬の準備も整えられていたが、自分がまだ死んではいないことを知っていた。起きあがろうと思えば、簡単にできそうだった。少なくとも《頭の中では》そう思えた。だが、わざわざそんなことをするまでもない。このままここで死んでいくほうがよいだろう。彼のいわば宿痾《しゅくあ》であった《死》を迎えるのだ。ずっと前に、医者が母親にそっけない口調で言ったことがあった。「奥さん、息子さんは重態です。回復の見込みはほとんどありません。しかし」と医者は付け加えた。「死なないように、あらゆる手を尽くして、生命は維持しましょう。自動栄養摂取という複雑なシステムによって、内臓器官の働きはつづきます。運動機能、つまり自然な身体の動きが変わるだけなのです。これから先も、成長は正常につづくことは分かっています。《生きる屍》というわけですよ。本当の死とは……」

彼はその言葉を憶えていたが、記憶は曖昧《あいまい》だった。ひょっとすると耳で聞いたことではなく、腸チフスで高熱を発したときに、頭の中で作りだした話かも知れない。

譫妄《せんもう》状態に陥《おちい》ったときか、あるいは防腐処理をされたファラオの物語を読んでいたとき、ふと考えたことかも知れない。熱が高くなったときには、彼自身がその物語の主人公になったような気がしたのだった。その時から、彼の人生には空洞のようなものができはじめた。それ以来、どの事件が夢の中のことで、どれが現実の生活で起こったことか、区別したり思い出したりすることができなくなった。それで、彼は今も疑っていた。ひょっとすると、医者はあの奇妙な《生きる屍》の話などしなかったのではないだろうか。そんな言葉は非論理的で矛盾しているし、単純に考えてもつじつまが合わない。そう考えると、いま本当に自分が死んでいるのかも疑わしく思えてきた。十八年間も、自分は死んでいたのだろうか。

あの時——死んだとき、彼は七歳だった——、母親は緑色の木製の小さな柩を作るように注文した。それは子供用の柩だったが、医者はもっと大きな柩、つまり普通の大人用のものにするように指示した。というのは、小さな柩だと成長が妨《さまた》げられて、歪んだ死体、あるいは変形した生者になってしまうという理由からだった。また、成長を妨げると回復に気づかなくなる恐れもあった。その忠告に従って、母親は大人用の大きな柩を作らせた。そして、大きさを合わせるために、彼の足元に三個の枕を置いた。

やがて彼が成長し始めると、背丈の伸びに合わせて端の方の枕から、中に詰まった羊毛が抜き取られていった。こうして半生が過ぎ、彼は十八歳になった。（現在、彼は二十五歳である。）最終的な背丈は普通の大人と変わらなくなった。大工と医者は計算違いをして、五十センチほど長すぎる柩を作ってしまった。彼らはその子が父親ぐらいの身長になるだろうと考えたのだ。父親は未開人のような大男だった。しかし、彼はそれほど大きくはならなかった。彼が父親にただひとつ似ている点は、濃い顎ひげだった。柩の中で見苦しくないようにと、青々と生えた濃いひげを切りそろえてやるのが母親の習慣となった。暑苦しい日には、そのひげのために彼はいかつく見えた。

しかし、《その音》以上に、彼を悩ませたものがあった。鼠であった。子供のころは、鼠ほど気持ちが悪くて恐いものはなかった。彼の足元で燃えている蠟燭《ろうそく》の臭いを嗅ぎつけて、あの気味の悪い獣《けもの》どもが近寄ってきた。鼠は彼の服を嚙みちぎり、やがて彼の身体に食いついて、肉を食べることをおぼえた。ある日、彼は鼠たちの姿をはっきりと見ることができた。つやつやした毛並みのすばしこい五匹の鼠だった。そいつらは机の脚を伝って柩によじ登り、彼に嚙みついてくるのだった。母親が気づくころには、硬くて冷たい骨だけを残して、自分はなくなってしまうのではないだろうか、と彼は思った。だが正確に言えば、最も恐いのは鼠に食べられてしまうことではなかった。結局そうなっても、骸骨のままで生きつづけているかも知れないのだ。彼を苦しめたのは、その小動物に対して抱いていた幼いころからの恐怖感であった。身体中を這《は》いまわり、皮膚のひだに入り込み、冷たい足で唇に触れてくるその毛むくじゃらな獣のことを考えるだけで、彼は鳥肌が立った。その中の一匹は瞼《まぶた》にまで這い上ってきて、角膜に食いつこうとした。網膜に穴を開けようとして、必死になって格闘しているその鼠の姿は、ひどく大きな怪物のように見えた。その時、彼はもうひとつの死が訪れたのだと思い、迫ってきた眩暈《めまい》にすべてをあずけた。

彼は大人の年齢になったときのことも憶えていた。二十五歳になったときのことだが、つまりそれはもうこれ以上成長しないということを意味していた。彼の顔つきは毅然として、生まじめなものになったことだろう。しかし、気分のよいときでも、幼年期のことを語ることはできなかった。彼にはそのような時期がなかった。彼は死者としてその時期を過ごしたのだ。

彼の母親は、彼が幼年期から思春期にさしかかったころ、実にかいがいしく面倒をみてくれた。柩や部屋の衛生状態を完全にすることに心を配っていた。頻繁に花瓶の花を取り替え、新鮮な空気が入るように毎日窓を開いた。巻尺で背丈を測り、数センチも伸びていることを確かめたときの、あの目盛りを見ていたときの顔はいかにも満足そうだった。彼が生きているのを見ることに、母親としての喜びを感じていたのだった。同時にまた、自宅になるべく人が来ないように気をつけていた。結局のところ、わが家の一室に何年も死人が潜《ひそ》んでいるなどということは、不愉快で不気味なものにちがいない。母親は献身的な女性だった。しかし、彼女の楽天的な気質も、やがて疲れをみせ始めた。最近の数年は、悲しげに巻尺を眺める姿が目につくようになった。彼女の息子は成長しなくなったのだ。何カ月も前から、一ミリたりとも背丈は伸びることがなかった。母親は、最愛の死者の中に、生命の痕跡を見いだす方法がほとんど無くなったことを知ったのだった。ある朝、目覚めてみると、息子が《本当に》死んでいたというようなことになるのではないかと恐れていた。その日、母親がこっそりと柩に近づき、臭いを嗅いでいるのを彼が目撃したのは、おそらくそうした理由からだったのだろう。母親は気の抜けたような状態に陥っていた。

近ごろはろくに面倒を見ようともしないし、巻尺を持って来ようともしなかった。彼がもうこれ以上成長することがないのを知っていたのである。

彼自身も、自分が今や《本当に》死んでしまったことに気づいていた。動きつづけていた器官がひっそりと活動を停止したことから、彼はそれを悟った。全《すべ》てがまったく思いがけない時に変わってしまった。外からは聞き取れず、彼だけが感じることのできた鼓動も、今ではごくかすかなものになってしまった。彼は自分の身体がずっしりと重くなり、強力で容赦のない力によって、大地という原始的な物質の方へ引っ張られているように感じていた。重力は今、逆うことのできない力で彼を引きつけているように思われた。彼の身体は誰の目にも死体と映り、いかにも重そうだった。しかし、この状態にまでなると、彼はかえってほっとしていた。死を生きるために呼吸をする必要すらなくなったのである。

手を使わずに、ただ想像の中で、彼は身体のあちこちに触れてみた。硬い枕の上には、わずかに左に傾いた頭があった。想像の中の唇は、喉に詰められた氷片の刺すような冷たい感触のために、なかば開いていた。彼の身体は、二十五年の樹齢で切り倒された木のようだった。たぶん、口を閉じようとしたのだろう。首に巻かれたスカーフはゆるんでいた。だが彼には、それをきちんと締めなおして、品位のある死者に見えるように《ポーズ》を取ることさえできなかった。筋肉と四肢は、以前のように神経組織に促《うなが》されても、正確に反応することはなかった。彼はもうすでに、十八年前の思い通りに体を動かせる普通の子供ではなかったのだ。腕は柩の側面の詰めものに押しつけられ、すっかり萎《な》えて、永久に動きそうもなかった。腹は胡桃《くるみ》の木のように固くなっていた。さらに向こうの脚は健全に成長し、成人としての解剖学的構造を備えていた。横たわった彼の身体はいかにも重そうだったが、何物にも煩《わずら》わされず、安らかに眠っているように見えた。全世界の動きが突然止まり、その静寂を破るものは誰ひとりなく、大気の軽やかな静謐《せいひつ》を乱すまいとして地上の生物の肺がすべて呼吸をやめたかのような、安らかな眠りだった。彼は、青く濃く茂った草地に仰向けに横になり、午後の空を遠ざかっていく雲を眺めているときのような爽快感に包まれていた。自分がすでに死んでおり、レーヨンの布で覆《おお》われた柩の中に横たわっているのを知っていたけれど、彼は幸せだった。晴れ晴れとした気分だった。初めて死んだ際に、すっかり精気を失って、何も分からなくなったときとはまったく違っていた。彼のまわりに置かれた三カ月毎《ごと》に取り替えられている四本の蠟燭が、今、一番必要なときに燃え尽きようとしていた。朝、母親が生けてくれたみずみずしい菫《すみれ》の花の涼しげな香りを身近に感じた。白百合《しらゆり》や薔薇《ばら》の花の香りもした。しかし、そうした生々しい現実の中でも、不安に襲われることはなかった。逆に、そのような孤独の中に浸っていられるだけで幸せだった。これから後が恐くなるのだろうか。

そんなことは分からない。緑色の木の蓋に金槌《かなづち》で釘《くぎ》が打ち込まれ、柩が再び樹木に戻れるという希望にきしみを上げる瞬間のことは、考えてみるだけで辛かった。今、大地の強烈な力によって引っ張られている彼の身体は、やがてふわふわして湿っぽい粘土の地中に埋められ、四立方メートルほどの土の上の墓掘人の最後のシャベルの音も聞こえなくなるのだろう。だが、そうなっても恐れることなどない。それは死の延長であり、新しい状況の最も自然な成りゆきなのだ。

身体の温《ぬく》もりはすっかり失われ、骨は永久に凍《い》てつき、氷の星屑が骨髄に入り込んでくるだろう。そのような死者としての新たな生活にも、うまくなじむにちがいない。しかしいつかは、彼の固い骨も朽《く》ち果てるだろう。意識を呼び覚まし、四肢のひとつひとつを探ろうとしても、見つからなくなるだろう。一定の形が失われてしまったのを感じるときが来るのだ。二十五歳の完璧な肉体が完全に消滅し、幾何学的に定義のしようのない、形を持たぬひと握りの土になってしまったことを知り、諦《あきら》めざるを得なくなるだろう。

聖書に書いてあるように、死者は土くれとなるのだ。おそらくそのときは、かすかな郷愁を感じることだろう。それは、解剖学的に正常な死体ではなく、頭の中で思い描かれた抽象的な、近親者のおぼろな思い出のみを骨組みとした死体への郷愁に違いない。そして土くれとなった彼は、林檎《りんご》の樹の毛細管を伝って上昇し、秋の日の朝、腹をすかせた少年に嚙み砕かれる運命にあることを知るだろう。そのとき――彼にとって本当に悲しいことだが――彼はもはや普通の死者でも、ごくありふれた遺骸でもないこと、そして彼自身の一体性までもが失われたことを思い知らされるのだ。

最後の夜、彼はただ自身の遺体といっしょに、幸せに過ごした。

しかし次の日になって、開け放った窓から暖かな陽光が射し込んでくると、彼はその皮膚がたるんでいることに気がついた。しばらくの間彼は、冷静に、硬直したまま観察をつづけた。身体の上を風が吹き抜けていった。間違いない。《臭い》が漂い始めている。夜の間に腐敗菌が活動を開始したのだ。彼の器官は、全ての死体と同じように、崩れ、腐敗し始めたのだった。《臭い》は明らかに腐りかけた肉のそれであり、一瞬薄れたかと思うとすぐに、さらに強く漂った。彼の肉体は前夜の暑さでいたみ始めたのだった。確かに、彼は腐り始めていた。二、三時間もしないうちに、母親が花を替えにきて、ドアを開けたとたんに肉の腐臭に息を詰まらせるだろう。そうなれば、彼はここから運び出され、他の死者たちに混じって、二度目の死を眠ることになる。

ところがその時、突然、背中を殴りつけられたように恐怖が襲いかかってきた。恐怖！　この言葉は実に意味深い響きを持っていた。今、彼は恐怖を、真の《肉体的》恐怖を感じていた。なぜなのだろう。彼は恐怖というものを完全に理解し、身体を震わせたのだった。おそらく、彼はまだ死んではいなかったのだ。クッションが詰められた、柔らかくて極めて快適な柩に彼は入れられていたが、その柩の中で彼は現実への窓口が開かれるのを見たのだった。自分は生きたまま、埋葬されるのだ！

全てに気づいた今、死んだままではいられなかった。彼は自分のまわりを、生命がざわめきながら飛び回っているのを感じた。開け放った窓から漂ってくる*ヘリオトロープの香りに、別の《臭い》が混ざりあっていた。池に落ちる水のゆっくりとした音がはっきりと聞こえた。部屋の片隅では、まだ夜が明けていないと錯覚したコオロギが鳴きつづけていた。

これら全ては彼の死を否定していた。ただ《臭い》だけはそうではなかった。しかし、この臭いが自分のものだとどうして分かるのか。ひょっとすると、母親が前の日に花瓶の水を取り替えるのを忘れて、花の茎が腐り始めたのかも知れない。あるいはまた、彼の部屋に猫に引っ張り込まれた鼠が、暑さのせいで死んだのかも知れない。きっとそうだ。この《臭い》は自分の身体から出ているのではないのだ。

しばらく前まで、自分が死んだものだと信じきっていたので、彼は幸せだった。死者という、動かしようのない状況に置かれているので、幸せなはずだった。ところが生者というものは、すべてを諦めて、生きたままで地中に埋められるわけにはいかないのだ。それなのに四肢は動かそうとしても、全《まった》く反応しない。彼は自分自身を表現できず、そのことが彼の恐怖を一層つのらせた。生と死の最大の恐怖だった。まだ感覚が残ったまま、生き埋めにされるのだ。柩に釘を打ち込む音も聞こえるはずだ。友人たちの肩にかつがれる時には、肉体の空虚を感じ、葬送の行列が一歩一歩進むたびに苦しみと絶望を嚙みしめることだろう。

起き上がり、気が遠くなりそうになりながら叫び声を上げる。まだ生きているのだ、生き埋めになるのだ、と知らせようとして、柩を内側から叩こうとする。だが、どれも無駄なことだ。彼の四肢は、神経組織が必死になって最後の訴えをしても反応しないのだ。

彼は隣の部屋で物音がするのを聞いた。誰か眠っているのだろうか。それともこのすべてが、死者の生命が見ている悪夢なのだろうか。だが、食器の音はもう聞こえてこなくなった。彼は悲嘆に暮れ、おそらくは悲嘆に暮れている自分に腹を立てていた。できることなら、地上の食器の一切がその一撃によって砕け散ればいい、と彼は願った。彼の意図がことごとく不可能となったからには、せめてそうすることで、外部の注意を引きつけたいと思った。

しかし、そうはならなかった。夢を見ていたのではなかった。夢ならば、現実に戻りたいという最後の願いがかなえられないはずはなかった。さらにこれ以上、目覚めることなどできないのだった。彼は柩の柔らかさを感じていた。《臭い》が一段と強くなったようだった。あまりにも強烈で、自分の臭いとは信じられないほどだった。肉体が崩れ始め、その光景が見る者に吐き気をもよおさせるようになる前に、親戚の人々の顔を見ておきたいと彼は思った。近所の人々は柩を見て驚き、口にハンカチをあてて、逃げ出すことだろう。唾を吐くかも知れない。いやだ。そんなのはいやだ。このまま埋められる方がまだましだ。できるだけ早く《この状態》から抜け出したい。今や、彼は自分の死体が朽ち果てることを願っていた。もう、自分が本当に死んでいることを知っていた。少なくとも、生きている証拠はなにもなかった。生も死も同じことだった。いずれにせよ《臭い》は残るのだ。

最後の祈りを聞くことになるのだと、彼は諦めた。侍者たちは下手《へた》なラテン語で不揃いな祈りを唱えるだろう。土くれと骨だらけの墓地の寒さは、彼の骨にまで染み込んで、《臭い》をいくらかまぎらわせてくれるだろう。ひょっとすると——そんなことは誰にも分からないが——いよいよの時になったら、この昏睡状態から抜け出せるかも知れない。この世に生まれてくる前に母親の子宮の中で泳いでいた時のように、ねばっこい濃厚な汗にまみれて泳いでいるときに、抜け出ることができるかも知れない。そしてその時、彼は生き返ることだろう。

しかし、すでに死を観念して受け入れてしまった彼は、おそらくはその諦め故に死んでいくかもしれない。

エバは猫の中に

Eva está dentro de su gato, 1947

井上義一　訳

まるで腫瘍か癌のようにうずいていた彼女の美貌は、気がつくと、すっかり消え失せていた。彼女は美貌という特権の重みを、いまだに憶えていた。それは少女の頃には身体に重くのしかかっていたものだったが、抗《あらが》いようのない衰えを見せはじめ、瀕死《ひんし》の動物の最後の悶《もだ》えのような身ぶりをちらと見せて、——いずこへともなく——消えていったのだった。彼女は、もうこれ以上、重みに耐えきれないところまできていた。人格の一部となっているあの無用の形容辞を、あまりに目立ちすぎるために余分なものとなっていたあの固有名詞のかけらを、彼女はどこかに捨てなければならなかった。確かにそうだった。道の曲がり角か、町はずれの片隅に、捨てなければならなかったのだ。あるいは、着古したコートのように、二流のレストランのクローゼットに置き忘れてきてもよかった。皆の注目の的になり、男たちからじろじろ見つめられて暮らすことに、彼女はうんざりしていた。夜になると、まるで瞼《まぶた》がピンで留められたかのように、まんじりともできなかったが、そんな時は、たいして魅力のない平凡な女だったら、どんなによかったかと考えた。部屋に閉じ籠っていると、すべてのものが自分に敵意を抱いているように感じられた。絶望感に襲われると、不眠が皮膚の下や頭の中に広がり、やがてそれが内部から熱を放ち、毛根に噴き出してくるような気分だった。血管の中に小さな、熱を放つ虫が棲《す》みついているような感じだった。毎日夜明けが近づく頃になると、虫けらは目をさまし、すばしこい脚を使って、彼女の皮膚の下を、彼女の肉体の美しさが実を結ぶその泥の塊《かたまり》の中を掻きむしるようにはい回るのだった。その忌まわしい虫けらを追い出そうとしてもがいたが、無駄だった。彼女には追い出せなかった。虫けらはすでに彼女の身体の一部になっていたのだ。虫けらは、彼女の父親の心臓に入り込んだときから、そこに生き、棲みついていたのだ。彼女の父親は絶望的な孤独の夜の闇の中でそれらの虫けらを養っていたのだ。あるいはひょっとして、この世の始めから、母親と彼女を結び付けていた臍《へそ》の緒《お》を通って、血管の中に入り込んでいたのかも知れない。いずれにせよ、彼女の身体の中で自然に発生したのでないことだけはまちがいない。彼女は、虫けらが先祖から受け継がれたものであることを知っていた。彼女と同じ姓を持つものは、誰もが虫に悩まされ、夜明けまで不眠に苦しみながら、彼女と同じ苦痛に耐えなければならないのだった。先祖の人々は、苦しげに顔をゆがめたり、深い悲しみの表情を浮かべているが、それはすべてあの虫のせいだった。すでにこの世にはいない先祖の人々が、古い肖像画の中から、同じ苦しみの犠牲になっているものたちを眺めているのだ。彼女は曾祖母の不安に満ちた表情を、はっきりと憶えていた。古い肖像画の中の曾祖母の顔は、血管に潜み、自分を苛《さいな》むと同時に、無慈悲にも自分を美しく見せている虫けらに向かって、一分でいいから憩《いこ》いがほしい、一秒でいいから平安がほしいと、哀願しているようだった。だが、虫は彼女の中で生まれたのではない。それらの虫はいくつもの世代を経てきたもので、小さな鎧《よろい》に身を固めて、忌まわしく選ばれた一族の名誉を保持してきたのだ。それらの虫は、最初に美しい娘を生んだ母親の腹の中で、発生したものだが、一刻も早くこの遺伝の鎖《くさり》を断ち切る必要があった。誰かがこのいわば不自然な美貌を代々子孫に伝えることをやめなければならないのだ。虫けらが夜の間、幾世紀にもわたってたゆみなくゆっくりと、着実に仕事を成し遂げていくのだとすれば、一族の女たちが自分の美貌にうっとりして鏡台の前を立ち去るときの喜びなどなんの意味もありはすまい。それはもはや美貌ではなく、疾病《しっぺい》であった。進行をくいとめ、病根をすべて除去しなければならない病気だった。

彼女は、焼けた針をばらまいたようなベッドに横たわって過ごした、あの果てしなくつづく時間のことはよく憶えていた。そんな夜、彼女は、朝が来れば、虫たちも責め苛むのをやめるだろうと考え、できることなら後ろから手で押してでも、時間の流れを早めたいと思ったものだった。美しさなど、なんの役に立つのだろう？　彼女は毎夜、絶望に襲われながら考えた、平凡な女か、いっそのこと男だったら、どんなによかったことか、と。自分の寿命を縮めるような虫けらから与えられた美貌など、まったく無意味なものにすぎまい。彼女には、犬みたいな名前のチェコスロヴァキア娘の友だち*がいたが、あの娘のように野暮ったくて無器量だったら、幸せになれたのではないかとさえ思った。醜い女に生まれていれば、普通の人と同じように、安らかな夢を見ることができたのではないかと考えたのだ。

彼女は先祖を呪った。眠れないのは、先祖のせいなのだ。先祖の人々は、まったく変わらぬ美貌を、そっくりそのまま伝えてきたのだ。それはまるで、母親が亡くなると、その首を残しておいて、娘の胴体に据《す》えつけたとでもいうような似方だった。同じ耳、同じ鼻、同じ口、同じ鈍い頭脳を持ったひとつの同じ頭が、女たちによって次から次へと引き継がれ、彼女らはその悲しい美の遺産をしかたなく受け取ってきたのだ。そのようにして頭が引き継がれると同時に、あの微小な虫たちも伝え継がれ、世代を重ねるうちに力をつけていき、やがて個性や強靭《きょうじん》さを獲得し、ついには手に負えない不治の病のようなものになってしまったのであった。複雑な淘汰《とうた》の過程を経て彼女の世代に到達したときには、それは苦痛そのものであり、耐えがたい存在になっていた……まさに、腫瘍、あるいは癌と化していたのである。

不眠に苦しむ彼女の繊細な心に、いろいろ不愉快な事柄が思い出された。そうした不快な記憶のひとつひとつが、培養液の中で育つ微生物のようにしだいに大きくなって、彼女の感情の世界を形成するようになった。そのような夜、彼女は驚いたように目を大きく見開いて、溶けた鉛のように頭に重くのしかかってくる暗闇にじっと耐えていた。周《まわ》りにある物はすべて眠っていた。彼女は、部屋の片隅で悪夢のような記憶を紛《まぎ》らせようとして、幼い頃の思い出をたぐり寄せていた。

しかし、そんなふうに思い出をたどっていると、いつも最後には未知のものに対する恐怖に行き着いた。彼女の思いは、家の中の薄暗い片隅をさまよったあげく、恐怖と正面から向かい合うことになる。そして戦いが始まるのだ。三つの手ごわい敵を相手の本物の戦いであった。頭の中から恐怖をぬぐい去ることはどうしてもできなかった。喉《のど》を絞《し》めつけるような恐怖に、じっと耐えていなければならなかった。こうしたことはすべて、他の世界から孤立したあの古めかしい屋敷に住んで、その片隅で眠っているせいで生じたことだった。

彼女の思いはいつも薄暗いじめじめした廊下の方へさまよい出て、そこに掛けられた肖像画の上の、クモの巣や乾いた埃《ほこり》を払っていった。廊下の上部には先祖の遺骨が置いてあり、それが細かく砕けて、ふわふわした気味の悪い埃になって降ってくるのであった。すると、彼女はきまって《あの子》のことを思い出した。中庭のオレンジの木のそばの草の下で、夢遊病者のように湿った土を口いっぱいに詰め込んでいる《あの子》の姿を想像してみた。粘土の穴の底で、背中を削るような寒さから逃れようとして、爪と歯で上に向かって土を掘っている姿が目に見えるような気がした。《あの子》はカタツムリといっしょに埋められた小さな穴の中で、中庭に抜ける出口を探しているのだ。冬になると、雨に濡れて、泥まみれの《あの子》が、かすかな泣き声を上げているのが聞こえてきた。彼女は指一本欠けていない《あの子》の姿を想像していた。それは、五年前に水のたまっている穴に投げ込まれた時と同じ姿だった。身体が腐ってしまったとは、どうしても考えられなかった。それどころか、このうえなく美しい姿でどろりとした水の上を漂《ただよ》い、終わりのない旅をつづけているにちがいない。あるいは、まだ生きていて、ひとりぼっちで薄暗い中庭に埋められて、脅《おび》えているかも知れない、とも思った。彼女は、家に近すぎるので、オレンジの木の下に《あの子》を埋めるのには反対だった。《あの子》が恐かったのである。不眠に苦しむ夜など、《あの子》はきっとそれを見抜いてしまうに違いないと彼女は思った。広い回廊を通って屋敷に戻ってきて、いっしょに来てくれとか、スミレの根を食い荒らしている虫から守ってほしい、と頼んでくるかも知れない。生きていたときのように、いっしょに横で眠りたい、と言いだすかも知れない。いったん死の壁を越えて行ったものが戻ってきて、再び身近にいるなどとは、考えただけで気味が悪かった。《あの子》はいつも氷を溶かそうとして手を握り締めていたけれど、その手を奪うのも怖かった。泥の上に倒れた恐怖の彫像のように、硬直してセメントと化した姿を見て以来、彼女は夜になっても二度と思い出すことのないように、《あの子》をどこか遠くへ運び去ってほしいと考えていた。なのに《あの子》はそこに埋められ、泥にまみれながら黙々と、ミミズだらけの土から血液に養分を吸い上げているのだ。そして彼女は、いやいやながらも《あの子》が暗闇の奥から戻ってくるのを、見ざるを得ない状況に置かれていた。というのも、いつものように不眠に苦しんでいると、きまって《あの子》のことを考えはじめてしまうからだった。《あの子》は不条理な死の世界から抜け出す手助けをしてほしいと、土の中から呼びかけているのにちがいなかった。

しかし、今や彼女は新しい生の段階を迎えていた。それは空間が存在せず、時間の流れだけがある生だった。彼女は以前よりも落ち着きを取り戻していた。自分の世界の外側では、すべてが以前と同じリズムで進行していることに、彼女は気づいていた。また、夜明けの薄闇に包まれた彼女の部屋の中で、身の回りの品々や家具、それに十三冊の愛読書までもが、いつもの場所に置かれていることも承知していた。今はもう誰も寝ていないベッドから、彼女の身体の残り香《が》が漂い、ひとりの女がそこからいなくなったことを際立たせていた。しかし、どうして《そんなこと》になったのだろう？　体内に虫が棲みつき、夜毎恐怖に苦しめられていた美貌の彼女が、果てしない悪夢のような不眠を振り捨てて、空間的広がりがすべて排除された、奇妙な、未知の世界に入り込んだのは、どうしてだろう？　彼女は思い出した。その夜――彼女が新しい世界に移行した夜――はいつもより寒く、彼女はひとり家の中で、不眠に悩まされていた。静寂を破るものは誰ひとりなく、庭からは恐怖の匂いが立ち昇っていた。身体から汗が吹き出したが、彼女には、それがまるで血管から血があふれ出て、いっしょに虫が飛び出してくるかのように感じられた。誰かがおもてを通りかかり、大声をあげ、淀《よど》んだ空気を揺り動かしてくれないだろうか、と彼女は待っていた。自然の中の一部でも動いてほしい、地球が再び太陽の回りを巡ってほしい、と彼女は祈った。だが、彼女の祈りは空しかった。耳の下の枕に深々と頭をうずめて、愚かな人間たちは眠りつづけ、目をさましそうな気配はまったくなかった。彼女もやはり身動きひとつしなかった。部屋の壁は、塗り立てのペンキの臭いを発散していた。その重たく、濃い臭いは、鼻よりも胃を刺激した。テーブルの上に置いてあるたったひとつの時計が、やがては壊れる機械仕掛けを駆使して、静寂の中の時を刻んでいた。《時間……ああ、時間が！》と、死を思いながら、彼女は溜息をもらした。中庭のオレンジの木の下では、別の世界から、《あの子》がかすかな泣き声をあげつづけていた。

　彼女はあらゆる祈りを唱えてみた。どうしてあの時、夜明けが訪れなかったのだろう？　どうしてあの時、ひと思いに死ねなかったのだろう？　彼女は、美貌がこれほどの重荷になろうとは思ってもみなかった。あの時も——いつもと同じように——美貌は恐怖以上の苦痛の種だった。そして、その恐怖の下では、あの虫たちが容赦なく、彼女を責めたてていたのであった。死は、猛烈な勢いで獲物に噛みつきそれを倒すクモのように、彼女の命を絞《し》めあげていた。だが、最期《さいご》の時はなかなか訪れなかった。男たちが獣のように神経を高ぶらせ、痴態を見せながら握りしめた彼女の手は、恐怖のために麻痺して動かなかった。その恐怖は、古い屋敷にひとりぼっちでとり残されたということ以外には、なんの原因もなく、彼女の心の奥底から生じた説明のできないものであった。彼女は手を動かそうとしたができなかった。恐怖が彼女の全身を包み込み、ずっしりと重たく淀み、したたかな手ごたえを感じさせた。それはまるで、目に見えない人物が部屋に居座って、一歩も出ていかないぞと言い張っているようであった。そして彼女を最も不安に駆り立てたのは、その恐怖がなんの理由も根拠もない、唯一無二のむきだしのものだったということであった。

唾液が舌の上でねばついていた。歯の間にからんだねばっこいゴムのような唾は、上顎《うわあご》に張りつき、やがて止めどなく流れだした。彼女は喉の渇きとはちがう欲求を感じていた。それは今までに一度も経験したことのない、激しい欲求だった。しばらくの間、彼女は美貌のことも、不眠のことも、原因不明の恐怖のことも忘れてしまった。彼女は自分自身を忘れ去ったのであった。一瞬、あの虫たちが身体から抜け出したのではないかと考えた。虫たちが唾液といっしょに、流れ出たのではないかと思った。もしそうなら、こんな好都合なことはない。虫が出ていってくれたならば、ゆっくりと眠ることができる。だが、舌をしびれさせている樹脂のような唾を溶かす方法を考えなければならない。食料庫まで行けたら、そうすれば……ふと頭に浮かんだ自分の思い付きに彼女はびっくりした。今までに一度も《そういう欲求》を感じたことはなかった。酸っぱいものがほしいと思ったとたん、気が緩《ゆる》んで、《あの子》を埋葬した日から何年間も厳格に守り通してきた規律を忘れてしまったのだ。ばかげたことだったが、彼女はオレンジを食べようとすると、吐き気を催すのであった。オレンジの花のところまで《あの子》は登ってきていて、次の秋に実る果実には《あの子》の肉がいっぱいに詰まり、《あの子》の死のせいで実はひんやりと冷たいだろう、と彼女は思い込んでいた。だめだわ。オレンジなんて絶対に食べられない。世界中のオレンジの木の下には、子どもがひとりずつ埋められていて、その子の骨の灰分《かいぶん》が実を甘くしているのだと、彼女は信じていた。しかし今は、どうしてもオレンジを食べなければならなかった。喉につかえているゴムの塊《かたまり》のようなものを取り除くには、それしか方法がないのだ。《あの子》がオレンジの実の中にいるなんて考えるのは、ばかげたことよ。美貌のせいで生じる痛みも薄らいでいるから、この間に食料庫に行ってはどうかしら。でも……何かおかしくはないかしら？　オレンジを食べたいと本当に思ったのは、彼女の生涯でこれが初めてだった。彼女は心から喜んでいた。オレンジを食べるだなんて、本当にすてきね！　どうしてだかは分からないが、今までにこれほど強い欲求を覚えたことはなかった。彼女はもう一度、普通の女に戻ったという幸せな気持ちでベッドから起き上がり、楽しそうに歌をうたいながら、食料庫の方へ行こうとしていた。新しく生まれ変わった女にふさわしい、たのしげな歌を口ずさんでいた。そうだわ、中庭にも行って、それから……

彼女の記憶はここでふっつりと途切れた。ベッドから起き上がろうとしたところまでは憶えていたが、そのとたんベッドの中の身体が消え失せてしまった。同時に十三冊の愛読書も消え去り、彼女はもはや彼女ではなくなっていた。肉体を失った彼女は小さな形のない点となって、絶対の虚無の上をふわふわとあてどなく漂っていった。彼女はすっかり混乱してしまって、何が起こったのか分からなかった。高い崖の上から空中に放り出されたような感じがしただけだった。彼女は、自分が抽象的な、想像上の存在に変わってしまったように思った。自分が、純粋な魂の住む、はるか上空の未知の世界に入り込んだ、肉体を持たぬ女になったように感じた。

再び恐怖が戻ってきた。だが、その恐怖は以前のものとは異なっていた。今はもう《あの子》の泣き声は、恐くなかった。恐かったのは新しい世界の驚異的なもの、神秘的なもの、そして未知なるものであった。そして、そうしたことの全てが、彼女の無邪気さによってなにげなしに引き起こされたのだと考えると、大きな驚きであった。母が戻ってきて何が起こったかを知ったら、どう言えばいいのかしら？　部屋のドアを開けるとベッドは空っぽで、鍵には手を触れた形跡がなく、誰も出入りできないはずなのに本人がいないと分かったら、近所では大騒ぎになるだろうと、彼女は考えた。母親はどんな表情を浮かべて悲しむだろうかと想像してみた。《あの娘はいったい、どうなったんでしょう》とつぶやき、あれこれ推測しながら、部屋の中を隈《くま》なく探し回るに違いない。その光景が彼女の目にありありと浮かんで見えた。近所の人々が駆けつけて、どこへ行ってしまったのかと、いろいろな臆測を――なかには意地の悪い見方もある――述べることだろう。そしてそれぞれの人間が、自分流に勝手なことを考えだすのだ。母親が絶望のあまり娘の名を呼びながら屋敷の廊下を歩き回るとき、近所の人々は少なくとも自分にとって最も受け入れやすい、辻褄《つじつま》の合った説明をでっち上げることだろう。

その時には彼女もその場にいて、一部始終を目撃することができるだろう。空間から解放されて肉体を持たないのだから、部屋の片隅、天井、壁の隙間など、どこからでも好きなところから眺められるはずだ。だがそこまで考えたとき、急に不安に襲われた。自分のまちがいに気づいたのである。今の彼女には説明をしたり、何かを明らかにしたり、誰かを慰めたりすることはできなかった。誰にも自分の変容を伝えることができないのだった。今こそそれが必要だというのに、彼女には口も腕もなく、三次元の世界からとほうもない距離をへだてた片隅に自分がいることを、彼女は誰にも伝えられないのだ。新しい生に踏み込んだ彼女は、孤立していて、人々の感覚に訴えるすべをまったく失っていた。しかし、彼女の内部では、何かがたえず震えていた。その震えは彼女の内部に隈なく広がり、彼女の世界の外側で動きつづけているもうひとつの物理的世界のことを教えた。彼女は耳も聞こえず、目も見えなかったが、別世界の音や映像を知ることができた。より高い世界から、自分を取り巻いている不安げな雰囲気を感じとることもできた。

新しい世界へ移行してから、わずか一秒――われわれの世界の時間で言えば――ほどしかたっていなかったので、彼女はその世界の様式や特徴をようやく理解しはじめたところだった。彼女の周《まわ》りでは、絶対的、根源的な闇が巡っていた。この闇はいったいいつまでつづくのだろう？この闇に永遠に慣れなければならないのだろうか？　自分が謎に満ちた深い霧の中に閉ざされているのだと分かると、彼女の苦しみはさらに大きくなった。ここは、地獄の辺土ではないだろうか？　彼女は身震いをした。地獄の辺土についてかつて聞いた話を思い出した。もしここがそうだとするなら、洗礼を受けずに亡くなった子供たちの純粋な霊魂が、千年間も死にきれずに、周りを漂っているはずだ。自分よりもはるかに純粋で、はるかに素朴なそれらの魂が近くにいるのではないかと、彼女は闇の中を探ってみた。霊魂は物理的世界から完全に孤立して、夢遊病者のように永遠にさまようことを定められていた。たぶん《あの子》も自分の肉体に戻ろうとして、出口を探しつづけていることだろう。

だが、それにしては変だ。どうして自分が地獄の辺土などにいなくてはならないのだろう？ひょっとして、もう死んでしまったのだろうか？　いや、そんなはずはない。単に状態が変化しただけなのだ。物理的な世界から、空間がすべて排除された、より単純な世界にごくあたりまえに移行したにすぎないのだ。

今では、皮膚の下の虫に悩まされることもなかった。美貌はすっかり消え失せていた。前よりもずっと単純な状況に置かれた彼女は、幸せになれるはずだった。けれども……最大の欲求、オレンジを食べたいという欲求を満たせないので、いくらかの不満が残っていた。以前の生についてよかったと思えるのは、ただそのことだけだった。新しい生に移行しても、酸っぱいものが食べたいという欲求が残るのだったら、それを満たすために以前の生に留まっていたほうがよかったかも知れないとも思った。食料庫へ行って、オレンジの爽《さわ》やかな酸っぱい香りだけでも嗅ごうと考えた。その時、彼女はその世界のもうひとつの特徴に気づいた。彼女は屋敷の中のあらゆるところに存在していたのであった。中庭にも、天井にも、《あの子》のいるオレンジの木の下にも、彼女は遍在していた。はるかかなたの物理的世界のいたるところに彼女は存在したが、それは見方を変えれば、どこにも存在しないということでもあった。彼女は再び不安に襲われた。もう自分自身をコントロールすることができないのだ。彼女は、自分を超えた大きな意志の力に支配された、意味もなければ、なんの役にも立たない存在になってしまったのであった。なぜだかよく分からないが、彼女は悲しい気持ちになった。軽率にも捨て去った自分の美貌を、懐かしく思いはじめていた。

しかしその時、ある考えがひらめいて、彼女は気を取り直した。純粋な霊魂はどんな肉体にも思いのままに乗り移れると、誰かが言っていたのではなかったかしら？　ともかく、これは一度試してみる価値があるわ。彼女は誰に乗り移ろうかと、屋敷に住む人のことをひとりひとり思い出していった。これがうまくいけば、オレンジを食べるという欲求を満たすことができるのだ。彼女は記憶をたどった。この時刻には、使用人は屋敷にはいない。母親はまだ戻ってきていなかった。しかし、オレンジを食べたいという欲求と、別の人間の身体に乗り移ることへの好奇心が結びついて、彼女は一刻も待っていられない気持ちであった。だが、肝心の乗り移る相手がいなかった。屋敷に人がいないというのは、彼女にもどうしようもなかった。外部の世界から孤立し、オレンジも食べられないまま、空間のない世界に永遠に生きつづけなければならないなんて、とんでもないことだ。苦しみをもたらしていたあの美貌に、あと何年か耐えていたほうがよほどましだったかも知れない。まるで傷ついた獣《けもの》のように無力な存在となって、地上から永遠に姿を消したのは、間違いだったのかも知れない。だが、すべては手遅れだった。

彼女はすっかり気落ちして、宇宙のはるか遠いところ、地上での過去の欲求のすべてを忘れられるような場所に引きこもろうと思った。しかし、突然何かが彼女を思いとどまらせた。未知の世界の中で、明るい未来が開かれたような気がしたのだった。そうだ、家には猫がいたはずだ。あれなら乗り移ることができる。だが、ためらいもあった。動物の姿で生きていくのは、やはり気が進まなかった。でも、彼女は白いつややかな毛並みに包まれ、筋肉にすばらしい跳躍力を秘めることになるはずだ。夜の闇の中でその眼は、緑色のふたつの熾火《おきび》のようにらんらんと輝くことだろう。心から猫になりきって、真っ白な鋭い歯をむき出し、母親に向かってゆったりと楽しげに笑ってみせることもできるにちがいない。でも、やはり……猫にはなれないわ。彼女は猫に乗り移った自分の姿を想像してみた。四本の脚をぎこちなく動かして、屋敷の廊下を歩き回る姿や、意志とは関わりなく不規則にしっぽが動く様子を思い浮かべてみた。そのきらきらと輝く緑色の眼には、人生はどのように見えるのだろう？　夜になると、あお向いて夜露を飲む《あの子》の顔の上に月の光のセメントが落ちてこないように、空に向かって鳴き立てるにちがいない。たぶん猫になっても恐怖は感じるだろう。肉食獣の口では、結局、オレンジは食べられないかも知れない。いろいろなことを考えていると、心の底に冷気が生じて身体を震わせた。だめだわ。猫になんか乗り移ることはできない。いつかそのうちに、口や喉、それに全身の器官が、ネズミを食べたいと感じるようになるのではないかと、彼女は恐れた。彼女の霊魂が猫の身体に住みつけば、オレンジではなく、ネズミを食べたいという、考えただけでも吐き気を催《もよお》す欲求を感じるようになるだろう。ネズミを追いかけ回したあげく、それを口にくわえているところを想像すると、彼女は身震いがした。巣穴に逃げ込もうとして、最後のあがきをつづけるネズミの姿が思い浮かんだ。いやだわ。それだけはごめんだわ。そんなことになるくらいなら、純粋な霊魂として、この不思議な世界の果てに、永遠に留まっていたほうがましだ。

しかし、人から忘れられて永遠に生きつづけるのは辛いことだった。どうしてもネズミが食べたくなるのかしら？　猫に乗り移った場合、女と猫のどちらがそれを支配するの？　動物の身体に備わった原始的な本能が支配するのかしら？　それとも、女の純粋な意志のほうが強いかも知れない。答はもう明らかだった。恐がることなど何もなかった。猫に乗り移って、好きなオレンジを食べればいいのだ。美貌の女性の知性を備えた猫という、不思議な存在になればいいのだ。そうすれば、また皆が注目してくれる……彼女はそのとき初めて、物質を超越した存在になった今も、自分のあらゆる美質を集めてもおよばないほどの、強い虚栄心にとらわれていることが分かった。

昆虫が触角で探るように、彼女はエネルギーを集中して家中猫を捜した。この時刻には、ストーヴのそばで居眠りをしていて、しばらくすれば口にカノコソウ*をくわえて起き出してくるはずだった。だが、そこにはいなかった。もう一度捜したが、今度はストーヴも見つからなくなった。台所は様子が変わっていた。家の隅々も違っていた。薄暗いクモの巣だらけの場所はどこにもなかった。猫はどこにもいなかった。屋根の木の上、溝の中、ベッドの下、食料庫などを捜したが、どこも以前とはすっかり変わっていた。もう一度、先祖の肖像画が見られると思っていたところには、砒素《ひそ》の入ったフラスコがひとつ置いてあった。それからは家の中のいたるところで砒素が見つかったが、猫は見つからなかった。家の中は以前とはすっかり変わっていた。身の回りの品はどうなったのだろう？　十三冊の愛読書はどうしてこんなに厚い砒素の膜で覆われているのだろう？　彼女は中庭のオレンジの木を思い出した。それを捜して、水のたまった穴の中にいる《あの子》にもう一度会おうと思った。しかし、オレンジの木はもうその場所にはなく、《あの子》もコンクリートの重い台座の下で、ひと握りの砒素と灰に変わっていた。今や完全な眠りについていたのであった。なにもかもが様変わりしていた。家中が薬局の奥のような、鼻をつく砒素の臭いを発散していた。

彼女はその時になってはじめて、最初にオレンジが食べたいと思った日から、すでに三千年の歳月が過ぎ去っていることに気がついた。

死の向こう側

La otra costilla de la muerte, 1948

井上義一　訳

なぜだか分からないが、目を覚ましたとき彼はひどく脅《おび》えていた。スミレの花とホルムアルデヒド*の強烈な匂いの混ざり合った空気が隣の部屋から流れ込んで、明け方の庭から漂ってくる開いたばかりの花の香りの中に融《と》け込んだ。彼は眠っていた間に消耗した力を取り戻し、落ち着こうとした。もう夜が明けるはずだ。野菜の実る畑の中を流れる小川の音が聞こえ、開いた窓から見える空は青々としていた。彼は薄暗い部屋の中を眺めまわし、突然目覚めたわけを自分に納得させようとした。眠っている間に、誰かが部屋に入ってきたような気がした。よく調べれば、その物的証拠が見つかるかも知れない。だが、部屋にいるのは彼ひとりであり、ドアは内側から鍵がかかっていて、闖入《ちんにゅう》の形跡はなかった。窓ごしに見える空には明星《みょうじょう》が輝いていた。彼は、眠りを破った神経の緊張を解きほぐそうと、仰向いて目を閉じ、じっと横になって、ちぎれた安らぎの糸の切れ端を探し求めた。喉《のど》の奥で血が固まって、破裂しそうな感じがした。一方胸のあたりは、全力疾走をした直後のように心臓が急速な鼓動をうって、悲鳴をあげていた。彼は過ぎ去った数分間のことを思い出してみた。たぶん妙な夢を見たのだろう。ひどい悪夢だったかも知れない。いや、ちがう。《その》中には、これほど脅えるような動機は特に含まれていなかったはずだ。

彼は汽車に乗って——しばしばその夢を見たわたしには、その光景をはっきりと思い出すことができる――静物画のような風景の中を進んで行くところだった。そこには、剃刀《かみそり》や鋏《はさみ》など理髪師が使うような――そう言えば、わたしは散髪に行かねばならなかった――道具で作った、偽物《にせもの》の樹木があちらこちらに植えられていた。その風景は彼の夢によく現れたが、別に脅えるようなことはなかった。一本の木の向こう側に、すでに死んでその日の午後に埋葬されている彼の双子の弟が――これはわたしの人生で実際に起こったことなのだが――、汽車を止めようと手を振っていた。そして手を振っても無駄だと分かると、弟は列車の後部に向かって走りだした。だが、弟は息切れを起こし、口中を唾液の泡でいっぱいにして、倒れてしまった。確かにそれは不合理な夢の中のばかげた出来事ではあったが、彼を脅えさせ、目を覚まさせるほどのことではなかった。こぶしを強く握りしめたときのように、血がこめかみにのぼりずきずき痛んだので、彼はまた目を閉じた。汽車は単調な景色がつづく、不毛の乾燥地帯を走っていた。彼は左足に痛みを感じ、風景から目をはずした。足の中指に腫《は》れ物ができていた――窮屈な靴をはくのはやめなければならない。習慣になっているかのような慣れた手つきで、ポケットからねじ回しを取り出し、彼は腫れ物の芯《しん》を取り除いた。そしてそれを慎重に青い色の――夢にも色があるのだろうか？――箱に収めた。傷口から油のついた黄色い紐《ひも》の端がのぞいていた。そこに紐が出てくることをあらかじめ知っていたかのように少しも驚いたふうを見せずに、彼はゆっくりと慎重に紐を引き出していった。それは非常に長い紐だったが、なんの痛みも不快感も伴わずにするすると出てきた。一瞬後に彼は目をあげて、もうひとつのコンパートメントにいる弟を除いて、車輛《しゃりょう》に他の乗客がいないことを知った。女装した弟は鏡を覗《のぞ》き込んで、鋏を使って左眼をえぐり出そうとしていた。

実際その夢は不快なものであったけれど、なぜ血の循環が乱れるほど脅えたのか、自分でも納得することができなかった。以前ぞっとするような悪夢を見たときには、平静を保つことができたのだから。彼は両手が冷たくなっているのに気づいた。スミレの花とホルムアルデヒドの混ざりあった匂いが依然として鼻をつき、吐き気がするほどの不快感をもたらした。彼は目を閉じて、呼吸を整えようとした。どんなつまらないことでもいいから何か別のことを考えて、何分か前に中断した眠りにもう一度戻ろうとした。そこで彼は、三時間後に葬儀社に行って、申し込みを取り消さなければいけないなどというようなことを考えてみた。部屋の隅で夜通し鳴いていたコオロギがまた鳴きはじめ、かん高い鳴き声を部屋いっぱいに響かせた。神経の緊張はゆっくりと、しかし確実に薄らいでいき、筋肉も再びリラックスしはじめていた。彼は自分が分厚くて柔らかなベッドカヴァーの上に横たわっていることに改めて気づいた。重く感じられた身体がふわりと軽くなり、甘美で快い疲労感が押し寄せ、肉体そのものの意識が遠ざかっていった。地上の重い肉体は、彼の存在を定義し、動物として一定の明確な種類の枠の中に押し込めていた。とは言えその肉体によって身体の組織全体が、つまり理性を備えているという理由で恣意的に作られた動物の階層分類の頂点に立っている人間の、幾何学的にさまざまに定義された器官全体の複雑な構造が支えられていたのだ。だが彼はその肉体を忘れはじめていた。瞼《まぶた》は、今や従順になり、角膜を覆《おお》った。両腕と両足はひとつに融け合って、それぞれの独立を放棄していた。身体の器官のすべてがひとつの大きな器官に融合したように感じられた。そして——人間である彼は——生の根源を遠く離れて、より深く、より確固とした根源へと近づいていった。それは、最終的に完結した眠りの、永遠の根源であった。向こう側の世界から、コオロギの鳴き声が聞こえたが、だんだんと小さくなり、耳に届かなくなった。彼の感覚は内側に向かって集中していき、時間と空間の観念は新しい単純なものに変わった。虫がはびこり、スミレの花とホルムアルデヒドの匂いが漂う、苦しみに満ちた物質の世界は消え去った。

心から望んでいた静寂の暖かい雰囲気に包まれていると、日常生活の中で体験するこの人工の死がいかにも軽やかに感じられた。たおやかな地形の、単純で理想的な世界を、彼は漂っていた。それは子供が夢に描くような、方程式も、愛の別れも、重力もない世界だった。

どれくらいの時間、そうして快いまどろみと現実のはざまを漂っていたかは分からないが、喉をナイフで切り裂かれるような痛みを突然覚えて、彼はベッドの上で跳び上がった。ベッドの縁に、亡くなった双子の弟が腰をかけているような気がした。

先ほどのように、心臓がまた拳《こぶし》のように口から飛び出しそうになり、彼は苦しみのあまり跳び起きた。朝の光や、調子の狂った手回しオルガンのように静けさを破っていたコオロギや、庭から流れてくる冷気が、彼を再び現実の世界に引き戻した。だが今度は、なぜそれほどに脅えたかが分かった。数分間のまどろみと、――そして今気づいたのだが――何も考えずにひたすら安らかに眠っていたはずの夜の間にも、彼の記憶は絶えず同じ姿で現れるあるひとつのイメージに呪《じゅ》縛《ばく》されていたのだ。それは彼の意志や抵抗しようとする思考力を乗り越えて頭の中に広がった、ひとつの独立したイメージだった。彼が気づかぬうちに《その》イメージは彼の内部に潜《もぐ》り込み、棲《す》みついて、彼を支配していたのだった。それは今や舞台の奥の垂れ幕のようにすべての思考の背後にどっしりと控えて、日夜を問わず展開する精神のドラマの支柱となり、軸となる脊椎と化していった。双子の弟の死体の思い出は、彼の生活の中心に深々と突き刺さった釘のようなものだった。そして今、地上の一郭に放り出されると、瞼が雨に濡れたように震え、弟のことが恐くなった。

これほど強い衝撃を受けるとは思っていなかった。半ば開いた窓から匂いを含んだ空気がまた流れ込んできたが、それにはさらに湿った土とそこに埋もれた骨の匂いが混じっていた。彼の鼻は、獣《けもの》のように狂喜して、その匂いを嗅いだ。重傷を負った犬のようにシーツの下で身体を折り曲げ、大声をあげたかと思うと、次には塩の詰まった喉の奥から絞り出すような末期《まつご》のうめきを噛み殺していた弟の姿を見たのは、だいぶ前のことだった。背筋を貫いて腫瘍の核心部を絞《し》めあげる痛みを、弟は爪で身体を掻きむしりながら耐えていた。瀕死《ひんし》の動物のように苦しみながら、片時《かたとき》の容赦もなく肉体にまとわりつくように迫ってくる、むきだしの死と向き合って戦っていたのだ。指の間からこぼれていく命の最後のひとかけらをつかみ取ろうとして、壁に突き立てた爪が割れて血が流れたとき、性悪《しょうわる》な女のような壊疽《えそ》の病原菌がその割れ目から、体内に入り込んだのだった。その後、弟はとり散らかったベッドに汗まみれになって横たわったまま、疲労の果ての諦めの表情をちらりと浮かべ、唾だらけの歯をのぞかせて、ぞっとするような怪物じみた笑みを見せた。死が濁流のように骨の中に押し寄せてきたのだ。

わたしが、もう弟を苦しめなくなった腹部の腫瘍のことを考えたのは、そのときだった。腫瘍は丸い形をしていて——今の彼は同じ感覚に悩まされていた——、体内に太陽を抱え込んだかのように大きく腫れ上がり、黄色い虫が邪悪な糸を伸ばして内臓に絡《から》みついたように不快なものであるのだろうと、わたしは想像した。（彼は生理的欲求に駆られた時のように、内臓の変調をきたしていた。）たぶんいつかは、わたしにも弟と同じように腫瘍ができるのだろう。初めのうちは小さな玉だが、やがて分裂しながらだんだん大きくなって、胎児のようにわたしの腹の中で成長していくことだろう。そして腫瘍が移動しはじめ、夢遊病の子供のように腸の中を奥に向かって転移するとき、わたしはそれを自覚するだろう。盲人のような仕草で――鋭い痛みをこらえようとして、彼は胃のあたりを手で撫でた――、暗闇に向かってもどかしげに手を伸ばし、暖かく居心地のいい子宮を探すかのように。だが、子宮など見つかるはずがない。そうこうするうちに、奇怪な生物の百本もの脚が、長くて黄色い臍《へそ》の緒《お》に絡みついていくことだろう。そうなのだ。わたしにも――あるいは、わたしの胃にも――亡くなった弟と同じように、内臓の奥に腫瘍ができるのだ。庭から漂ってくる匂いが一段と強くなり、吐き気をもよおすほどになった。夜明けの手前で、時の流れが止まってしまったかのようだった。窓ガラスに映った明星は凝固し、前夜からずっと死体が置いてある隣室からはホルムアルデヒドの強い匂いが流れつづけていた。確かにそれは、庭の匂いとは違っていた。その薬品の匂いは、さまざまな花の香りの混じったものよりも、もっと悲痛で強烈だった。薬品の用途を知ってから、彼はその匂いを嗅ぐと、いつも死体を連想するのだった。それは、解剖室に充満していた蟻酸《ぎさん》アルデヒドの冷たい匂いだった。彼は実験室に置かれていた無水アルコール漬けの内臓や、剝製にされた鳥を思い出した。ホルマリンで処理された兎《うさぎ》は、からからに乾いて肉が硬くなり、永久不滅の兎と化していた。ホルムアルデヒドか。どうしてこんな匂いがするのだろう？　腐敗を防ぐには、これを使うしかないのだ。もし人間の血管にホルマリンを注入したら、無水アルコールの中に沈む解剖学の標本のようになるに違いない。

外の方から、雨の音が聞こえてきた。雨音はだんだん強くなり、半ば開いた窓のガラスを叩いた。湿気を含んだ冷たい空気が音をたてて流れ込んできた。手が一段と冷たくなって、動脈にホルマリンが流れているような気がした。庭の湿気が骨にしみこんできそうだった。湿気か。《あそこ》はじめじめしているからな。彼は冬の夜のことを思い出して、不愉快な気持ちになった。雨がしとしとと草の上に降りかかる夜は、湿気が弟の脇腹にもしみこみ、どろどろした水流のように全身に浸透するのだろう。彼は、死者にも血液を循環させる装置が必要なのではないかと考えた。もし、そうした装置があれば、最終的な本当の死を早く迎えられるだろうに。そんなことを考えているうちに、雨が早くやめばいい、永遠に夏がつづけばいい、とさえ思うようになった。今の彼には、窓ガラスをトントン叩く雨音さえ不快に感じられた。二週間もすれば、土の下に眠る彼と瓜《うり》ふたつの弟の骨に、湿気がしみこみはじめ、やがてその身体が朽ち果ててしまうのかと思うと、彼は不安になり、墓地の粘土がいつも乾いていたらいいのに、と願った。

そうだった。彼らは、初対面の相手には見分けがつかないほどよく似た双子の兄弟だった。以前、ふたりが離れて暮らしていたころは、単に双子というだけのことであって、別々の生活をする独立した人間であった。ものの考え方にしても共通するところなどなかった。しかし今、しこりが、厳しく恐ろしい現実が無脊椎動物のように背中にずっしりとのしかかってくると、何かが空気の中に拡散し、ぽっかりと虚無の穴があいたような気がするのだった。まるで自分が立っている場所のすぐそばで急に崖が崩れ落ちたような、あるいはいきなり斧《おの》で身体の半分を切り落とされたような気持ちだった。だがその身体は幾何学的な定義を備えた解剖学上の肉体ではなく、また恐怖を感じている物質的肉体でもなかった。それは彼自身を超越したもうひとつの肉体であり、母親の腹の中の暗い液体にいっしょに浸《ひた》っていた肉体であった。その肉体は古くからつづく家系の枝を彼とともに遡《さかのぼ》るものであり、何代も受け継がれた先祖の血を分かちあうものだった。

肉体は過去から来たものであり、世界の始まりとつながっている。その重さ、その存在の神秘性は宇宙のそれにも匹敵する。彼が*イサクとリベカの血を引いているということも、あり得る。とすれば、互いの踵《かかと》をくっつけて生まれてきた弟も同じ血を持つはずだ。あの弟もまた、ひとつの世代から次の世代へ、夜から夜へ、口づけから口づけへ、愛から愛へ、動脈を通って精巣へと、夜に旅をするように苦労を重ねて、母の子宮に到達したのだ。均衡が崩れ、方程式の最終解答が出された今、先祖たちがたどってきた神秘に満ちた道程は、痛ましく、生々しいものに思われてきた。彼は、日常の生活を円満に過ごすための、調和のとれた人格の一部を失ったように感じた。*ヤコブは踝《くるぶし》の桎梏《しっこく》から完全に解き放たれたのだ！

　弟が病床についていたころは、そのように感じたことは一度もなかった。熱と苦痛にやつれ果て、無精ひげの伸びたその顔は、彼とまったく違っていたからである。

　完全に息が止まり、身体がぴくりとも動かなくなると、遺体の顔を《整える》ために、理髪師が呼ばれた。彼が壁に寄りかかっていると、白い服をきて、清潔な仕事道具を持った男がやって来た。いかにも職人らしい確かな手つきで、理髪師は遺体の髭に石鹸液を塗りたくった。口の回りが泡だらけになったが、死ぬ前にすでに、そこは唾の泡で濡れていた。やがて、重大な秘密を打ち明けるように、髭に隠れていた肌が見えはじめた。《その》恐ろしい考えが彼の脳裏をよぎり、ぎくりとしたのはこの時だった。剃刀をあてるにつれて、双子の弟の青ざめた土気《つちけ》色《いろ》の顔が徐々に輪郭をあらわしてくると、その遺体が彼とは別のものとはとても思えず、同じこの地上の物質で造られた、自分の複製ではないか、と感じられてきたのである。親戚の人々が鏡の中から自分の映像を、髭を剃《そ》るたびに自分が鏡の中に見ていた映像を、取り出しているのではないかという奇妙な感覚に彼は取りつかれたのだ。それまでは彼の動作のひとつひとつを忠実に反映していたその映像が、いまやひとり歩きをしはじめたのではないか、と。それまでは毎朝、その映像が髭を剃る姿が見られたのだが、いまや自分の物理的存在を無視して、別の人間が鏡の中の自分の映像の髭を剃っているという、劇的な場面に彼は立ち会っているのだ。物理学でさえもこの現象を正確には説明できないだろうし、いま鏡の前に立ったなら、自分の姿は映らないにちがいないと彼は確信した。彼は自分が分裂したと感じた！　彼の分身はすでに死体なのだ！　絶望感に襲われた彼は、思わず壁に手を触れてみた。だが、その手触りは確信を深めさせるばかりだった。理髪師は仕事を終え、鋏の先で遺体の瞼を閉じた。引き裂かれた身体の奥の、癒《いや》しようのない孤独の中で夜が震えていた。二人はそっくりだった。恐ろしいほどよく似た瓜ふたつの兄弟だった。

そして、自分たちふたりの本質がいかに深い絆《きずな》で結びつけられているかを考えていると、何か予期せぬ、異常なことが起こるのではないか、という気がしてきた。空間におけるふたつの肉体への分離は、実際にはふたつがただひとつの同じ性質を持っているのだから、表面的なものでしかない。ひょっとすると、死体が腐敗しはじめるとき、彼もまた生きたままこの世界で腐りはじめるのかも知れない。

雨が一段と強く窓ガラスをうち、コオロギが急に大きな声で鳴きはじめた。彼の両手は生きた人間のものとは思えないほど冷えきっていた。ホルムアルデヒドの鼻をつく匂いを嗅ぐと、遠くの冷たい土の穴の中に眠る双子の弟に自分を腐らせる力がはたしてあるのだろうか、と彼は考えた。そんなばかげたことはあるはずがない！　ひょっとして、逆の現象なら起こるかも知れない。自分の方から影響を及ぼすということはあり得る。何しろ生きていて、活力に満ち、みずみずしい細胞をしているのだ！　おそらく――こういう場合――自分も弟も腐敗から身を守り、生と死の間で均衡を取りながら無関係の状態を保っていくことになるのではないか。しかし、本当にそうだと断言できるのだろうか？　埋葬された弟が腐らずに、生きている自分が青い紐によって腐らされるということもあり得るのではないだろうか？

彼はこの最後の仮説こそが最も有力なのではないかと思い至り、諦めてその恐怖の時が訪れるのを待つことにした。彼の身体には脂肪がつき、柔らかくなっていた。全身が青い物質によって覆《おお》われるのではないかと、彼は思った。身体の下の方から自分の体臭が漂って来はしまいかと匂いを嗅いでみたが、鼻の粘膜を刺激したのは、隣室から流れてくるホルマリンの冷たい、独特の匂いだけだった。彼にはもう心配事はなかった。部屋の片隅ではコオロギが再び鳴きはじめ、大粒の雨が天井から部屋の真ん中に流れ落ちるところだった。水滴の落ちる音が聞こえたが、床板が古くなっているのを彼は知っていたので、べつに驚きはしなかった。しっとりと冷たく、美しい雨粒が天空から降ってきたのだな、と彼は思った。そして、広々とした天界の生活は地上よりも穏やかで、愛だとか、消化だとか、双子だとかいう愚かしいものは、ほとんどないのだろうと想像した。一時間か、あるいは千年もすれば、雨水が部屋を満たし、寿命が尽きた家の骨組みは、溶けて流れ、なんの役にも立たなくなったそれらの物質は、たちまちのうちに――必ずやそうなるはずだ――アルブミンと漿液《しょうえき》＊のどろどろした混合物になってしまうことだろう。今はもう、何もかもが同じことだった。彼と墓のあいだを隔《へだ》てるのは彼自身の死だけであった。すべてを諦めた彼は理性を備えた動物たちが住む、不条理で誤りに満ちた向こう側の世界から聞こえてくる、規則正しく打ちつける大粒の雨音を聞いていた。

三人の夢遊病者の苦しみ

Amargura para tres sonámbulos, 1949

井上義一　訳

その頃、彼女は家の片隅に放ったらかしにされていた。わたしたちが彼女の身の回りの品——真新しい木材の香りがする衣類や泥道用の軽い靴——を用意するより以前のことだが、ある人がこう言ったことがある、その単調な生活に彼女はなじめなかったのだ、と。それは甘い味わいも、これといった楽しみもない、ただ辛く厳しい孤独にずっしりと背中を押さえつけられたような生活であったらしい。彼女にも幼い頃があったのだと話してくれた人もいたが、わたしたちがそのことを思い出したのは、ずいぶん時間がたってからだった。多分、それを聞かされたとき、わたしたちには信じられなかったのだろう。しかし、目を大きく見開いて、唇に指をあてて片隅に座っている彼女の姿を見ると、この人にも幼い頃があったのだ、雨が降る前の涼しさを感じとる感触がかつてはあったのだ、望まなくとも影が寄り添い横から彼女の身体を常に支えていたのだと、わたしたちは信じるようになった。

こうしたことのすべてを——そしてさらにもっと多くのことを——わたしたちが信じるようになったのは、あの日の午後、彼女が自分だけの秘められた世界から抜け出して、まだ自分が完全に人間であることを気づかせたからであった。まるで身体の中でガラスが割れたように、彼女が突然苦しげな叫び声を上げはじめたとき、わたしたちはそれを知ったのだった。彼女はわたししたちひとりひとりの名を呼び、涙を流しながらわたしたちがそばに座るまで話しかけてきたのだった。わたしたちは、大きな声が割れてちらばったガラスを継ぎ合わせられるかのように、歌をうたいはじめ、手拍子を打った。その時はじめて、彼女にもかつては幼い頃があったのだとわたしたちは納得することができた。彼女の叫び声は、少々啓示に似ているように思われた。また、記憶の中の樹木や深い川と大きな関わりを持っているように思われた。やがて彼女は身体をおこし、やや前かがみの姿勢で、エプロンで顔を拭《ぬぐ》おうともせず、鼻もかまずに涙を流したままで、わたしたちに言った。

《わたしはもう笑わないから》

わたしたち三人は中庭に出た。何も話さなかったけれど、同じことを考えているのだと信じていた。家の明かりをつけるのはよくないと、恐らくわたしたちは考えたのだろう。彼女はひとりきりになり――多分そうだと思う――、薄暗い片隅に座り込んで、三つ編みの髪の先を編むことを願っていた。その髪を編むという行為だけが、ますます獣《けもの》じみていく過程を免れている、ただひとつのもののように思われた。

わたしたちは、外の中庭に腰を下ろし、地から湧《わ》く虫の声に包まれながら、彼女のことを考えた。そういうことは前に何度もあった。それまで毎日やって来たことをやっているのだと言うこともできた。

だが、その夜はちがっていた。彼女が、もう笑わないと言ったのだった。彼女をよく知っているわたしたちは、悪夢が現実のものになったと確信した。わたしたちは三角を形づくって座り、向こうの家の中にいる彼女を想像した。彼女は抽象的存在になり、自分が塵《ちり》に化していく細かなリズム、無数の時計が刻む音さえ聞くことができなかった。《せめて彼女の死を願う勇気がわたしたちにあれば》と、三人は同様に考えていた。しかし、どんなに醜く冷淡であっても、わたしたちの秘められた欠陥に、わずかながらもある種の貢献的な役割をはたしているとあってみれば、わたしたちには彼女が必要だった。

ずっと前にわたしたちは大人になっていた。しかし、家の中では、彼女が一番年かさだった。その夜、彼女はわたしたちに囲まれて座り、星々の穏やかなまたたきを感じていたのだった。もし彼女が中産階級の男の妻になるか、きちょうめんな男の愛人になるかしていたら、さぞかし尊敬される主婦になったことだろう。しかし、彼女の長所でもありまた短所でもあるその性格が災いして、自分自身を客観的に見ることができなかったため、直線的で、幅のない生活になじんでしまったのだ。何年も前から、わたしたちはそのことに気づいていた。ある朝、起きてみると、彼女が中庭でうつ伏せになり、呆然として身体を動かさずに、土をかんでいるのを見つけたときも、わたしたちはたいして驚かなかった。その時、彼女はにやりと笑い、わたしたちの方を見た。彼女は二階の窓から中庭の硬い粘土の上に落ちて湿った土の上でうつ伏せになり、身体を硬直させていた。だが後になって、彼女が無傷のまま残しているのは、距離に対する恐怖と、当然のことながら空間に対する驚きだけだと分かった。わたしたちは肩を抱くようにして彼女を起こした。最初思ったほど硬直していなかった。それどころか、内臓は柔らかくて、意志の力を失っていた。彼女は、まだ硬直の始まっていない生温かい死人のようだった。

わたしたちは鏡を覗かせるかのように彼女の顔を太陽の方に向かせてみたが、目は開いたまま動かず、口は土で汚れていた。その土は墓地の堆積物《たいせきぶつ》のような味がしたにちがいない。彼女は性別すら分からない生気を失った表情で、わたしたちみんなを見た。その表情を見ると――その時にはすでにわたしの腕に抱かれていたが――彼女の放心の程度が分かった。彼女はもう死んでいると言った人もいた。だがしばらくすると、彼女は静かな冷たい笑みを浮かべた。それは夜中に目を覚まして、家の中をさまよっていたときと同じ笑みだった。彼女はどうやって中庭まで行ったか分からないと言った。非常な暑さを感じたことや、鋭く甲高い声で鳴きたてるコオロギが壁を押し倒しそうな勢いで部屋に入ろうとした――彼女は文字どおりそう表現した――ことや、セメントの床にうつ伏せになって、日曜日のお祈りを思い出そうとしたことを語った。

しかし、お祈りなど思い出せないことを、わたしたちは知っていた。それに、コオロギが外側から押してくる壁を、内側から支えながら眠っていたのだとか、誰かに両肩をつかまれて壁から引き離され、太陽の方に顔を向かされるまでは、ぐっすり眠っていたのだとか言ったときには、時間の観念も失ってしまったことが分かった。

その夜、中庭に座ったわたしたちは、彼女がもう二度と笑わないことを知っていた。その無表情で厳しい顔つきや、暗い片隅に強情にうずくまった毎日を考えただけで、わたしたちはすでに胸が痛み始めた。今と同じに片隅に座っているのを見て、もう家の中をうろついたりはしないと呟いているのを聞いたときには、本当に胸が痛んだ。はじめのうち、わたしたちは彼女の言うことが信じられなかった。彼女が数カ月にわたって、時をかまわず家中の部屋から部屋へと歩き回るのを、わたしたちは見ていた。首から上を硬直させ、肩を落とし、一歩も立ち止まらずに、疲れたようすも見せずに歩いていた。夜になると、ふたつの暗闇の間を行き来する彼女の身体の重々しげな音を、わたしたちは聞いた。わたしたちはしばしばベッドの中で目を覚まし、秘密の徘徊《はいかい》の音を聞きながら、家のどこにいるのかと耳で彼女を追い求めた。ある時、硬くて透明な鏡の中にコオロギが潜《もぐ》り込んでいるのを見つけたので、捕まえようとしてガラスの面に入ってきたところだと言ったことがあった。実際、何を言いたいのかは分からなかったが、まるでたったいま水から上がってきたように、衣服はぐっしょりと濡れて、身体に張り付いていたことは確かだった。わたしたちはこの現象を解明しようなどとはせずに、家中の虫を殺し、強迫観念となって彼女に取りついている物を破壊することにした。

わたしたちは壁の掃除をさせ、中庭の灌木《かんぼく》を切るように命じたが、それはまるで夜の静けさの中の、小さな塵を取り除こうとしているかのようであった。夜中の足音は聞こえなくなり、コオロギの話もしなくなった。だが、そんな状態も終わる日が来た。最後の食事の後、彼女はセメントの床に座って、わたしたちを見ていた。そしてわたしたちを見つめたまま、《ここにずっと座っていることにするよ》と、告げたのだった。彼女が死体そっくりになりはじめたことに気づいて、わたしたちは震え上がった。

その時からずいぶん時間がたち、編みかけの髪を持って座っている彼女の姿も、見なれたものになった。彼女は孤独の中に溶け込んでしまって、姿は見えているが、存在するという自然の能力を失ってしまったようであった。だから今、わたしたちは彼女が二度と笑わないことを知っていた。なぜなら、二度と歩かないと、わたしたちに告げた時と同じ断固とした、確信に満ちた口調で、そう言ったからだ。それを聞くと、この次は《もうものを見ないことにするよ》とか、あるいは《もう耳を使わないことにするよ》と、きっと言いだすだろうとわたしたちは思った。まだ彼女は充分な人間らしさをとどめていて、意志の力で生命の機能を排除していくのではないか。

ごく自然に、ひとつひとつの感覚を停止していって、彼女の人生で初めての眠りを迎えたとでもいうかのように、ある日わたしたちが気づくと、壁に寄りかかって眠っていることになるのではないか、と思われた。そうなるまでには、まだかなり時間がかかりそうだが、その夜、中庭に座ったわたしたち三人は、ガラスを割ったようなあの何度も繰り返す鋭い悲鳴をもう一度聞いて、家の中で赤ん坊が生まれたのだという錯覚に陥《おちい》ることができたらと願ったのであった。彼女が生まれ変わったと信じるために。

鏡の対話

Diálogo del espejo, 1949

井上義一　訳

何時間もたっぷり眠ったあと、通りに面した部屋に住むその男は目を覚ました。明け方に感じた不安と心配はもうすっかり忘れていた。太陽は高々と昇り、街のざわめきが――そのなにもかもが――半開きの窓から部屋に入り込んできた。彼は――それまでとはちがった精神状態でなかったなら――兄が敢《あ》えて口にしようとしなかった、あの死の濃厚な不安を感じ、強烈な恐怖に襲われ、土塊《つちくれ》――土になった自分の肉体――を想像したにちがいない。しかし、庭を照らす明るい太陽のせいで、彼の思考は別の方向に向けられていた。彼はより平凡で、より通俗的な、そして、心の中にひそむ恐ろしい存在に比べて存在感の希薄な日常生活のことを考えていた。世間一般の人間としての、ごく当り前の動物としての生活を、彼は考えていたのだ。だがその生活というものが、中産階級の男にありがちな極度の不眠症に悩まされてきたものだということに、――神経組織や動揺しやすい肝臓の力には関係なく――彼は思い至った。事務所勤めの金融業者のパズルを解くような生活のことを――早口で数字を読みあげる毎日の中には、中産階級の数学めいた何かが確かに存在していた――彼は思い描いてみた。

八時十二分。これでは、まちがいなく遅刻だ。彼は頬を指でこすってみた。皮膚は芽ぶきはじめた樹皮のようにざらざらとしていて、指先からはこわばった毛の感触が伝わってきた。それから彼は、半ば丸めた手のひらで、眠りから覚めきっていない顔に注意深く触れてみた。その手つきは腫瘍の中心を探る外科医のように落ち着き、冷静だった。触れてみると、ある固い物が柔らかい皮膚の表面から身体の奥に向かって、浸透していくのが感じられた。この事実が、今までにも何度か彼の苦悩をやわらげたことがあった。指先の下には――そこには骨が向き合ってならんでいた――人体構造という動かしようのない条件が、化合物の秩序や、密集した組織の宇宙や、微小なものからなる世界といったものが秘められていた。そうしたものが、死後も残り続ける骨ほどの永続性は無いとは言え、ある高みにまで肉体という外枠を支えてきたのだった。

確かにそうだ。頭を柔らかな枕にのせて、身体を横たえ、器官を休ませていると、生というものが水平に広がる味わいを持ち、生本来の目的によりかなった快適さが感じられた。瞼《まぶた》を閉じるというごくわずかな労力さえ払えば、彼を待ちうけているあの長ったらしい重労働は、いとも簡単に空気の中に溶けてなくなることを彼は知っていた。そうなれば時間にも空間にも支配されることはない。わざわざ仕事をして、肉体という化学的な存在を消耗させる冒険をおかす必要もないのだ。それどころか、瞼を閉じれば、生命の活力の全面的節約になり、器官の衰弱は完全に防止できる。肉体は眠りの水の中に沈み、漂《ただよ》い、生きつづけ、別の存在形態へと変貌するのだ。この変貌の中では、彼の実在する世界は完璧な肉体をいささかも損なうことなく生の要求を完全に満たすことができ――それ以上には大きなものではないとしても――同程度の緊密さで以《も》って、心の欲求も満たされているはずだった。そうなれば、現実の世界と同じ行為をしても、人や物が共存する営みは、はるかにたやすくなるだろう。夢の中でなら髭を剃《そ》ったり、バスに乗ったり、事務所で数式を解いたりする作業も単純で簡単なものになり、そのうえ作業が終われば、心も同時に満足させられることだろう。

確かにそうだった。すでにはじめていたように、明るい部屋の中で鏡の向きを調整するような、機械的なやり方をした方が正しかったのかもしれない。ちょうどその時、粗雑でけたたましい機械音が始まったばかりの夢のぬくもりを破らなかったなら、彼はそうしつづけていたことだろう。だが、彼は現実の日常に引き戻され、問題の深刻さが一段と大きくなったのを知った。しかし、ついいましがた、彼を安逸な生活に駆り立てたその奇妙な論理は、彼にある種の心のゆとりを与えていた。彼は知らず知らずのうちに微笑《ほほえ》みが身体の内部から湧《わ》き起こり、口元から両脇へと広がって行くのに気がついた。やがて、笑いはおさまった——しかし、心の中では笑いはおさまることなくつづいていた。《帳簿に目を通す前に、二十分で髭を剃っておかなければならないな。風呂は八分、いや急げば五分ですむだろう。朝飯は七分だ。また、あの古くなったまずいソーセージか。マベル百貨店、あそこはソース売り場、ボルト・ナット販売場、薬局、酒屋と、なんでもそろっている。なんとかの箱とかいうやつとそっくりだ。なんという名だったか忘れてしまった。（バスは火曜日になると、よく故障を起こすから、七分は遅れるかも知れない。）ペンドラだったかな。いや、ちがう。ペルドラだったか。これもちがう。あれこれ三十分はかかるぞ。時間がない。何もかも一切が入っているとかいう箱のことなんだが、名前が浮かんでこないな。ペドラだったか。たしか、ぺという音で始まったはずなんだが。》

彼はガウンを羽織り、洗面台の前に立っていた。鏡に映った表情はまだ眠そうで、髪は乱れ、髭が伸びていた。鏡の中の男は、退屈しきったとでもいうような視線を彼に向けた。その表情が亡くなった兄の起きぬけの顔とそっくりだと気づいたとき、彼は冷たい戦慄を感じ、動揺した。

疲れきった顔、眠気の残った目つきは兄と生き写しだった。

彼は鏡に向かってちがった表情を作って見せた。その表情は、光の束となって、鏡に楽しげな映像を送るはずだったが、反射してきた光は――彼の意に反して――グロテスクに歪んだ表情を浮かべていた。湯を出そう。熱い湯がほとばしり、洗面台を満たした。白く濃い蒸気が彼とガラスの鏡面の間に立ち込めた。その間に――蒸気が急に舞い上がって、鏡を曇らせた隙を利用して――彼は自分自身の時間と水銀の内側にある時間を嚙み合わせようとした。

彼は革砥《かわと》で冷たく鋭利な剃刀《かみそり》の刃を研《と》いだ。すでに薄れはじめた蒸気の中に、再びもうひとつの顔が浮かんで見えてきた。その表情は、複雑で歪んだ姿をしてぼんやりと浮かび、ある種の数学的法則によって幾何学が新しい立方体を、光が何か特殊な造形を試みているかのように見えた。その顔は彼の目の前にあり、彼自身と少しも違わぬ早さで脈打ち、鼓動していた。水蒸気が凝結したガラスの向こう側の顔が、微笑みのようでもあり、同時にまた嘲笑でもあるような笑いを浮かべていた。

彼は微笑んだ。（鏡の中の男も微笑んだ。）今度は――自分に向かって――舌を突きだしてみた。（鏡の中の男も――彼に向かって――舌を突きだした。）鏡の中の男の舌は、粘っこい黄色い色をしていた。《胃の具合が悪いようだな》と、彼は顔をしかめて（言葉には出さずに、表情だけで）診断を下した。彼はもう一度微笑んだ。（鏡の男も再び微笑んだ。）しかしそのとき、自分に返ってくる笑みの中に何かばかげた、わざとらしい、うさん臭いものが含まれていることに彼は気づいた。櫛《くし》で髪をとかす。（鏡の男も、髪をとかした。）彼は櫛を右手に（鏡の男は左手に）持っていた。だがすぐに、彼は極《き》まり悪そうに男を見た。（そして表情が元に戻った。）彼は、まるで間が抜けたように鏡の前に立って顔をしかめている自分の行為が、我ながら奇妙に思えた。しかし、誰だって鏡の前では、似たようなことをするのだろうとも彼は思った。すると、世間のみんなだって同じように間抜けだというのに、自分だけが一方的に俗悪というものに対して差し出される貢物《みつぎもの》にされたような気がしてきて、いっそう腹立たしくなった。八時十七分だった。

金融代理店を馘《くび》になりたくなかったら、急がなければならないことは分かっていた。だがそこは、しばらく前から、職場というよりは、毎日通う自分自身の葬儀場の入口のように思えてしかたがなかった。

刷毛《はけ》を動かしていると、石鹼から青白い色の細かな泡が立ってきた。それを見ているうちに彼は、心配が薄らいでいくような気がした。ペースト状の泡が、動脈網を通って身体のすみずみに浸透していき、生体組織全体の機能が活発になったように感じられた……そんなふうに身体が通常の状態に戻り、脳にも石鹼の泡が染み込んだような気分になると、買い物をしようと思っているマベル百貨店から連想したあの単語を思い出すのは、今までよりずっとたやすく思えてきた。ペルドラだったかな。マベル百貨店の食器売り場に行ってみよう。パルドラという名じゃなかったかな。ソース売り場や薬局にも行かなくては。いや、いっそのこと店全部を見て歩こう。ペンドラともちがうな。

石鹼を入れた容器の中では、泡が溢れそうになっていた。それでも、彼は熱心に刷毛を動かしつづけた。無邪気に泡と戯れている姿は、図体の大きな子供が遊んでいるようにも見えた。彼は重苦しい胸に、まるで安酒をあおったように明るい喜びが広がっていくのを感じていた。あともう少しがんばって音を入れ換えてさがしていれば、やがて熟《う》れてはちきれそうな言葉が見つかって、濁った泥水のように曖昧《あいまい》な記憶の中に、ぽっかりと浮かび上がってくるのではないかと思った。しかしそんなことをしていたら、以前と同じように身体の各部分がばらばらに勝手な動きを始め、器官の間の統合がうまく保てなくなるのではないかという心配も残っていた。そこで彼は、ペンドラだとかなんだとかいう言葉についてあれこれ考えるのは、もうこれでやめようと決めた。

たったひとつの言葉を探して時間を無駄にしている場合ではなかった。というのは――彼が顔を上げると鏡の中の男も顔を上げ、二人の視線がぴったりと合わさった――双子の兄弟のような鏡の中の男は、泡を含ませた刷毛を持ち上げて、左手で顔を撫でながら――彼も急いで右手でその動作をまねた――下顎からもみあげのあたりに、青白い石鹸の泡をしなやかに正確な手つきで塗りはじめたからである。彼は男の目から視線を外《はず》した。ふと目に入った時計の針の角度が、苦悶についての新たな法則を見いだし、回答を出せと迫ってきているように思えた。八時十八分だった。時間はゆっくりと流れていた。彼はできるだけ早く髭剃りを終えようと堅く決意し、角《つの》の柄《え》のついた剃刀が小指の動きに忠実に反応することを確かめた。

三分もあれば髭剃りは終わるだろうと計算しながら、彼は右手を（鏡の男は左手を）右の耳の（鏡では左の耳の）高さまで持っていった。そうした動作をしながら、鏡の中の映像がしているようなかっこうで髭を剃ることほど難しいことは他にはないだろうと、彼は考えていた。そんなことを考えたとたん、こんどは複雑きわまりない数式が頭に浮かんできて、鏡と自分との間をほとんど瞬時に往復し、ひとつひとつの動作を再現する光の速度というものをじっくり検討してみようかと思った。だが、光速の平方根を求める計算式と格闘《かくとう》しなければ答がでないことに思い至ると、彼の内面にある耽美《たんび》主義的性格が数学者としての彼を超克し、彼の芸術的思考は、緑や青や白の光を受けて玉虫色に反射する剃刀の動きに集中していった。素早く手を動かして――この時、数学者と耽美主義者はすでに折り合いをつけていた――彼は剃刀の刃を右頬（鏡の中では左頬）から、唇の近くまで剃り下げ、鏡に映った左頬が泡の中でこざっぱりと見えるのを、満足げに観察した。

剃刀の汚れを拭《ぬぐ》おうとしていると、台所の方から食欲をそそるシチューの香りが漂ってきた。彼は舌の下側がぴくぴく震え、唾が噴水のように湧き出てくるのを感じた。口の中に、溶けたバターの濃厚な味が広がっていくようだった。腎臓のシチューだ。と、その時、さっきから気になっていたマベル百貨店から連想した言葉が違っていたことに気づいた。ペンドラじゃないな。ソースの中で臓物がぐつぐつ煮立っている音が、彼の耳に広がった。その音を聞くと、その日の朝早くに降った、地面を叩くような雨を思いだした。この分では、雨靴とレーンコートを忘れてはいけない。腎臓のシチュー煮はもうできたに違いない。

全《すべ》ての感覚のうちで、嗅覚ほどあてにならないものはない。しかし、料理が五感全部を刺激し、とりわけ鼻の粘膜を心地よくくすぐってきたいまは、髭剃りをできるだけ早く終えて、五感の差し迫った欲求を満たすことが必要だった。素早く正確な手つきで――数学者と芸術家は歯をむき出し合っていた――剃刀を前から（後ろから）後ろへ（前へ）動かし、顔の左側（右側）まで剃っていった。一方その間に左手で（右手で）顔の皮膚を引っ張って、刃の滑りをなめらかにしていた。後ろから（前から）前へ（後ろへ）、そして上から（上から）下へと剃刀を動かし――二人は息をはずませていた――全《まった》く同時に作業を終えようとした。

ところが、最後の仕上げに、右手で左の頬を剃っていると、鏡に押しつけている自分の肘《ひじ》がふと目に入った。肘はやけに大きく、奇妙な形をしてとても自分のもののようには思えなかった。そしてその肘の上に、同じように大きくて見たこともない眼があり、刃の動きを探しているのに気づいてびっくりした。何者かが兄弟の首を絞《し》めようとしている。屈強な腕だ。あっ、血が出た！　急いで何かをしようとすると、いつもこうだ。

彼は自分の顔の中の、そこに当たる場所を探した。だが、彼の指には血はついていず、顔を撫で回してみても切り傷は見つからなかった。彼はぎょっとなった。自分の皮膚には傷がないのに、鏡の中の像には血が滲んでいるのだ。前夜の不安が再び甦《よみがえ》ってくるのかと思うと、彼はぞっとした。今また、鏡の前で分裂感に襲われかかっているのだ。しかし、鏡には顎が映っている。（丸い顎で、顔つきもそっくりだ。）えくぼに残っている髭を剃らなければならないのは、両方とも同じだった。

彼は自分と鏡の像の間の素早い動作を覆《おお》い隠す、雲のような存在が見つかるのではないかと考えた。だが、いかに早い速度で髭を剃ったにしても――この時、彼は数学者になりきっていた――光速が距離に追いつけなくなり、すべての動きを捕捉することができなくなるということが、ありえるだろうか？　どんなに急いだとしても、鏡の中の像の先回りをして、像よりも先に作業を終えることなどできるのだろうか？　あるいはひょっとして――しばらくの相克の後に、今度は芸術家が数学者を排除した――像そのものが自分の生命を持ち、――錯綜《さくそう》すること無しに時間の中で生きようとして――生身の人間よりも遅れて作業を終えようとしたのではないだろうか？

彼は困惑しきったようすで、湯の蛇口を開いた。温かく濃い蒸気が立ち昇った。湯の中で顔を洗っていると、喉のゴロゴロ鳴る音が耳に響いてきた。皮膚を洗いざらしのタオルで拭うと、心地よい肌触りがして、深々と息をすると、清潔な生き物としての満足感に包まれた。パンドラだ！　あの言葉はパンドラだった。

彼は驚いてタオルを見た。それから、不思議そうに目を閉じた。一方、鏡の中では彼そっくりの顔が愚かしそうに目を大きく見開いていた。そして、その顔には紫色の一筋の糸が走っていた。彼は目を開けて微笑んだ。（鏡の像も微笑んだ。）今の彼には、何も気になるものはなかった。マベル百貨店はパンドラの箱だったのだ。

腎臓のシチューの温かい香りが鼻孔に広がり、早く食べたくてたまらなかった。やがて、彼は満足感――それは実に明瞭な満足感だった――を覚え、大きな犬が尾を振っているような安らかな気持ちになった。

青い犬の目

Ojos de perro azul, 1951

井上義一　訳

その時、彼女はぼくを見た。彼女がぼくを見るのはそれがはじめてだと、ぼくは思った。ところがしばらくして、燭台のむこうの彼女がくるりと背を向けたにもかかわらず、ぼくのこの肩や背中に油のようなねばっこい視線がまとわりつづけているのを感じたとき、ぼくの方こそ彼女をはじめて見たのだということに気づいた。ぼくはタバコに火をつけた。強い刺激の煙を吸い込んでから、ぼくは座っている椅子の後ろの方の一本の脚を軸にして、つりあいを取りながら身体を回転させた。それでもやはり、彼女の姿は見えていた。まるで毎晩そうしているかのように、彼女は燭台のそばに置かれたままぼくを見つめているのだ。数分間ぼくたちはじっとそのまま見つめ合っていた。ぼくは椅子の後ろ脚の上でバランスを取りながら彼女を見、彼女は立ったまま燭台に置いた長い手を動かさずにぼくを見ていた。光に照らされた彼女のまぶたは毎夜見なれたもののようにも思えた。そう思った瞬間、いつも頭にこびりついていたあの言葉がぼくの口をついて出た。《青い犬の目。》すると彼女は燭台に手を置いたまま、《その言葉よ。もう忘れないようにしましょうね》と言った。そして今まで立っていた場所から移動しながら、ささやきかけてきた。《青い犬の目。わたしは、この言葉をいろんな場所に書きつづけてきたのよ》

見ていると、彼女は化粧台の方に歩きはじめた。やがて彼女の姿が円形の鏡の表面に浮かび上がった。彼女は、数学的法則にしたがって往復反射する光線の一方の端から、ぼくを見つめていた。大きな瞳はあかあかと燃える火を囲む灰の色のように見えた。彼女はぼくを見ながら、薔薇《ばら》色の螺鈿《らでん》細工をほどこした小箱の蓋を開け、鼻に白粉《おしろい》をはたいた。それが終わると箱を閉じ、立ち上がって燭台に戻りながら言った。《心配なのは誰かがこの部屋を夢にみて、わたしの持ち物をひっかき回したりはしないかということなの。》そして彼女は炎の方に手をかざした。その細長い手は鏡のところに行く前に、暖を取っていたときと同じように震えていた。《あなたは寒さを感じないのね》と、彼女が言った。そこでぼくは《時には寒いと思うこともある》と答えた。《それなら、今も寒いはずだわ》彼女にそう言われた瞬間、ぼくがなぜこの椅子に座って、ひとりっきりでいることに耐えられなくなったのかが分かった。ぼくに自分が孤独だと実感させたのは寒さだったのだ。《急に寒くなってきたみたいだ》と、ぼくは言った。《それにしても不思議だ。あんなに穏やかな夜だったのに。シーツをぬすまれたのかも知れないな。》彼女はなにも答えずに、再び鏡の方へ歩いて行った。ぼくは彼女に背を向けようとして、また椅子を回した。彼女の姿は見えなくても、なにをしているかは手に取るように分かっていた。また鏡の前に座り、ぼくの背中を見ているのだ。背中の姿が鏡の奥にとどいて彼女の目に入るまでにはいくらかの時間がかかったが、彼女自身の姿が鏡にとどいて、たった今口紅を塗った唇に戻るまでにも応分の時間がかかるのだった。彼女の手は鏡の前で一、二度円を描いて動いた。ぼくの目の前にはつるつるした壁があった。壁面は反射しない鏡面のようで、そこに彼女の姿——ぼくの背後に座っている——は見えなかった。しかし壁ではなく鏡があるかのように、彼女がどこにいるかを想像してみた。《君が見えるよ》と、ぼくは言った。実際、壁には鏡に映るように、顔をこちらに向け、目を上げて、ぼくの背中を見ている彼女が見えたようだった。それから彼女が瞼《まぶた》を再び閉じ、目を静かに包み込んでしまうのも見えた。そこでぼくはもう一度言った。《君が見えるよ。》すると彼女は再び目を開けて言った。《そんなことできるはずないわ。》ぼくは、どうしてかと訊ねた。彼女は目を再び閉じて言った。《だってあなたは壁の方をむいているんですもの。》そこでぼくは椅子を回転させた。彼女はタバコを口にくわえていた。ぼくが鏡の前に立つと、彼女は再び燭台に戻った。それから炎の上に開いた両手をかざしたが、その姿は鶏《にわとり》の両翼を開いて、火にあぶっているようだった。彼女の顔には自分の指の影が映っていた。《凍《こご》えてしまいそうだわ。ずいぶん寒い町なのね》そう言って、横顔と銅の肌を炎の方向に向けると、突然火に照らされた表情が悲しげになった。《なにか対策を考えたらいいじゃないか》と、ぼくは言った。すると彼女は今度は上の方から一枚、一枚服を脱ぎはじめた。ぼくは《壁の方を向いていよう》と言った。すると彼女は《だめよ。そんなことをしても、どうせあなたには見えてしまうのだから。さっきあなたが背中を向けていた時のように》そう言うが早いか、ほとんど裸になってしまった。炎が彼女の長い銅の肌をなめていた。《こんなふうに裸になって、棒で打たれたような穴だらけの腹を出した君の姿を見てみたいと、いつも思ってたんだ。》裸になった彼女に対して、この言葉がいかに不用意であったかと気がついたときには、彼女は身体を動かさずに、燭台の近くで暖を取っていた。《ときどきわたしは金属だって思うのよ》そう言ってしばらく押し黙った。炎にかざした手の位置がかすかに動いた。ぼくは言った。《ときどきだが別の夢をみたとき、きみは、どこかの博物館の片隅に置かれた小さな銅像にすぎないと思ったことがある。だからきみは寒さを感じるのだろうね。》すると彼女が言った。《ときどき心臓を下にして眠るようなとき、わたしは身体が空っぽになり、薄っぺらなトタンになってしまったような気分になるわ。すると身体の中で血がどくどく脈打ってきて、誰かにお腹の中をノックされたような気がする。ベッドの中で銅を叩く音が聞こえてくるのよ。あなたの言うとおり、わたしは薄っぺらな金属なのね。》彼女はさらに燭台に近づいた。《きみの音はすてきだった》と、ぼくは言った。すると彼女は《今度また会ったら、耳を肋骨《ろっこつ》に当ててごらんなさい。わたしが左側に寝た方が、よく聞こえるわ。いつかそうしてもらいたいと思っていたの。》話をしながら、彼女が大きく息を吸い込むのが聞こえた。ここ数年間、そのことばかりを考えてきたのだそうだ。彼女の人生は《青い犬の目》というあの合い言葉を通じて、現実の中にぼくを見つけだすことに捧げられてきたのだった。それで街の中を大声を出して歩き、自分を理解してくれるただ一人の人間を探していたのだった。

《わたしは毎晩夢の中に現れて、青い犬の目と言いつづけたのよ。》彼女はレストランに入って、ボーイたちに注文する際に、《青い犬の目》と言ったこともあるそうだ。しかしボーイたちは、夢の中で言われたことを憶えていなかったので、少しも気づかなかった。そこでナプキンにその言葉を書いたり、テーブルの上にナイフで、《青い犬の目》と刻み込んでみた。また、ホテルや駅や公共機関のすべての建物の曇ったガラスにも、人差し指で《青い犬の目》と書いた。ある夜、ぼくと一緒にいる夢を見た後で、彼女が一軒の薬屋に近づくと、ぼくの部屋と同じ臭いを感じたという。その店のこざっぱりした新しいタイル敷きの床を見て、《近くにいるにちがいない》と考えた。そこで彼女は店員に近づき、《わたしはいつも、「青い犬の目」と言ってくれる男の人を夢にみてきたのよ》と言ったらしい。すると彼女の目をみつめて店員は、《本当だ、お嬢さん、あんたの目は犬みたいに青い》と言ったのだそうだ。そこで彼女は《わたしは、夢の中で今と同じことを言ってくれた男を探しているのです》と応えた。すると店員は笑いだし、売り場のカウンターの奥に入ってしまったそうだ。彼女はこざっぱりした新しいタイル敷きの床をしばらく眺めながら、臭いを感じていた。そしてバッグを開き、跪《ひざまず》き、赤い口紅でタイルの上に大きく《青い犬の目》と書いた。店員はカウンターから出てきて、《あんた、タイルが汚れるじゃないか》、そう言って濡れた雑巾を渡し、《拭《ふ》きなさい》と付け加えた。そこで彼女は、午後中ずっとタイルの上を這《は》いずりまわって、拭きつづけ、その間もずっと、《青い犬の目》と言いつづけていたので、ついには店の戸口に人だかりができて、気が狂いそうになったと、そんなことを燭台のそばで彼女は語った。

彼女が話し終えたとき、ぼくは部屋の片隅で椅子に座って、バランスを取っていた。《ぼくは毎日、君に会うための言葉を思い出すことにするよ。今のところ、あしたは忘れていないと思う。でも、今までだって同じようにしてきたんだ。ところが、目が覚めると、君に会うための言葉が何だったのか忘れてしまっているんだ》と、ぼくが言うと、《はじめに、あの言葉を思いついたのはあなたなのよ》と、彼女が言った。そこで、ぼくは《確かに、思いついたのはぼくだ。でもそれは、君の灰色の目を見たからだ。それなのに、次の朝になると、あの言葉を忘れてしまうんだ》と、言った。すると彼女は、燭台をぐっと握り締めて、深いため息をついて言った。《わたしがどの町で、あの言葉を書いたかぐらいは憶えていてほしいわ》

彼女の美しい歯並びが炎に照らされて輝いた。《君の手を触っていいかい》と、ぼくは言った。彼女はうつむいて炎を見ていた顔を上げた。ぼくを見上げる眼差し、身体、手、そのどれもが燃えるように熱かった。椅子を揺らしながら、部屋の片隅に座っていたぼくは、熱い視線を感じた。

《今まで一度も、そんなこと言ってくれなかったわ》と彼女が言った。《それじゃ、今、言うよ。ほんきだよ》と、ぼくは言った。燭台の向こうで、彼女はタバコがほしいと言った。ぼくの指の間にあったタバコはすでに、吸いつくされていた。ぼくは、彼女がタバコを吸っていたことを忘れてしまっていた。彼女が言った。《どうしてなのかしら。あの言葉を書いた場所を忘れてしまったわ。》《それじゃあ、ぼくだって明日になってもあの言葉は思い出せない。》すると、彼女は悲しげに言った。《いやよ。わたしだってずっと夢に見てきたことなんだから。》ぼくは立ち上がり、燭台の方へ近づいた。彼女はもう少し向こうにいたので、さらに近寄ろうとした。ぼくの手には、タバコとマッチがあったが、燭台には届かなかった。タバコを彼女に差し出してみた。彼女はそれを口にくわえ、ぼくがマッチを擦るのも待たず、炎の方に顔を近づけた。《世界中のあらゆる都市の、あらゆる壁に「青い犬の目」と書かなければならないね》と、ぼくは言った。《もしも明日、思い出すようなことがあったら、君を探しに行くかも知れないよ。》彼女が頭を起こしたとき、唇には火のついたタバコをくわえていた。それから、唇にはさんだタバコを下に向け、片目を半分ほど閉じ、何かを思い出すように《青い犬の目》と、つぶやいた。そうしてから、タバコを指にはさみ、煙を吐き出して、《これで、すっかりちがうもの。わたしは熱の中に入る》と、おずおずした蚊の鳴くような声で言った。その言い方はまるで現実のものではなく、紙に書いたもののようで、ぼくがそれを読もうとすると、彼女はその紙を燃《も》してしまおうとするかのようだった。《ワタシハネツノ》——ここまで読むと、彼女は親指と人差し指でその小さな紙きれをはさんで、ひらひら揺らし、その間に紙はますます小さくなり、どうにかぼくは——《ナカニハイル》と、読み終えた。やがて紙きれは燃え尽きて、でこぼこの地面に落ち、影も形もとどめ

ぬ灰の粉になってしまった。《この方がましだ》と、ぼくは言った。《燭台の横で震えている君を見ると、時々こわくなるんだ》

ぼくたちは何年も前から会っていたのだった。時々、二人がいっしょにいると、誰かがお節介をやいて、ぼくたちを目覚めさせた。ぼくたちの愛情が最も単純な物やできごとに左右されるのだということを、二人は少しずつ分かるようになった。朝方、スプーンが床に落ちたりすると、二人の逢瀬《おうせ》は立ち消えとなった。

その時も、彼女は燭台の横からぼくを見ていた。以前にもそんなふうに見られたことがあると、ぼくは思い出していた。遠い夢の中で、ぼくは椅子の後ろの脚に重心をかけて回転し、灰色の目をした見知らぬ女と向かい合っていたのだ。《君は誰？》とたずねたのも、その夢の中がはじめてだった。すると彼女は《それがよく憶えていないの》と言った。《でも以前会ったような気がするよ》と、ぼくは言った。彼女は、いかにも無関心な口ぶりで《前にあなたがこの部屋にいる夢を見たんでしょう》と答えた。《そうだよ。思い出してきた》と、ぼくは言った。《でも変よ。わたしたちが会ったのは、たしか別の夢でだったはずだわ》と、彼女が言った。

彼女はタバコを二服すった。ぼくは以前のまま燭台の前に立ち、彼女を見つめていた。彼女の頭から爪先まで眺めたが、相変わらず銅のままだった。しかしその銅は硬く冷たい金属ではもはやなくて、黄色く、柔らかい、しなやかな銅になっていた。《手を触れてもいいかい》と、ぼくは言ってみた。《何もかも消えてしまうわよ》と、彼女は答えた。そこで、ぼくは言った。《今となっては、そんなことどうでもいいんだ。ぼくたちは眠って、もう一度会えれば充分だよ。》ぼくは燭台の上から手を伸ばした。彼女は動かなかった。触れようとすると《そんなことしたら、何もかも消えてなくなるのよ》と、彼女が再び言った。《多分あなたは燭台の向こうできりきり舞いをはじめ、わたしたちはこの世界のどことも分からないところで目を覚まし、びっくりすることになるのよ。》しかし、ぼくは《それでもかまわないさ》と、言い張った。《わたしたちが眠れば、もう一度会うことはできるけれど、でもあなたは目が覚めると、それを忘れてしまうのよ》と、彼女が言った。ぼくは部屋の片隅に向かって歩きはじめた。彼女は背後で、炎に手をかざして暖めていた。椅子のそばに近づいたとき、背中で彼女の声が聞こえた。《わたしは真夜中に目が覚めると、ベッドの回りをぐるぐる歩き、燃えるような枕の糸屑を膝に絡ませて、青い犬の目、って繰り返し言うのよ》

そこで、ぼくは壁の方を向いた。《もう夜が明けるよ》と、彼女の方を見ずに言った。《目が覚めたときは二時だった。だから、もうずいぶん時間がたったんだよ。》ぼくはドアの方へ歩いて行った。ドアのノブをつかんだとき、彼女のいつもと同じ声が聞こえた。《ドアを開けないで。廊下はうるさい夢でいっぱいなのよ。》そこで、ぼくは言った。《どうしてそんなことが分かるんだ。》すると、彼女が答えて言った。《だって、しばらく前までわたしはそこにいたのよ。わたしが心臓を下にして眠っていると気づいたとき、戻らなくてはと思ったの。》ぼくはドアを半ば開けた。扉を少し動かすと、冷たく微かな風が吹き込んで、緑が茂る大地と湿った野原の爽やかな冷気を運んできた。彼女が再び何かを言った。ぼくは扉をつないでいる蝶番《ちようつがい》を静かに動かしながら、振り返って言った。《この外には廊下はないと思うよ。野原の匂いがするんだ。》すると、彼女はやや離れたところから言った。《それは、あなたよりよく知っているわ。外では、ひとりの女が野原の夢を見ているというわけなのよ。》彼女は炎の上で腕を組んだ。そして、喋りつづけた。《その女はいつも、田舎に家を持ちたいと願い、それなのに町から一歩も出られなかったのよ。》ぼくは以前見た夢の中で、その女に会ったことを思い出していた。しかし、もうドアが半ば開いた今となっては、あと半時間もしたら、朝食ができあがるにちがいないと分かっていた。ぼくは言った。《ともかく、ぼくはここを出て、目を覚まさなければならないんだ》

外に出ると一瞬風が吹き寄せ、しばらくすると止んだ。ベッドで寝返りを打った人の寝息が聞こえてきた。野原の風が止まった。もう匂いはしなくなった。《そういうことなら、明日また君に気づくだろう。街で壁に「青い犬の目」と書いている女の人を見たら、君だと気づくだろう》と、ぼくは呟《つぶや》いた。彼女は悲しげな微笑を浮かべ——それはすでに、不可能なもの、手の届かないものに身を預けた微笑だったが——ぼくに言った。《でも日中は何ひとつ思い出せないわ。》そして、もう一度燭台に手を置き、暗い霧に顔を曇らせた。《あなたは目が覚めると、夢に見たことを何ひとつ憶えていない、ただひとりの男なのよ》

六時に来た女

La mujer que llegaba a las seis, 1951

井上義一　訳

ドアが開いた。その時刻には、ホセのレストランに客はまだひとりもいなかった。ついいましがた六時になったところで、六時半にならなければ常連客たちが来ないことを男は知っていた。彼の店の客はそのように保守的で時間に規則正しかったが、それに劣らず頑固なひとりの女が、いつものように時計が六時の鐘を打ち終わらないうちに店に入ってきた。彼女はひとことも口をきかずに、背の高い回転椅子に腰掛けた。口には火のついていないタバコをくわえていた。

「ようこそ、女王様」と、彼女が腰掛けるのを見ながらホセが言った。それから彼はカウンターの端の方へ行き、乾いた布で光沢のある表面を磨きはじめた。レストランに客が入ってくるとホセは決まって同じことをするのだった。かなり親しくなったこの女客に対しても、太って血色のよいその店の主人は毎日、勤勉な男というお芝居を演じてみせるのであった。彼はカウンターの端から話しかけた。

「今日は何にするかね」

「一番はじめにしたいのは、あんたに紳士になることを教えることよ」と、女は言った。彼女は一列にならんだ回転椅子の一番端に座り、タバコをくわえたまま、カウンターに肘《ひじ》をついた。ホセが話しかけてくると、火のついていないタバコに気づくようにと口もとをきゅっと引き締めた。

「これは、これは気のつかないことで」と、ホセが言った。

「あんたはほんとに気がきかないのよ」と、女は言った。

男は布をカウンターの上に置き、黒い色の棚の方へ歩いていった。棚はタールと埃《ほこり》っぽい木材の臭いがしていた。彼はマッチを持って戻ってきた。女は男の無骨《ぶこつ》で毛深い手の中で燃えている火にタバコを近づけようとして、身体をかがめた。ホセは粘っこい安物のワセリン*を塗った女の豊かな髪を見た。花模様の袖無しの胴衣から突き出た両肩が見えた。女が火のついたタバコをくわえて頭を起こしたとき、おとろえはじめた胸のふくらみが目にはいった。

「今日はえらくきれいじゃないか」と、ホセが言った。

「冗談はやめてよ」と、女が言った。「そんなこと言われて、お金を払うなんて思っているんじゃないでしょうね」

「いや、そういう意味で言ったんじゃないよ。あんた昼飯に悪いものでもくったんじゃないか」と、ホセが言った。

女は最初の濃い煙を吸い込むと、カウンターについた手を交差させ、レストランの広いガラス窓ごしに通りを眺めた。憂鬱そうな表情をしていた。ありきたりの倦怠感《けんたいかん》に満ちた憂鬱さだった。

「おいしいステーキを焼いてやろう」と、ホセが言った。

「お金なんかないわよ」と、女が言った。

「金がないのは三カ月も前からのことじゃないか。それでもおれはあんたにうまいものを作ってやってきたぜ」と、ホセが応えた。

「今日はちがうのよ」と、女は通りの方を向いたまま、暗い声で言った。

「毎日、どの日も同じことさ」と、ホセが言った。「毎日六時になるとあんたはこの店にやってくる。そうして猛烈に腹がへったって言うんだ。そこでおれはうまいものを作る。ただひとつちがうのは、今日は猛烈に腹がへったと言わずに、今日はちがうのよって言ったたってことさ」

「本当にちがうんだから」と、女が言った。彼女はカウンターの向こう側で冷蔵庫の中身を調べている男の方に向き直った。二、三秒間、彼女は男を眺めていた。それから棚の上にある時計に目をやった。六時三分だった。

「本当よ、ホセ。今日はちがうのよ」と、言って、煙を吐きだした。彼女はとぎれとぎれの、しかし熱のこもった言葉で喋りつづけた。「今日、わたしは六時に来なかったわ。だからいつもとちがうのよ」

男は時計を見た。

「この時計が一分でも遅れていたら、腕を切られたってかまわないぜ」と、彼は言った。

「そういうことじゃないのよ、ホセ。今日、わたしは六時に来なかったたって言いたいの。六時十五分前に来たんだわ」と、女は言った。

「たった今、六時になったところじゃないか」と、ホセが言った。「あんたが入ってきたとき、ちょうど六時になったんだよ」

「わたしはこの店にもう十五分もいるのよ」と、女は言った。

ホセは女の方へ歩いて行き、紅潮した大きな顔を近づけて、人差し指で片方の瞼《まぶた》を押し開いた。

「ここを一発なぐってみろよ」と、彼は言った。女は頭をうしろに引いた。彼女は深刻そうな、しかも何かにうんざりし、疲れきったようすであった。悲しみと疲労の雲がかかって美しくも見えた。

「ふざけるのはやめて、ホセ。半年も前からお酒を止めたことは知ってるでしょ」

「そいつは別の男に言うんだな」と、彼は言った。「賭けてもいいが、あんたは誰かと二人で少なくとも一リットルは飲んできたのさ」

「友達とたった二杯飲んだだけよ」と、女は言った。

「ああ、それで分かったよ」と、ホセが言った。

「あんたなんかに分かってもらわなくていいわ」と、女が言った。「とにかく、わたしは十五分前からここにいるんですからね」

男は肩をすくめた。

「まあいいさ。そう思いたいなら、あんたはここに十五分いたことにすればいい」と、彼は言った。「どのみち十分早かろうが遅かろうが誰にも関係ないんだから」

「わたしには関係あるのよ」女はそう言うと、なげやりなしぐさでつやつやと光るカウンターの上に両腕を伸ばした。「そう思いたいんじゃないの。本当に十五分前からわたしはここにいたのよ」彼女は再び時計に目をやり、言葉を訂正した。

「あ、ちがう。もう二十分もいるんだわ」

「好きにするさ」と、男は言った。

「それで満足がいくなら、昼とついでに夜もつけてプレゼントするよ」

こうしたやりとりの間中、ホセはカウンターの向こう側でこちらからあちらへ、あちらからこちらへと物を運んで身体を動かしていた。彼は自分の役割をはたしていたのだった。

「おれはあんたの満足した顔が見たいんだよ」と、彼は繰り返し言った。そして突然立ち止まり、彼女の方を向いた。「あんたが好きだから」

女は冷ややかな目で彼を見た。

「へえ、大発見だわ、ホセ。百万ペソを積まれたってあんたとなんか一緒になるのはごめんよ」

「そういうことじゃないんだ」と、ホセが言った。「もういっぺん言うけど、あんた昼飯に悪いものでもくったんじゃないのか」

「腹の具合で言ってるんじゃないわ」と、女は言った。彼女の声にはやや力が戻ってきていた。「たとえ百万ペソ積まれたって、あんたみたいな稼業の男に我慢できる女はひとりもいないってことよ」

ホセは顔を赤らめた。彼女に背を向け、棚のボトルの埃をはらいはじめた。彼女には顔を向けずに言った。

「今日のあんたには付き合いきれないよ。ステーキを食べて、さっさと寝たほうがいい」

「お腹なんかすいてないわよ」と、女が言った。彼女は再び通りの方を向き、夕暮れの街を行く賑やかな通行人を眺めていた。レストランの中をしばらくの間濁った静けさが漂《ただよ》った。だがその静けさは、ホセが棚を整理する音で破られた。彼女は急に通りを眺めるのをやめて、がらりと変わった、か細く、優しい声で言った。

「わたしのこと好きって本当なの?」

「本当さ」と、ホセは彼女を見ずにぶっきらぼうに言った。

「あんなことまで言われても?」と、女は尋ねた。

「おれに何か言ったかい」と、ホセは相変わらず彼女の方を見ないで言った。その声にはまったく屈折したところはなかった。

「百万ペソのことよ」と、女が言った。

「忘れちまったさ」と、ホセが言った。

「それじゃあ、わたしのこと好きなのね」と、女が言った。

「そうさ」と、ホセが答えた。

しばらく間があった。ホセは棚の方を向いたまま、彼女には顔を向けずに、また動きつづけた。彼女は再び煙を吐きだし、上半身をカウンターにもたせかけて、いたずらっぽく、狡猾《こうかつ》そうなしぐさで、話しだす前に舌を軽くかんだ。それはまるでつま先立ちで歩くような話の切り出し方だった。

「わたしと寝たことがなくっても？」と、彼女がきいた。

ホセが彼女の方を向いたのはこの時だった。「あんたが本当に好きだから、寝たりはしないのさ」と、彼は言った。それから彼女の方へ近づいて行った。彼女の正面のカウンターに逞《たくま》しい手を置いて、彼女と向かい合った。彼はその目を見つめて、言った。「あんたが好きだから、ほかの男とつきあっているのを見ると、そいつを殺してやりたくなるんだ」

一瞬、女は当惑したようだった。それから、男をじっと見つめた。彼女は同情と軽蔑の間で揺れ動いているような表情を浮かべていた。驚きのためか、しばらくは口を開かなかったが、やがてけたたましい笑い声をあげた。

「ホセ、あんたやいてるのね。立派なもんよ。あんたがやくだなんて」

ホセは再び顔を赤らめた。それは全《すべ》ての秘密をいちどきに暴露された子供のような、おどおどした、正直な、心の底から恥じている態度だった。彼は言った。

「きょうのあんたには何を言ってもはじまらんよ」彼は布切れで汗を拭《ぬぐ》った。「だらしのない生活をしているせいで、頭がいかれちまったんだ」

だがこの時、女の表情ががらりと変わった。「それじゃあ」と、言って、彼の目を見つめなおした。彼女の目は、悲しげであると同時に挑発的でもある、不思議な輝きを帯びていた。「それじゃあ、やいてないって言うのね」

「ある意味ではやいているんだろうよ」と、ホセが言った。「けれど、あんたの言うようなものじゃない」

彼は首もとをくつろげて、喉の汗を布で拭いつづけた。

「それなら、なんだって言うのよ」と、女が言った。

「つまり、あんたが好きだから、ああいうことはしてほしくないってことさ」と、ホセが言った。

「ああいうことって何よ」と、女は言った。「毎日、ちがう男とつきあっているじゃないか」と、ホセが言った。

「わたしとつきあえないようにするために、男を殺すと言うの?」と、女がきいた。

「つきあえないようにするためじゃない」と、ホセが言った。「つきあっているから殺すんだ」

「同じことじゃないの」と、女は言った。

二人のやりとりには、刺激的な濃密さが漂っていた。女は小さく、柔らかな、魅了されたような声で喋った。彼女の顔は、男の血色のよい穏やかな顔に押しつけられんばかりだった。一方、男の方は言葉の熱気にあてられて、身じろぎひとつしようとしなかった。

「おれはありのままを言ってるんだ」と、ホセが言った。

「それなら」女はそう言いながら、片手を伸ばし、男の無骨な腕を撫でた。もう一方の手はタバコの吸いがらを投げ捨てた。「……それなら、あんたは人を殺せるって言うの?」「もちろん、いま言ったとおりだ」と、ホセは言った。彼の口調は芝居を演じる俳優のようだった。

女はあからさまにばかにして、ひきつったように笑いだした。

「恐ろしいことだわ、ホセ。ぞっとするわ」笑いながら、彼女は言った。「ホセ、あんたが人を殺すだなんて。太っていて、いかにも信心深そうで、わたしからはお金を一度だって取ったことがなく、毎日ステーキを焼いてくれて、男に会ってきたときでさえ楽しい話をしてくれるあんたが、一皮めくってみたら人殺しだなんて、いったい誰に分かるかしら。恐ろしいわ。考えただけでぞっとする」

ホセは当惑していた。おそらく、ちょっぴり腹を立てていたことだろう。女が笑いだしたときには、裏切られたような気がしたかもしれない。

「あんたは酔ってるんだ」と、彼は言った。「もう寝た方がいい。なんにも食べる気がしないんだろう」

しかし女は笑うのをやめて、カウンターにもたれて、再び深刻そうにものおもいにふけった。男が向こうへ行くのを見ていた。男は冷蔵庫の扉を開け、何も取り出さずに、そのままそれを閉めた。それから男はカウンターの向こうの端に行き、先ほどと同じように光沢のある表面を磨きはじめた。その時、女は再び声をかけた。《わたしのこと好きって本当なの?》と尋ねた時と同じ、人をほろりとさせる、優しい口調だった。

「ねえ、ホセ」と、彼女は言った。

男は女を見ようとしなかった。

「ホセったら」

「さっさと寝たらどうだ」と、ホセが言った。「……だが、酔いを醒ますには、横になる前に風呂に入った方がいいな」

「本当よ、ホセ」と、女が言った。「わたしは酔ってなんかいないわ」

「だとしたら、頭がいかれたんだな」と、ホセが言った。

「こっちに来てよ。あんたと話がしたいんだから」と、女が言った。

男は同情と不信の間を行きつ戻りつするような足どりで近づいていった。

「早く来てよ」

男は再び女の正面に立った。女は身体を前にかがめて、彼の髪を強くつかんだ。しかし、その動作には明らかな優しさが込められていた。「さっき言ったこと、もう一度、言って」と、彼女は言った。

「何を」と、ホセはきいた。髪をつかまれ、下を向かされた彼は、それでも彼女を見ようとしていた。

「わたしと寝る男を殺すって話よ」女が言った。

「あんたと寝た男を殺すと、おれは言ったんだ。本気だよ」と、ホセが言った。

女はつかんでいた手をはなした。

「それじゃあ、もうわたしが男を殺したとしたら、かばってくれる?」と、ホセの大きな顔の前であからさまな媚態《びたい》を示しながら、押しつけるように尋ねた。

男は何も答えずに、ただ笑っていた。

「返事をしてよ、ホセ」と、女は言った。「もしわたしが人殺しをしたら、かばってくれるの?」

「事情によるさ」と、ホセが言った。「そういう問題は簡単に答えられないってことぐらいあんたも分かるだろ」

「警察は、あんたの証言なら他の誰のよりもよく信用するわ」と、女が言った。

ホセは自尊心をくすぐられて、満足げに微笑《ほほえ》んだ。女はカウンターごしに、彼の方に再び身体を傾けた。

「本当よ、ホセ。賭けてもいいけど、あんたは嘘をついたことがないわ」と、彼女は言った。

「おだてたってなんにもならないぜ」と、ホセは言った。

「おだててるんじゃないの」と、女は言った。「警察はあんたのことをよく知ってるし、あんたが一度言ったことは全部信じて、二度と聞き直したりはしないわ」

ホセは彼女の正面に立っていて、どう答えてよいか分からず、カウンターをせわしく手で叩いていた。女は再び通りの方を見た。それからまた時計に目をやり、改まった口調で話しはじめた。それは最初の客が来る前に、話を打ち切りにしたがっているようでもあった。

「わたしのために、ひとつだけ嘘をついてくれないかしら」と、彼女は言った。「これはまじめな話なの」

そう言われて、ホセは改めて彼女を見た。すると突然、彼の頭の中にある恐ろしい考えが浮かび上がってきた。その考えは片方の耳から侵入してきて、彼を朦朧《もうろう》とした錯綜《さくそう》に追いやり、やがてもう片方の耳から抜け出て、あとには恐怖の熱い痕跡だけを残した。

「いったいどんなもめごとに巻き込まれたんだい」と、ホセは言った。彼は身体をかがめて、カウンターの上で腕を組んだ。女は彼の吐息を感じ、その息にかすかなアンモニアの臭いが混じっているのに気づいた。男は胃をカウンターに押しつけていたので、苦しそうな息づかいだった。

「本気で心配してるんだぜ。どんなもめごとに巻き込まれたんだ」と、彼は言った。

女は横を向いた。

「もめごとなんてなんにもないわ」と、言った。「おもしろそうな話だと思って、言ってみただけよ」

そう言って、再び彼の方を見た。

「あんただって人殺しをしなければならないなんて思っていないでしょ」

「おれは人を殺そうなんて考えたこともないよ」と、ホセは面食らって答えた。

「そうよ、ないわよね」と、女が言った。

「わたしはもう誰とも寝ないんだから」

「ああ、そうか」と、ホセは言った。「やっとまともな話ができるようになった。あんたみたいな人が、ああいう暮らし方をする必要はないといつも思ってたんだ。もうやめると言うのなら、毎日いままでより大きいステーキを焼いてやるよ。もちろんんただだよ」

「ありがとう、ホセ」と、女が言った。「でも、少しちがうの。つまり、もう誰とも寝られないだろうってことなのよ」

「また話をややこしくする」と、ホセが言った。彼は苛立《いらだ》ちはじめていた。

「ややこしくなんかしていないわ」と、女が言った。彼女は座ったまま伸びをした。ホセは胴衣の下の小さく、悲しげな胸を見た。

「あしたここを出ていくことにしたの。二度と戻ってきて、面倒をかけたりしないわ。もう誰とも寝ないって約束するわ」

「それはまた、どういう風の吹き回しかね」と、ホセが言った。

「ほんのちょっと前に決心したのよ」と、女が言った。「こういうことは汚《けが》らわしいってついさっき気がついたの」

ホセは再び布を手に取り、彼女の近くのカウンターを磨きはじめた。彼は彼女の方を見ずに話した。

「たしかに、あんたのやっていることはよくないよ。ずっと前に気づくべきだったんだ」

「前から気はついてたのよ」と、女が言った。「でも自分に納得させることができたのが、ついさっきってわけ。吐き気がするほど、男がいやになったの」

ホセは微笑んでいた。彼は笑みを浮かべたまま、彼女を見ようとして頭を上げた。だが、そこに見た彼女は、自分の殻に閉じ籠り、思い詰めたように喋りつづけていた。彼女は肩をいからせ、回転椅子の上で身体のバランスを取ろうとしていた。その表情は憂鬱そうで、顔は秋の成熟を前にした小麦のような金色だった。

「女がひとりの男を殺しても、放っておいてやるべきだとは思わない？　だってその女は一緒にいた男、それまで付き合った男の全部が吐き気がするほどきらいになったんだから」

「そんな極端なこと考えなくても」と、ホセは驚いて答えた。その声にはひとすじの同情が含まれていた。

「もしも女が服を着ようとしている男に向かって、あんたを見るとむかむかするわって言ったらどうなると思う？　どうしてそんなこと言うかというと、彼女はその日の午後中ずっとその男ところげ回っていたのを思い出して、どんな石鹼も、どんなスポンジを使っても臭いが落ちないだろうと思うからなのよ」

「そういうことはあるかも知れないな」と、ホセはカウンターを磨きながら、やや冷たく言った。「それでも、殺すことはないだろ。ただ放っておけばいいんだよ」

しかし女は喋りつづけた。彼女の声は、抑制を失い、感情のままに溢れる、単調な水の流れのようだった。

「女がむかむかするわって言ったとき、男が服を着るのをやめて、女にもう一度飛びついて、キスしようとしたら……」

「まともな男ならそんなことはしないさ」と、ホセが言った。

「でも、もしそうしたら？」と、女はもどかしげに言った。「もしも男がまともなやつじゃなくって、そういうことをしかけてきて、女は吐き気で死にそうになって、何もかも終わりにするには、ナイフで刺すしかないって思ったら？」

「とんでもない話だよ」と、ホセが言った。「だが、幸い、世間にはあんたが言うようなことをする男はいないさ」

「それはそうだろうけど」と、女は言った。彼女はひどく腹を立てていた。「でも、もしもってことがあるでしょ。考えてみてよ」

「そんなことわざわざ考えるまでもないさ」と、ホセは言った。彼は立ったまま動かずにカウンターを磨いていたが、もう話には興味がなくなっていた。

女は手を握り締めて、カウンターをコツコツと叩いていた。やがて大きな声で決めつけるように言った。

「ホセ、あんたって本当に鈍い人ね。なんにも分からないんだから」彼女は彼の袖《そで》を力いっぱい引っ張った。「さあ、言いなさいよ。その女は殺してもしかたなかったって」

「分かったよ」と、ホセは仕方なく慰めた。「何もかもあんたの言うとおりさ」

「そういう場合は正当防衛ってことにはならないの?」と、女は袖を持ったまま、尋ねた。ホセは半ばさめ、半ば好意を含んだ目で彼女を見た。

「多分そうだろう」そう言って、片目でウィンクしてみせた。それは心底から理解したことを示すと同時に、共犯関係を承諾する恐ろしい約束のしぐさであった。

「もしそういう女がいたら、かばうために嘘をつく?」と、彼女はきいた。

「ことによりけりだな」と、ホセが言った。「何によりけりなの?」と、女は言った。

「女しだいだな」と、ホセが言った。

「あんたが心から愛している女だったとしたら?」と、女が言った。「一緒になれるわけでもなく、ただ好きなだけの女のために」

「まあ、あんたの想像にまかせるよ」と、ホセはいいかげんな、うんざりしたような口調で答えた。

彼は再びその場を離れた。時計を見ると、六時半になるところだった。二、三分もすればレストランに客が来はじめるだろうと思い、窓ガラスごしに通りを眺めながら、さらに力を入れてカウンターを磨いた。女は相変わらず椅子に座り、黙って、もの思いにふけり、悲しげに男の動作を見ていた。たった今、明かりの消えたランプが人を見るとするならば、そんなふうだと思わせる視線だった。彼女は突然、媚《こ》びてあまえるような声で話しかけた。

「ねえ、ホセ」

男はまるで牛のような深く、悲しげな目で女を見た。彼女の話を聞こうとして、そちらを見たのではなかった。彼女を見て、そこにいることを確かめるためであった。彼女は別にたいした理由もないのに、自分をかばい、連帯責任を負ってくれる男にこちらを向いてもらいたいと待っていた。男の目は玩具の人形の目のようだった。

「あしたこの街を出ていくって言ったとき、あんたは何も言わなかったわね」と、女が言った。

「そうだな」と、ホセが言った。「どこへ行くか言ってくれなかったぜ」

「どこでもいいわ」と、女が言った。「女と寝たがる男のいないところよ」

ホセは笑った。

「出ていくって本気かい」と、彼はふと正気が戻ったかのように表情を変えて尋ねた。

「あんたしだいよ」と、女が言った。「わたしが何時にここに来たかあんたがちゃんと言ってくれれば、あした出ていくわ。そして二度とああいう暮らしには戻らないわ。それがいいでしょ?」

ホセは微笑みながら、はっきりとうなずいた。女は彼の方に身体を傾けた。

「いつかわたしがここへ戻ってきて、同じこの場所と時間に、あんたが別の女とお喋りしているのを見たら、焼き餅やくでしょうね」

「ここへ戻ってくるなら、土産《みやげ》を持ってこなくちゃいけないよ」と、ホセが言った。

「お土産には紐細工《ひもざいく》の子熊をさがしとくわ。約束するわよ」と、女が言った。

ホセは微笑み、まるで目に見えないガラスを磨くように、二人を隔てている空間を布でこすってみせた。女も微笑んで、いかにも親しそうにしなを作ってみせた。やがて男はカウンターを磨きながら、その向こうの端へ行った。

「なんだい?」と、ホセは彼女を見ずに言った。

「本当に誰かに尋ねられたら、六時十五分前に来たって言ってくれる?」と、女が言った。

「だけど、なんのために?」と、ホセは言ったが、相変わらず彼女の方は見ず、またその声もろくに聞いてはいないようだった。

「そんなことはどうでもいいのよ」と、女が言った。「大事なのは、あんたがそう言ってくれることなんだから」

その時、ホセは最初の客が扉を開けて入り、隅のテーブルの方へ行くのを見た。彼は時計を見た。ちょうど六時半だった。

「分かったよ」と、彼はうわの空で言った。「あんたの言うとおりにしよう。これまでだっていつもそうしてきたんだから」

「よかった」と、女が言った。「それじゃ、ステーキを焼いてくれる?」

男は冷蔵庫の方に行き、肉の乗った皿を取りだし、調理台の上に置いた。それから、レンジに火をつけた。

「お別れだから、特上のステーキを焼くよ」と、彼は言った。

「ありがとう、ホセ」と、彼女は言った。

彼女は、怪しい、未知の生き物が住む、奇妙な地下の世界にもぐってしまったかのように、物思いに沈んでいった。カウンターの向こうで、溶けたバターに生肉を落とす音も彼女の耳には入らなかった。ホセがフライパンの中のロース肉をひっくり返し、パチパチと乾いた音をさせてもなお彼女は聞いていなかった。また食べごろに焼けた肉の香りがレストランの中いっぱいに広がったのにも気づかなかった。彼女は完全に自分の内側に閉じ籠っていた。やがて頭を上げて、瞬《まばた》きをしたときは、まるで一時的な死から甦《よみがえ》ったかのようだった。彼女はレンジの前に立って、立ちのぼる炎に照らされている男を見た。

「ホセ」

「なんだい」

「何を考えてるの？」と、女はきいた。

「どっかで紐細工の子熊が見つかるかどうか考えてたんだ」と、ホセが言った。

「もちろん見つかるわよ」と、女が言った。「でも、お別れにわたしが頼むことなら、なんでもしてくれるって言ってほしいわ」

ホセはレンジのところから彼女を見た。「いったい、いつまでこんなことを言わせるのだい？」と、彼は言った。「特上のステーキのほかに、何かほしいものがあるのかい」

「そうよ」と、女が言った。

「なんだい？」と、ホセが尋ねた。

「もう十五分ほしいのよ」

ホセは振り向いて時計を見た。それから彼は、片隅で静かに待っている客を見た。そして最後に、フライパンの中のキツネ色の肉を見た。

「まじめな話、おれはあんたが何を考えてるんだか分からないよ」と、彼は言った。

「ホセったらばかね」と、女が言った。「いいから憶えておいてよ。わたしは五時半からこの店にいたんですからね」

天使を待たせた黒人、ナボ

Nabo, el negro que hizo esperar a los ángeles, 1951

井上義一　訳

ナボは干草の上でうつ伏せになっていた。小便の臭いの混じった家畜小屋の臭気が、身体にまとわりつくように漂っていた。灰色の馬のつややかな毛並みが、暖かい熾火《おきび》のように記憶の底に残っていたが、馬はそこにはいなかった。ナボはほとんど何も感じられなかった。額を馬に蹄《ひづめ》で蹴られて、気を失ったまま倒れていたようで、痛みだけが残っていた。湿っぽい家畜小屋の臭いが鼻をつき、草の中に隠れた虫たちの無数の鳴き声が聞こえた。彼はいったん目を開き、再び閉じると、そのままじっとしていた。それから彼は身体をいっぱいに伸ばした。午後中ずっとそうしていると、自分の身体がどこまでも大きくなっていくような気がした。その時、背中の上の方で誰かの声が聞こえた。《さあ、ナボ、起きるんだ。たっぷりと眠ったろう。》彼は寝返りをうったが、馬の姿は見えず、扉は閉まっていた。家畜たちが苛立《いらだ》って足をばたばたさせる音は聞こえなかったけれど、暗闇のどこかにいるのだろう、とナボは考えた。また、扉が閉まっていて、内側から閂《かんぬき》がかかっていたので、あの声は小屋の外から聞こえてきたのだろうと、彼は思った。再び背後から声が聞こえた。《ナボ、長々とよく眠ったもんだな。まるまる三日間も寝ているとは……》その時、ナボははっきりと目を開け、記憶をたどりながら言った。《馬に蹴られて、ここに倒れてたんだよ》

いったい何時頃なのか、彼には分からなかった。また、何曜日だったかも忘れていた。町の広場に出かけていった土曜日の夜からあとのことは、濡れたスポンジでぬぐい去ったように、記憶がすっかりなくなっていた。白いシャツを着ていたことも、緑色の帽子をかぶっていたことも、黒いズボンをはいていたことも忘れてしまっていた。靴がなかったことも忘れていた。ナボは土曜日の夜になると広場に出かけ、静かに片隅に腰を下ろしていた。彼は土曜日はいつも出かけたが、それは音楽を聴くためにではなく、ある黒人を見るためであった。その黒人は鼈甲《べっこう》の眼鏡をかけ、楽団のうしろの方で譜面台を前に置いて、サキソフォンを吹いていた。ナボはその黒人をじっと見ていたが、黒人がナボの方を見ることはなかった。ナボが土曜の夜になると広場へ黒人を見に行くのを知っている誰かが、黒人に見られたことはあるかいと尋ねたら、——今は記憶がないので質問しても無駄だが——一度もそれはないと答えただろう。馬にブラシをかけたあとで、ナボがすることといえば、黒人を見ることだけだった。

だが、ある土曜日、その黒人の姿は楽団のいつもの場所に見えなかった。ナボははじめのうち、譜面台は置いてあるけれど、あの黒人はもうポピュラー・コンサートには来ないのではないかと思った。ぽつんと置いてある譜面台を見て彼はそう考えたのだが、しばらくすると、それが置いてあるからには、次の土曜日にはあの黒人が戻ってくるのではないかと考えるようになった。しかし、次の土曜日になっても黒人は姿を見せず、譜面台もなくなっていた。

ナボは寝返りをうって、身体を横に向けた。すると声をかけてきた男の姿が目に入った。だがはじめのうちは、馬小屋の中が暗かったせいで、誰だか分からなかった。男は板張りの台に腰掛けて、膝を手で叩きながら、話をしていた。《馬に蹴られたんだよ》とナボはもう一度言いながら、その男が誰だったか思い出そうとした。《馬はもうここにはいない》と男が言った。《本当だぜ。おれたちはコーラス隊を組んで、お前さんを待ってるんだ。》ナボは頭を振った。まだものを考えられる状態ではなかった。だが、その男にはどこかで会ったことがあるような気がした。みんながコーラス隊を組んで、ナボを待っている、と男は言った。ナボはその意味が分からなかったが、毎日馬にブラシをかけながら、歌を作って聞かせて、みんなを楽しませているのだから、誰かにそんなふうに言われても不思議ではない、と思った。後に彼は口の利けない少女のために、部屋の中で歌うようになったが、その時もブラシをかけながら歌ったのと同じ歌をうたった。だが、部屋に閉じ籠りっきりの少女はまるで別世界の人間のようで、座ったままじっと壁を見つめているだけだった。彼が歌をうたっているとき、コーラス隊に入らないかと言われていたら、驚くことはまったくなかっただろう。だがこんな時に言われたので、彼はその意味がよく分からず、いくらかうろたえた。彼は疲れきっていて、気力がなく、頭もよく回らなかった。《馬はどこにいるのだい?》とナボが尋ねた。すると男が答えた。《ここにはいないと言っただろ。お前さんのような声の持ち主を、コーラス隊に加えたいんだ。》おそらくナボは、また草の上でうつ伏せになったのだろう。男の声は聞こえていたが、感覚が麻痺して、蹄で蹴られた額の痛みも他の痛みも区別ができなくなっていた。彼は再び草に頭を沈めて、眠りに落ちた。

ナボは、楽団から黒人が姿を消しても、二、三週間は広場に通った。その黒人がどうなったのかナボが尋ねていたら、教えてくれる人がいたかも知れない。だが彼は尋ねようとせず、サキソフォンを持った別の男が現れて、黒人に取って代わるまで、コンサートに通いつづけた。やがてあの黒人はもう戻ってこないのだと納得すると、自分ももう広場には行かないことにしようと決心した。目を覚ましたときの彼は、自分がそれほど長い時間眠っていたとは思っていなかった。鼻の中には、湿った草の強い匂いが残っていた。目の前には、相変わらず包み込むような闇が広がっていて、片隅にはあの男がいた。男が膝を叩きながら、穏やかな低い声で言った。《お前さんを待っているんだよ。二年間も眠りつづけて、起きようとはしなかったけれど。》するとナボは再び目を閉じた。しばらくして彼は目を開き、片隅を眺めた。相変わらず男がそこにいるのが分かると、彼はまごつき慌てた。そのときはじめて、男が誰だったか分かった。

土曜の夜にナボが広場で何をしていたかをわれわれ農場のものが知っていたなら、広場に行くのをやめたのは、家でも音楽が聴けるようになったからだ、と考えたにちがいない。少女の気晴らしにしようと、われわれが蓄音機を買ってきたので音楽が聴けるようになったのだった。一日中機械のそばにいて、ねじを巻く人間が必要だということになったとき、その役に最もふさわしいのはナボだと誰もが思った。彼なら、馬の世話をするとき以外は、その係を任せておけた。少女は椅子に座って、レコードを聴くようになった。時々、音楽が鳴っている最中に、少女が椅子から降りて、よだれを垂らしながら、食堂の方に這《は》っていくこともあった。するとナボは蓄音機の針をあげて、歌をうたいはじめるのだった。はじめに彼がこの農場に来たとき、どんな仕事が得意かとわれわれが尋ねたことがあった。すると彼は歌が得意だと答えたのだった。歌などうたえてもなんの役にも立たなかった。必要なのは、馬にブラシをかける少年だった。それでもナボはここに残ることになり、歌うために雇われたかのように、歌ってばかりいた。そしてブラシかけの作業は、仕事の疲れを癒《いや》すための娯楽をするような調子でやっていた。そんな日々が一年以上もつづき、少女は歩くことも、人を見分けることもできない死んだも同然の子どもだと見なす癖が、われわれについていった。椅子から立ちあがらせ、居間に連れてこないかぎり、彼女はうつろな目で壁を見つめたまま、蓄音機から流れる音楽を聴いていた。そうなってみると、われわれは肩の荷を下ろしたように感じていた。しかしナボは規則正しく忠実に、蓄音機のねじを巻きつづけた。土曜日の夜、広場に出かけていくとき以外はいつもそうだった。ある日、ナボが馬小屋にいるとき、蓄音機のそばで誰かが《ナボ》と呼んだ。われわれは廊下に出ていて、そんなところから大声で呼ぶものがいるはずがないことに気がつかなかった。しかし、《ナボ》と呼ぶ二度目の声を聞いたときには、不思議に思って頭をあげた。娘のそばに誰がいるのだろう？ すると、ひとりが言った。《誰も部屋に入るのを見なかったが。》その時、もうひとりが言った。《まちがいなくおれはナボと呼ぶ声を聞いたよ。》そこでわれわれは娘の部屋に行ってみたが、床に座って壁にもたれているその子の姿しかなかった。

ナボは夜早く帰ってくると、すぐに寝た。次の土曜日には、あの黒人がもう出ないので、彼は広場に行かなかった。そして、その三週間後の月曜日に、ナボが馬小屋にいるあいだに、蓄音機が鳴りだしたのであった。はじめのうちは、誰もそれを気に留めなかった。だが、しばらくして黒人の少年が歌を口ずさみながら、水の滴《したた》る桶《おけ》を手に、こちらに近づいてくるのを見たとき、われわれは尋ねた。《どこから出てきたんだ？》彼は言った。《あそこの扉だよ。昼間からずっと馬小屋にいたからね。》《蓄音機が鳴ってるじゃないか。聞こえるだろ？》とわれわれは言った。《誰がねじを巻いたんだ？》すると彼は肩をすくめて言った。《あの娘だよ。しばらく前から、あの娘がねじを巻くようになったんだ》

馬小屋に閉じ込められて、額に蹄の傷を負い、干草の上にうつ伏せに倒れている彼の姿が見つけられた日までの、事情はおおよそそのようなものであった。われわれがナボの肩を抱え起こすと、彼は言った。《馬に蹴られて、ここに倒れてたんだ。》しかし彼の言ったことには、誰も注意を払わなかった。むしろわれわれが心配したのは、彼の死人のようにうつろな目であり、緑色の泡を吹いている口だった。その日は一晩中、高熱を発して泣きわめいたり、馬小屋の干草の中になくした櫛《くし》は見つかったかなどと、譫言《うわごと》を言ったりした。一日目はそんな具合だったが、次の日になるとぱっちり目を開けて、《喉が渇いた》と訴えた。そこで水を与えると、一息に飲みほし、さらに二杯の水を飲んだ。気分はどうかと尋ねると、《馬に蹴とばされたような気分だ》と答えた。それから彼は、昼も夜も喋りつづけた。最後には、ベッドの上に起き上がって、人差し指で遠くを指さし、馬の蹄の音のせいで、一晩中眠れなかったのだと言った。熱は前の晩からもう下がっていた。譫言を言うこともなかったが、喋るのをやめようとしないので、とうとう口の中にハンカチを突っ込まなければならなかった。すると彼は、口にハンカチを入れたまま、歌をうたった。また、閉じた扉の向こうから、水を求めている馬の息づかいが、耳に聞こえてくると言いだしたりした。食事をさせようとしてハンカチを引っ張り出すと、壁の方に寝返りをうつので、われわれは彼が眠っているのだろうと思った。実際、すこしのあいだなら眠れるようだった。しかし、目が覚めると、ベッドの上でおとなしくしていようとはしないので、部屋の柱に手足を縛ることにした。縛られたナボは歌をうたいはじめた。

男が誰だったか分かると、ナボは彼に言った。《前にあんたを見たことがあるよ。》すると男は言った。《土曜日には、いつも広場に出ていたからな。》ナボは言った。《そうだね。でも、ぼくはあんたを見ていたけれど、あんたはぼくを見なかったはずだよ。》男は答えた。《お前さんを見たことはないが、あとで広場に行くのをやめると、土曜日におれを見られなくなった人間がいるってことに気がついたんだ。》そこで、ナボは言った。《あんたはもう広場に戻ってこなかったけれど、ぼくは三、四週間は広場に通いつづけたんだよ。》男は相変わらず座ったままで、膝を叩きながら言った。《広場で演奏するのはたったひとつの楽しみだったんだが、行けなくなっちまったのさ。》ナボは上体を起こそうとして、草に埋もれた頭を振った。コーラスに加われと執拗に勧める男の低い声を聞いているうちに、また睡魔が襲ってきて、たちまちナボは眠ってしまった。馬に蹴られて以来、いつもそうなるのだった。だが、男の声はつねに聞こえていた。《待っているんだよ、ナボ。お前さんがどれくらい眠りつづけるのか、その時間を計る方法がないんだ》

黒人が楽団から姿を消して四週間後、ナボは馬のしっぽを櫛でとかしていた。それまでは、そのような仕事をしたことがなく、歌をうたいながらブラシをかけるだけだった。しかし、水曜日に市場へ出かけたとき、彼は櫛を見つけて、言ったのだった。《この櫛は馬のしっぽの毛をとかすのにもってこいだ。》それから、馬に蹴とばされるという事件が起こり、それ以来、ナボは痴呆のようになって、十年か十五年の生涯を生きてきたのであった。農場で働くひとりが言った。《いっそあの時死んでしまえばよかったんだ。そうすれば、四六時中でたらめを言って、世捨て人みたいに暮らすこともなかったのに。》だが、一室に閉じ込めてからは、彼に会おうとするものもいなくなった。われわれは、部屋の中に彼が閉じ込められているということと、少女がそれ以来蓄音機を二度と動かさなくなったということを知っているだけだった。やがて、農場では彼がどうしているか気にするものはいなくなった。われわれは、まるで馬かなにかの家畜のように、彼を閉じ込めっぱなしにしておいた。それは、蹄で蹴られたひょうしに、馬の愚かしさが彼に乗り移り、額に馬の狂った獣性が刻み込まれた、とでもいうかのような扱いだった。四方を壁で囲まれた部屋に閉じ込めて、やがて死ぬのを待っていたようなものだった。それというのも、われわれは別の方法で殺すほど冷酷ではなかったからである。こうして十四年の歳月が流れ、子供たちも大きくなり、その中のひとりが、ナボの顔を見てみたいと言いだしたのだった。そして彼は扉を開いた。

ナボは再び男の方を見て言った。《馬に蹴られたんだよ。》すると男が言った。《お前さんは何百年もそんなことを言ってるんだ。コーラス隊が待ってるんだよ。》ナボは再び頭を振って、傷ついた額を草の中に沈めた。と、その時、あの事件がどうして起こったのかを思い出した。《馬のしっぽの毛を櫛でとかしたのは初めてだったんだ。》男が言った。《おれたちはお前さんに来てもらいたいんだ。コーラス隊に入って、歌ってもらいたいんだよ。》ナボは言った。《櫛を買わなければよかった。》男は言った。《お前さんは、どのみち櫛を見つけることになっていたのさ。櫛を見つけて、馬のしっぽの毛をとかすようにと、おれたちが決めたんだから。》ナボは言った。《馬の後ろ側に回ったことなんか一度もなかったのに。》男は辛抱強く、静かに言った。《しかし、後ろに回ったのは事実だし、げんに馬に蹴られてもいる。コーラス隊に呼ぶには、あれしか方法はなかったんだ。》妥協のない対話は毎日つづいた。そんなある日、農場に働くひとりが言った。《扉を閉めてから十五年ほどになるな。》少女は少しも成長していなかった。すでに三十歳を越えていて、目もとには悲しげな表情が浮かんでいた。人々がナボの部屋の扉を開けたとき、彼女は座って、壁を見つめていた。彼女は壁の反対側にくるりと顔を向けて、匂いを嗅いだ。人々は再び扉を閉めて、言った。《ナボは静かになったじゃないか。身体も動かさないようだ。近いうちに死にそうだが、臭いで分かるだろう。》するともうひとりが言った。《食事を見ていれば分かるさ。今まで食べなかったことは、一度もないんだから。ああして閉じ籠っているのがいいのだろうよ。誰にも煩わされないし。奥の方から、結構明るい光も入っているじゃないか》そんなふうにして、同じ状態がつづいた。ただひとり壁を見つめていた少女だけが、部屋の隙間から流れ込んでくる熱い風の匂いを嗅いでみるようになった。彼女は朝方までそうしていたが、部屋の中からは金属のきしる音が聞こえた。それは十五年前に、ナボが蓄音機のねじを巻いていたときと同じ音だった。われわれは起き上がって、明かりをつけた。すると、忘れていた懐かしい歌の始めの数小節が聞こえてきた。それはもう何年も前から、レコードの中に眠ったままになっていた、あの悲しい歌だった。きしり音はだんだんと大きくなり、ついにものを叩いたときのような硬い音がした。そこで、われわれは彼女の部屋に駆けつけた。レコードはまだ鳴りつづけていたが、少女は蓄音機の横で、機械からはずしたクランクを握り締めて、壁を見つめていた。われわれは身じろぎもせずに立っていた。少女もクランクを持ったまま、身体を硬くして、黙って壁を見つめていた。われわれは何も言わずに部屋に戻った。蓄音機のねじを少女が巻けるようになったと、かつて誰かが言っていたのが思い出された。そんなことを考えているとその夜は一睡もできず、われわれは、ねじを巻きすぎて壊れてしまった機械の上で、ぐるぐる回りつづける擦り減ったレコードの音を聞いて過ごした。

その前日、ナボの部屋の扉を開いたとき、内側から動物の肉が腐ったような死臭がしていた。扉を開けた男は《ナボ、ナボ》と呼びかけたが、応答はなかった。扉の隙間には、空っぽの皿が置いてあった。日に三度、その隙間から料理が差し入れられ、そのたびに空になった皿が戻ってくるのであった。その皿を見て、われわれはナボが生きていることを確かめていた。彼が生きているしるしは、ただそれだけだった。

部屋の内部では、ものの動く気配はなく、歌声も聞こえなかった。ナボが男に話しかけたのは、扉が閉まったあとからだったにちがいない。《コーラス隊には入れないよ。》すると男が尋ねた。《どうして?》ナボは答えた。《だって靴を持っていないから。》男は立ち上がって言った。《そんなこと気にするな。あそこじゃ、誰も靴なんかはかないんだから。》ナボは、男が持ち上げて見せてくれた、黄色くて硬い足の裏を見た。《ここに来てからずいぶん時間がたった》と男が言った。《馬に蹴られたのはついさっきだよ》とナボが言った。《これからちょっと水で頭を冷やして、馬を一回りさせてくるよ。》すると男が言った。《もう馬はお前さんを待っていない。ここにはいないんだ。お前さんは、おれたちのところに来るんだ。》ナボは言い返した。《馬はいるはずだ。》ナボが草の中に手をついて起き上がろうとすると、男が言った。《十五年も前から、誰も馬の世話などしなくなったのだ。》しかし、ナボは草の下の地面を引っかき回しながら言った。《櫛は残っているはずだ。》男は言った。《馬小屋が閉鎖されたのは、十五年も前のことだ。今ごろは石ころだらけさ。》だがナボは言った。《半日で石ころだらけになんかなるものか。櫛が見つかるまで、ぼくはここを出て行かないから》

その翌日、人々が戸締まりを確かめ終えたころ、部屋の中で何かが動く大きな物音がした。人々はその場に立ちすくんでいた。きしり音がしはじめ、巨大な力に押されて扉が開きだしたとき、人々は声を呑んだ。内側からは、追いつめられた獣《けもの》の喘《あえ》ぎのような音が聞こえた。ナボが再び頭を振ったとき、ビシッという音をたてて、錆びついた蝶番《ちょうつがい》がはじけとんだ。《櫛が見つかるまで、ぼくはコーラス隊へは行かないぞ》とナボは言った。《そのへんにあるはずなんだから。》そして草をかき分け、地面を引っかき回した。そこで男は言った。《分かったよ、ナボ。櫛が見つかるまでは、どうしてもコーラス隊に来ないと言うのなら、さっさと行って捜すがいい。》男はこみ上げる怒りに表情を曇らせたが、なんとかそれを抑え、身体を前にかがめて、柵に両手をついて、言った。《さあ行けよ、ナボ。誰にも邪魔はさせないから》

扉が開き、額に生々しい傷跡のある——十五年もたったのに傷は残っていた——獣のような巨体の黒人が、家具を乗り越えて飛び出してきた。道具類を蹴ちらし、十五年前に——その頃は馬の世話をする黒人少年だった——縛られたロープの巻きついた拳を振りあげて、大声で吠えながら廊下を突進した。肩でドアを突き破ると——中庭に出る前に——少女の横をすり抜けていった。彼女は前の晩からずっとクランクを握ったまま座り込んでいたが、解き放たれた黒人の姿を目にしたとき、かつてこの人をある名前で呼んだことがあったと、おぼろげに思い出した。蓄音機のそばにも、鏡のそばにもいなかったので、彼には少女が見えなかった。彼はその部屋にあった鏡を肩にかつぐと——馬小屋を見つける前に——中庭に出た。大きな音をたてて、鏡が砕けちった。顔を太陽に向けたとたん、目が眩《くら》んで閉じた。目隠しされた馬のように、彼は闇雲に走り回ったが、そのあいだにも本能的に馬小屋の扉を探し求めていた。十五年も閉じ込められていたので、馬小屋の形は記憶から消えていたが、本能の中にはそれが残っていた。馬のしっぽを櫛でとかしたあの日から今日まで、彼はずっと廃人同然の暮らしをしてきたのだ。煌々《こうこう》と明かりのともった部屋に入れられて目の眩んだ牛のように、錯乱と、朦朧《もうろう》と、混沌の世界を生きてきたのだった。

裏庭まで来たが、馬小屋はまだ見つからなかった。猛り狂う怒りは、鏡をかつぎ出したときから少しも衰えず、彼は猛烈な勢いで地面を掘りはじめた。草を掘り起こせば、雌馬の尿の臭いが立ち昇るだろうと、思った。あの臭いを嗅いでから——今やその臭いは、彼自身の荒れ狂う力よりも強力だった——馬小屋に行き、一気に扉を押し開けよう。だが、その時には、息も絶え絶えになり、小屋に転がり込んだとたんに、うつ伏せに倒れてしまうかも知れない。しかし、今はまだ獰猛《どうもう》な動物的本能が残っていて、興奮状態がつづいていた。その興奮のせいで、ほんの一瞬前にもクランクを持った少女のそばを通り過ぎたのに、彼女の声が耳に入らなかったのだった。目の前を通り過ぎていく彼を見た少女は、よだれを垂らして椅子に座っていたが、口を動かすかわりに蓄音機のクランクを振り回して、生涯で憶えたたったひとつの言葉を思い出し、部屋の中から大声で叫んだのだった。《ナボ！　ナボ！》と。

誰かが薔薇を荒らす

Alguien desordenar estas rosas, 1953

井上義一　訳

日曜日で、雨も上がったので、ぼくはお墓に花束を供えに行こうと思う。彼女が、祭壇を飾ったり、花の冠を作ったりするために、育てている赤や白の薔薇《ばら》を持って行こう。その朝は暗くて恐ろしい冬のために、まったく憂鬱なものになって、ぼくは村の人々が死者を埋める丘のことを思い出してしまった。そこは草も木も生えていない土地で、風が吹いた後に偶然に運ばれてきた塵《ちり》が散らばっているぐらいのものだ。いまは雨も止んで、真昼の太陽が照っているから、坂道のぬかるみも固く乾いていて、お墓のところまで行けるはずだ。お墓の下には、子供の姿でぼくの身体が眠っているが、いまは腐ってぼろぼろになり、貝殻や木の根に紛れ込んでしまっている。

彼女は聖人の像の前でひざまずいている。ぼくが祭壇に近づいて、一番色あざやかでみずみずしい薔薇を取ろうとして失敗し、部屋の中で動き回るのをやめてからも、彼女はお祈りに没頭しているのだ。きょうはたぶんうまくいくだろうと思ったとき、明かりが揺らめき、彼女も恍惚状態から我にかえって顔をあげ、椅子の置かれた部屋の隅に目をやった。《また風がでてきたわ》と、彼女は考えたにちがいない。祭壇のそばを何かが通り過ぎていったのは事実であり、部屋の空気が一瞬波を打つように揺れ動き、それとともにずっと前から彼女が蓄えていた追憶の水面にざわめきが起こったようだった。薔薇を取るには新たなチャンスを待たなければならないと思った。彼女はもう目覚めていて、椅子を眺めているのだから、顔の近くでぼくが手なんか動かしたりしたら、その音に気づくにちがいない。いまは彼女が部屋を出て行くのを待っていなければならない。しばらくすれば、彼女は隣の部屋に行って、日曜日にいつもする昼寝をはじめるはずだ。そうすれば、ぼくは薔薇の花を持って外出し、彼女が部屋に戻って、また椅子を眺めはじめるまでに、帰ってこられるだろう。

この前の日曜日はもっと難しかった。彼女が恍惚状態に入るまで、二時間近く待っていなければならなかった。家に閉じ籠りきりの暮らしの孤独感が急に緩《ゆる》んで、それを自覚した彼女はいっそう苦しみ、落ち着きをなくし、不安になっていたようだった。薔薇の花束を持ったまま、部屋の中を何度となく歩き回り、ようやく花束を祭壇に置いたのだった。それから廊下に出て、振り返って部屋の中を見渡したあとで、隣室に入っていった。ランプをさがしているのは分かっていた。その後、彼女が再びドアの前を通りかかり、黒っぽい小さな袋を持ち、薔薇色のストッキングをはいた姿を廊下の明かりの中に見たとき、ぼくは若い頃にそっくりだと思った。四十年前、彼女はこの同じ部屋に置いてあったぼくのベッドにかがみ込んで、《みんながあれこれと余計な世話をやいたものだから、パッチリと目を開けてしまって、とても眠れそうにないわ》と、言った。廊下で見た彼女は、あの遠い八月の午後から時の流れが止まってしまったかのように、昔と少しも変わっていなかった。あの日、女たちは彼女をこの部屋に連れてきて、遺体を見せて、《お泣きなさい。まるで弟みたいな子だったのですものね》と、言った。すると彼女は、言われたとおりに、雨に濡れた服のまま、壁に寄りかかって涙を流した。

三、四週間前の日曜日から、ぼくが薔薇の花を盗もうと隙を狙っていても、彼女は祭壇の前を動こうとせず、じっと花を見つめているようになった。彼女がこの家に暮らしはじめてもう二十年になるが、これほど熱心に花を見ていたことはない。それは驚くほどの執念であった。先週の日曜日は、彼女がランプを捜しにいった隙に、どうにか最も美しい薔薇を選んで花束を作ることができた。それまでは、ぼくはずっと我慢のしつづけだった。ところが椅子の方へ戻りかけたとき、足音が再び廊下に聞こえたので、ぼくは素早く薔薇を祭壇に戻さなければならなくなった。一瞬後に彼女はランプを高々と手に持って、部屋の入口に立っていた。

彼女は黒っぽい袋を持ち、薔薇色のストッキングをはいていた。だが、その表情には何かを発見したときのような輝きがあった。その時の彼女は、二十年間も薔薇を育てつづけてきた老女ではなく、あの八月の午後、着替えのために隣の部屋へ連れて行かれた若い女そっくりに見えた。しかし、ランプを持って戻ってきた現実の彼女は、四十歳も年老いて、太った老婆なのであった。

ぼくの靴は、あの日の午後についた泥が固くかたまって、火の消えたかまどのわきに放置され、からからに乾いていた。ある日、ぼくはそれを捜しに行った。家の扉がすべて閉じられ、戸口に吊るしてあったパンとアロエの束が取り外され、家具が運び出されたあとのことだった。椅子以外の家具は全《すべ》て運び出されていた。部屋の片隅に残された椅子は、それ以来ずっとぼくが使うことになった。ぼくの靴は乾かすためにそんな場所に置かれたのだけれど、みんながこの家を出ていくとき、靴のことなんか、思い出しそうにないことは分かっていた。だからこそ、捜しに行ったのだった。

その後、何年もたってから、彼女はこの家に戻ってきた。多くの年月が流れたので、部屋に漂《ただよ》っていた麝香《じゃこう》の香りは、埃《ほこり》の臭いにまみれ、虫が発散する乾いた悪臭もわずかに混じっていた。

ぼくは部屋の片隅に座り、待ちつづけていたのだった。その間に、腐っていく木材のざわめき、閉め切った寝室に淀《よど》んで古びていく空気の喘《あえ》ぎを聞き分けられるようになっていた。彼女が現れたのは、ちょうどその頃だった。手にスーツケースを持ち、緑色の帽子をかぶって、彼女は戸口に立っていた。そのとき持っていた綿の小さな袋を、彼女は片時も手放したことはない。彼女はまだ若々しさを保っていた。まだ太りはじめの兆候は見られず、今のように踝《くるぶし》がストッキングの下で膨《ふく》れ上がっているようなこともなかった。彼女がドアを開けたとき、ぼくの身体は埃まみれで、蜘蛛《くも》の巣におおわれていた。二十年間鳴きつづけてきたコオロギも、この時は部屋の隅でおし黙っていた。身体は埃と蜘蛛の巣にまみれ、コオロギは突然後悔したように沈黙し、戻ってきた彼女はまったく違う年齢になっていたけれども、ぼくはあの八月の嵐のような午後に、一緒に家畜小屋へ巣を取りにいってくれた若い女の面影を見いだすことができた。スーツケースを持ち、緑色の帽子をかぶって、戸口に立っている彼女は、あまりに昔と変わらない姿だったので、ぼくが崩れ落ちた階段の横木を握り締めたまま、小屋の干草の中で仰向きにひっくり返っていたのを発見された時と同じ叫び声をあげるのではないかと思われるほどだった。彼女がドアをいっぱいに開け放つと、蝶番《ちょうつがい》がきしみ、屋根の梁《はり》をハンマーで叩いたかのように、天井から埃が舞い落ちてきた。額縁のような戸口の明るさの中で、彼女はしばらくためらっていたが、やがて身体を半ば乗り出して、眠っている人間に声をかけるように《坊や。ねえ、坊や》と言った。ぼくは脚を伸ばし、身体を固くして椅子に座っていた。

部屋を見に来ただけかと思っていたが、彼女はそのままこの家で暮らしつづけた。彼女は部屋に風を通し、スーツケースを開いた。すると、なつかしい麝香の匂いが立ちこめた。家具やトランクに詰めた衣類も運ばれてきた。だが、彼女が運んできたものは何よりも、部屋の香りであった。二十年ぶりに香りが舞い戻り、この部屋に定着したのだった。祭壇も昔そっくりに造られた。彼女の出現は、時間が容赦のない勤勉な手で破壊したものを、再び築き上げるのに充分な力を備えていた。それ以来、彼女は隣室で食事と睡眠をし、日中はこの部屋で聖人像と無言の会話を交わしてすごすようになった。午後になると、ドアの横でロッキングチェアーに座って繕《つくろ》いものをしながら、花を買いに来た客の相手をした。繕いものをするとき、彼女はいつも椅子の上で身体を揺らしていた。薔薇の花束を客が買いに来ると、腰に結んだハンカチの中に代金をしまい込んで、決まりの言葉を言うのだった。《右のを持っていってくださいな。左のは聖人様のお供えにしますから》

そんなふうに、繕いものをし、身体を揺らし、椅子を眺めて、二十年間彼女は暮らしてきた。その姿は、若い日の午後を一緒にすごした子どもの面倒をみているようには見えず、自分が五歳の時から、部屋の片隅に座ったままでいる障害をかかえた孫の面倒をみている祖母のように見えた。

そろそろうつらうつらし始める頃だ。薔薇の花に近づいて行けそうになってきた。花束ができたら、丘へ行って、それをお墓に供えて、この椅子に戻ってこよう。それから、彼女がこの部屋に入ったり、隣の部屋で物音を立てたりすることがなくなる日が来るのを待つことにしよう。

その日は、今日とはまったく違った日になるだろう。ぼくは家の外に出て行って、あばら屋にひとりで暮らし、薔薇を育てていたあの女を、丘まで運ぶのに四人の男の人が必要だと言わなければならない。その日が来れば、ぼくはこの部屋に本当にひとりでいることになるのだ。でも、彼女だって満足するだろう。だって、日曜日になると、祭壇に押し寄せて薔薇を荒らしたのが、目に見えぬ風ではなかったと分かるのだから。

イシチドリの夜

La noche de los alcaravanes, 1953

井上義一　訳

おれたち三人はテーブルを囲んで座っていた。誰かがコインを投げ入れると、ウルリッツァー*が再びレコードを鳴らしはじめた。そんなふうにして、音楽は夜通しつづくのだ。おれたちは、それ以外のことを考える余裕がなかった。どこにいるのか思い出せないうちに、また方向感覚も取り戻していないうちに、音楽が鳴りだしたのだった。仲間のひとりがカウンターの上に手を伸ばし、這《は》わせていった（手が見えたわけではなく、その音が聞こえていたのだ）。手がコップを探り当てると、動きを止め、コップの硬い表面をしばらく両手でつつんでいた。そのあと、おれたち三人は暗がりの中でお互いの手を捜し、見つけると、カウンターの上で三十本の指を重ね合わせた。ひとりが言った。

「行こうか」

そこで、おれたちは何事もなかったかのように立ち上がった。うろたえている余裕すらなかったのだ。

廊下を通って進んでいくと、音楽がごく間近から聞こえてきて、頭の上で渦を巻いているように感じられた。椅子に腰掛けて、人を待っている、悲しい女たちの匂いが漂《ただよ》っていた。おれたちは前方に廊下が長く伸びているのを感じながら、ドアの方へ歩いていった。出口に近づくと、そのそばに腰掛けているもうひとりの女の酸っぱい匂いが鼻をついた。おれたちは言った。

「帰るよ」

女は返事をしなかった。女が立ち上がると、ロッキングチェアーが後ろに揺れて、きしり音を立てた。剝がれかかった床を踏みしめる音と女が再び腰掛ける音が聞こえたあと、蝶番《ちようつがい》がきしり、背後でドアがバタンと閉まった。

おれたちは振り返った。すると、そこには早朝の、身を切るような目に見えぬ冷気が漂っていた。ある声が聞こえた。

「そこをどいてよ。これを運んでいくんだから」

おれたちは後ろに下がった。だが、その声は再び言った。

「もっと下がって。まだドアの邪魔になってるから」

おれたちは右往左往し、そのたびに同じような言葉を浴びせられた。そこでしかたなく、おれたちは言った。

「ここをどうしても出られないんだ。イシチドリに目をえぐられたんだよ」

すると、何軒かの家の扉が開かれる音が聞こえた。仲間のひとりが手を放し、暗がりの中を這っていき、あちらこちらとさまよいながら、方々で物にぶつかる音が聞こえた。彼は暗闇のどこからか声をかけてきた。

「もう近いはずなんだがな」と、彼は言った。「このあたりは、山積みになったトランクの臭いがするから」

彼の手が再びおれたちの手に触れた。おれたちが壁に寄りかかっていると、あの声が正反対の方向から聞こえてきた。

「棺桶かも知れないぞ」と、仲間のひとりが言った。

暗闇の隅まで這っていって、戻ってきた男が、おれたちのすぐ横で息をつきながら言った。

「いや、あれはトランクだ。おれは子供の頃から、トランク詰めの服の臭いをいやというほど嗅いできたんだ」

そこで、おれたちはそちらに移動した。床は踏みしめられた地面のように、柔らかで平らだった。仲間のひとりが手を伸ばしてみた。おれたちは、横たわった温《ぬく》もりのある人間の皮膚があることを確かめたが、反対側の壁に触れることはできなかった。

「これは、女だ」と、おれたちは言った。

トランクの話をしていた男が言った。

「寝ているようだな」

おれたちが手を触れると、その身体は身震いをして、手の間をすり抜けた。それは手の届かないところへ行ったというのではなく、突然姿を消したというような逃れかただった。しかし、おれたちがしばらく肩を寄せ合い、身をこわばらせて静かにしていると、女は口を開いた。

「誰なの？　そこにいるのは」

「おれたちだよ」と、身動きせずに答えた。

ベッドの上で誰かが動く音が聞こえた。ベッドのきしむ音と、暗がりの中でスリッパをさがす足の音が聞こえてきた。おれたちは、ベッドに腰を掛け、眠そうな目でこちらを見ている女の姿を想像していた。

「ここで何をしているのよ？」と、女が言った。

「それが自分たちにも分からないんだ。イシチドリに目をえぐられたもんでね」と、おれたちは答えた。

　その話なら聞いたことがあるわ、という女の声が返ってきた。新聞の記事には、三人の男が中庭でビールを飲んでいるところに、イシチドリが五羽か六羽、あるいは七羽かが現れ、その時、三人の中のひとりが鳥の鳴き声をまねて大声を出した、と書いてあったそうだ。

「*一時間も、だらだらそんなことをしていたのがよくなかったのよ」と、彼女が言った。新聞によると、その時、鳥たちがテーブルを襲い、男たちの目をえぐりとった、とのことである。

　新聞にはそう書いてあるけれど、誰もそんなことを信じているものはいないと、彼女は言った。そこで、おれたちは言った。

「あそこへ行ってみれば、イシチドリがいるって分かるはずなんだが」

　すると、女が言った。

「行ってみたわよ。この間なんか、中庭に人があふれるほど押し寄せたわ。でも、あの女が鳥たちをどこかへ移した後だったようね」

　おれたちがうしろを向くと、女は話をやめた。そこにはまた壁があった。振り返るごとに、壁があったのだった。おれたちの周りには、いつも壁があった。仲間のひとりが再び手を放して、這って行った。彼は地面の臭いを嗅ぎながら、言った。

「トランクのある所が分からなくなってしまった。どうやら、別の場所に迷い込んだらしいぞ」

　そこで、おれたちは言った。

「戻ってきてくれ。おれたちのそばに誰かいるんだ」

彼が近づいてくる音が聞こえた。彼がおれたちの横に立ったとき、生暖かい息が顔にかかった。

「手を向こうへ伸ばしてみてくれ」と、おれたちは言った。「そこに、おれたちのことを知っているやつがいるはずなんだ」

彼は手を伸ばし、おれたちが指示した方へ進んで行ったようだった。しばらくすると、戻ってきて、おれたちに言った。

「子供だと思うよ」

そこで、おれたちは言った。

「よし。じゃ、その子におれたちのことを知っているかきいてみてくれ」

彼は尋ねてみた。それに答える男の子の素朴だが元気のない声が聞こえてきた。

「知ってるよ。イシチドリに目をえぐられた三人のおじさんたちだろ」

その時、大人の声が聞こえた。それは女の声だったが、閉めきったドアの向こうから、話しているようだった。

「またひとりごとを言ってる」

すると子供の声が無邪気に答えた。

「ちがうよ。イシチドリに目をえぐられたおじさんたちが、ここにいるんだよ」

蝶番のきしる音がして、女の声が先ほどよりも間近に聞こえてきた。

「そのおじさんたちを家まで連れていっておあげよ」と、女が言った。

すると男の子が言った。

「でも、家を知らないもん」

女の声が言った。

「意地の悪いことを言うもんじゃないよ。イシチドリに目をえぐられた人っていえば、誰でもどこに住んでいるか知ってるよ」

そのあと、まるでおれたちに話しかけるように、がらりと口調を変えて、女は喋りつづけた。

「あの事件のことは、誰も信じようとはしませんよ。みんなは、新聞が売上げを増やそうとして、でっちあげた記事だって、言ってます。イシチドリを見たものなんて、誰もいないんですから」

そこで、おれたちは言った。

「イシチドリを捕まえて、町に持ってきても、信じてくれないかな」

おれたちはじっと動かずに、壁にもたれて、女の声を聞いていた。

「この子が送っていくかどうかと、その話は別ですよ。ともかく、子供が何を言おうと、世間のみんなは気にもしませんし」

子供が横から口をはさんだ。

「ぼくがこのおじさんたちを連れて通りを歩いて、イシチドリに目をえぐられた人たちだよなんて言ったら、石を投げられちゃうよ。町では、そんなこと、あるはずがないって言ってるもの」

一瞬、沈黙が流れた。やがて、ドアが再び閉じられ、子供が喋りはじめた。

「それにね、いま『テリーと海賊たち』を読んでるところなんだ」

仲間のひとりが耳うちをした。

「なんとか説得してみるよ」

彼は子供の声のする方へ這って行った。

「その本は、おじさんも大好きだよ」と、彼は言った。「今週はテリーに何が起こったかだけでも教えてくれないかな」

まず、仲よくなろうという作戦だな、とおれたちは考えた。だが、子供はすげなく答えた。

「お話なんか興味ないんだ。挿し絵の色が好きだから、読んでるんだ」

「テリーは迷路に入り込んだんだね」と、おれたちは言った。

すると、子供が答えた。

「それは、金曜日の話だよ。今日は日曜日だし、それにぼくは絵の色が好きなだけなんだよ」子供はまったく関心を示さず、冷たく突き放すような声で言った。

彼が戻ってくると、おれたちは言った。

「道に迷ってから三日ほどになるな。だがそのあいだ、一度も休んでいない」

すると、ひとりが言った。

「ああそうだったな。ひと休みしようか。だが、手を放すんじゃないぞ」

おれたちは座りこんだ。目には見えないが、暖かい日差しが肩の辺りを暖めはじめた。しかし、太陽が現れたことなどおれたちにはどうでもよかった。距離、時間、方向など一切の感覚を失ってしまっていたので、太陽はどこかそのあたりにあるとしか分からなかった。何人かの人の声が通り過ぎていった。

「イシチドリに目をえぐられたんだ」と、おれたちは訴えた。

すると、ある声が言った。

「こいつら、新聞記事を本気にしている」

人声は聞こえなくなった。おれたちは肩を寄せ合い座ったまま、通り過ぎる人声やイメージの中に、知人の匂いか声が現れないかと待っていた。日差しが頭を暖めつづけた。その時、ひとりが言った。

「もう一度、壁の方へ行ってみよう」

他の二人は、目に見えない太陽の方に頭を上げたまま、身動きひとつしなかった。「いやまだだ。せめて陽が顔を焼きはじめるまで、待ってみよう」

土曜日の次の日

Un día después del sábado, 1954

桑名一博 訳

騒ぎが始まったのは七月だった。廊下が二つに寝室が九つの大きな家に住む傷心の未亡人、レベッカ夫人が、まるで通りから石でも投げられたかのように、家の網戸が破られているのを発見したのだ。夫人は自分の寝室ではじめてそれに気づいたので、そのことを、夫の死後は彼女の相談相手でもある、女中のアルヘニダに話さなくてはいけないなと思った。その後、ガラクタ物を整理しているとき（というのは、レベッカ夫人はかなり前から、ガラクタ物の整理以外は何もしていなかったから）、彼女の寝室の網戸だけでなく、家じゅうの網戸がこわれているのを発見した。未亡人は、たぶん父方の曾祖父から受けついだのだろうが、御上《おかみ》をたいへん偉いものと考えていた。彼女の曾祖父というのは、アメリカ生れのスペイン人でありながら、独立戦争*の際には国王側について戦い、戦争が終ると、カルロス三世*がサン・イルデフォンソ*に建てた王宮を見るだけの目的で、スペインまで骨の折れる旅をしたという男なのである。そういうわけで、夫人はほかの網戸の状態を知ると、もはやアルヘニダに話そうとは思わず、ビロードの小さな花飾りのついた帽子をかぶると、その不法行為を報告するために村役場へでかけて行った。しかし役場にきてみると、シャツも着てない、毛むくじゃらの、そして彼女には動物的だと思えるほどがっちりした当の村長が、やはり彼女の家のと同じようにこわれている、役場の網戸の修繕にとりくんでいた。

レベッカ夫人は、乱雑に散らかった汚ない事務所のなかに勢いよく入って行ったが、最初に目にしたのは、机の上に積み重ねられた死んだ鳥の山であった。だが彼女は一つは暑さのせいで、また一つには網戸の破損でひき起こされた怒りのためにぼんやりしていた。だから机の上に死んだ鳥がのせてあるというただならぬ光景を前にしても、それにショックを受ける余裕がなかった。また、村長が針金とドライバーで窓の金網を修繕しながら、梯子《はしご》のてっぺんで御上《おかみ》の権威を落としているのを目撃しても、別にあきれもしなかった。そのときの彼女は、網戸をこわされて笑いものにされた自分自身の体面のことしか考えていなかったし、それに頭が混乱していたので、自分の家の窓と役場の窓とを結びつけることすらできなかったのである。夫人は事務所のなかの、入口から二歩はなれたところに、それとなく勿体ぶった様子で立つと、飾りのついた長い日傘の柄《え》に身をもたせかけて言った。

「苦情を申しあげねばなりません」

村長は梯子のてっぺんから暑さで赤くなった顔をふり向けた。彼は未亡人が珍しく事務所に姿を見せたというのに、なんらの感情も示さなかった。村長は、むっつりした投げやりな態度で破れた網をはずし続けながら、梯子の上からきいた。

「どういうことですか?」

「近所の子供たちが網戸をこわしたのです」

すると、村長はまた夫人の方を見た。彼は夫人の帽子のきれいなビロードの花から古びた銀の色をした靴まで念入りに彼女を見つめたが、それはまるで彼女を見るのは、そのときがはじめてという風であった。村長は夫人から目をはなさずにゆっくりと梯子をおり、地面におり立つと片手を腰にあて、ドライバーを机の上に置いた。彼は言った。

「子供じゃあ、ありません、奥さん、鳥です」

レベッカ夫人はそのときになってはじめて、机の上の鳥を、梯子に登っていた男や寝室のこわれた網戸と結びつけたのである。彼女は自分の家の寝室が全部、死んだ鳥でいっぱいになっているところを想像して身震いした。

「鳥ですって！」と、彼女は叫んだ。

「鳥です」と、村長が確認した。「われわれが三日も前から、窓を破って家のなかで死ぬ、この鳥の問題で悩まされているのに、それをご存知なかったというのは妙ですな」

役場をあとにしたとき、レベッカ夫人は羞《は》ずかしかった。そして、村のあらゆる噂を家に運んでくるくせに、鳥のことはなにひとつ話してくれなかったアルヘニダに対し、少しばかり腹が立った。夫人は八月を目前にした陽光の輝きに目がくらみ、日傘を開いた。彼女は人けのない焼けつくような通りを歩いている間、すべての家々の寝室から死んだ鳥の、鼻を刺す強烈な悪臭が吐きだされているように感じた。

これは七月の末のことであったが、村が出来て以来、こんなに暑かったことは今まで一度もなかった。しかし、村の人々は鳥の大量死亡事件に心を奪われていたので、それには気がつかなかった。そのころは鳥が大量に死ぬという異常な現象が、まだ村の活動に深刻な影響を与えてはいなかったけれど、八月のはじめになると、大部分の人々はこの事件にふりまわされていた。大部分とは言っても、そのなかにはこの村の温和な司祭である、祭壇の至高の聖体アントニオ・イサベル神父は含まれていなかった。神父は九十四歳のときに、自分は今までに三度悪魔を見たことがあると断言していたが、鳥の死骸の方はまだ二つしか見ておらず、しかもそれを、別に重要なことだとは考えなかった。彼が最初の死骸を見たのは火曜日で、ミサが終ってから聖器室で見つけたのだが、近所の猫がそこまで引きずってきたのだろうと思った。二つ目の死骸は水曜日に司祭館の廊下で見つけたが、そのときは「猫は存在すべきではない」と考えながら、爪先で通りまで押しだしてしまったのだ。

だが神父は、金曜日に駅にきたとき、腰をおろそうとしたベンチの上に三番目の、鳥の死骸を見つけたのである。彼がその死骸の小さな足をつかみ、それを目の高さまで持ち上げ、ひっくりかえしながらよく調べていると、頭のなかで稲妻のようなものが光った。彼はぎくりとして「どうしたのだ、今週はこれで三つ目だ」と考えた。その瞬間から、神父は村で起きていることがわかり始めた。もっともそれは、きわめて漠然とした具合にではあったが。というのは、アントニオ・イサベル神父は百歳に近い歳のせいや、悪魔を三度見たことがあると断言していたお蔭で（村の人々はこれを気違いじみたことだと考えていた）、信者たちから、人が善く、温和で、世話好きだが、いつも雲のなかを歩いているような男だと思われていたからである。そういうわけで、鳥に何かが起きていることはわかったが、そのときもまだ、それが説教に取りあげるに値するほど重要なことだとは思わなかった。神父は悪臭に気づいた最初の人間だった。金曜日の晩に、鼻を刺す、むかつくような臭いで浅い眠りを妨げられ、びっくりして目を覚ましたときに感じたのだが、その臭いを悪夢のせいにしてよいのか、それともサタンが彼の眠りを妨げるために考えだした新しい、独創的な手段だと考えるべきなのかわからなかった。彼は身のまわりを嗅いでみてから、この経験は説教に役立つかも知れないと考えながら、ベッドのなかで寝返りを打った。五感の一つを通って人の心のなかに忍びこもうとする、サタンの巧妙な手口を扱ったその説教は、あるいは劇的なものになるかも知れないなと彼は思った。

その翌日、ミサの前に内庭を散歩しているときにはじめて、村人たちが死んだ鳥のことを話しているのを聞いた。彼が説教のことや、サタンのことや、嗅覚によって犯しうる罪のことを考えていると、昨夜の悪臭はこの一週間に集められた鳥の臭いだ、と話しているのが聞えたのだ。すると彼の頭のなかに、福音書的予言や、悪臭や、死んだ鳥が、混然とまじりあって浮かんできた。それで日曜日には、慈悲について、本人自身にもはっきり理解出来ない一節を即席でつけ加えねばならなかったが、それっきり、悪魔と五感の関係については永久に忘れてしまったのである。

しかしそうした経験は、彼の頭のどこか遠い片隅に身をひそめて残ったに違いなかった。そういうことは、もう七十年以上も前になる神学校時代にあっただけでなく、彼にはいつもよくあることで、九十歳をすぎてからは特にひんぱんに起きていた。神学校にいたころのことだが、雷をともなわない激しい俄雨《にわかあめ》が降ったある晴れた日の午後、彼は原語でソフォクレスの一節を読んでいた。雨が降りやんだとき、彼は窓越しに疲れ切った畑と、雨で洗われて生き返った午後を眺めやったが、するとそれっきりギリシャ劇や、彼がたんに「昔の御年寄たち」という呼び方で区別していた古典作家たちのことを、すっかり忘れてしまったのである。たぶん、それから三十年か四十年後のことになるが、雨が降らなかったある日の午後、彼が訪ねて行った町の、舗石を敷きつめた広場を横切っていると、暗誦しようと思ったわけでもないのに、神学校で読んだソフォクレスの一節が口をついて出て来たのである。その同じ週に彼は、おしゃべりで感じ易い、教皇の助司祭と「昔の御年寄たち」について長いこと話しあったが、その助司祭は、後にクロスワード・パズルの名で知られるようになったが実はその老人が考えだしたのだという、学問のある人士のための複雑な判じ物の愛好者だった。

　神父はその会談のお蔭で、ギリシャの古典作家たちに対してかつて抱いていた親愛の情のすべてを、一挙にとり戻すことが出来た。彼はその年のクリスマスに一通の手紙を受け取った。そのころすでに、並外れて空想的であり、解釈が大胆で、説教に少しばかり的外れなところがあるという確固たる名声を博していたが、もしそういうことがなかったら、彼はそのとき司教に任命されていただろう。

　しかし一八八五年*に起きた戦争のずっと前から、彼はこの村にとじこもってしまった。そして鳥たちが寝室で死のうとやって来たのは、村人たちが彼の代りにもっと若い司祭を寄越して欲しいと要望しだしてから、数年たった頃のことであった。司祭の転任を求める声は、彼が悪魔を見たことがあると言ったときから特に強くなり、そのとき以来、人々は彼を無視し始めたのである。神父は今でも眼鏡の助けを借りずに祈禱書の小さな活字が読めたが、このことには、はっきりとは気づいていなかった。

　彼は以前から規則正しい生活を送ってきた。小柄で、目立たないが、骨ばり、がっしりしていて、態度は物静かであり、その声は会話には向いているが、説教にはいささか柔らかすぎた。昼食の時間が来るまでは、踝《くるぶし》のところで裾をしばりつけたサージ*の長いズボンしか身につけずに、テント地で作った椅子に無造作に身を投げだし、親指をいじり廻しながら寝室でじっとしていた。

　彼はミサをあげることを除けば、何もしていなかった。週に二度は告解室に坐ったが、この数年間というもの、懺悔をしに来る者は一人もいなかった。それを彼は単純に、信者たちが新しい暮らし方のせいで信仰を失いつつあるのだと考えていた。だから彼は、自分が悪魔を三度も見たということは、こうした時機にまことにふさわしい出来事だと考えたのである。もっとも、そうした経験について話すときの彼が、あまり説得的でないことは自覚していたので、人々が彼の言葉をほとんど信じていないのは知っていた。アントニオ・イサベル神父は、最近五年間だけでなく、はじめの二つの鳥の死骸を見つけたあの特別な瞬間においても、自分は実は死んでいたのだということを発見したとしても、それは彼自身にとっては別に驚くべきことでもなかったであろう。それでも三番目の死骸を見つけたときにはわずかばかり生の世界に戻ってきていたので、最近はかなりひんぱんに、あの駅のベンチで見つけた死んだ鳥のことを考えていた。

神父は教会から十歩ほどのところにある、廊下が通りに向かって走った、網戸のない小さな家に住み、その家の二間を仕事部屋と寝室に使っていた。おそらく余り正気でないときの話だろうが、彼は、ひどく暑くさえなければ地上で幸福をえることが可能であると考えていて、ときどきその考えのために困惑していた。彼は形而上学的な難路をさまようことが好きだった。午前中はいつも、両眼をとじて筋肉の力をゆるめ、ドアを半開きにしたまま廊下に坐っていたが、そのときの彼がしていたのが、これである。しかし物を考える力がすっかり弱くなっていたので、少なくとも三年前からは、瞑想の時間にももはや何も考えていないことに彼自身は気づいていなかった。

十二時ちょうどに毎日同じものが入った弁当箱を持った男の子が廊下をやって来た。その箱は中が四つに分れていて、タピオカ入りの骨スープ、白米、玉ねぎをそえない焼肉、バナナの揚げ物かトウモロコシのケーキに*レンテッハ豆が少し入っていたが、祭壇の至高の聖体アントニオ・イサベル神父は、この豆を未だかつて口にしたことがなかった。

　少年はいつも神父が身を横たえている椅子のそばに弁当箱を置いたが、神父は廊下に再び遠ざかってゆく足音が聞こえるまでは目を開けなかった。そのため村人たちは、神父様は昼食前に昼寝をするのだと信じていたが（これもやはり気違い沙汰のことと思われていた）、実際は夜でも人並に寝ていなかったのである。

　その当時、彼の習慣は原始的だと言えるくらい簡素になっていた。彼はテント地で作った椅子から身を動かしもしなければ、弁当箱から食物をとり出すこともせず、皿も、フォークも、ナイフも使わずに、ただスープを飲むときに使うのと同じスプーンだけを使って昼食をしていた。そして食事が済むと起きあがり、頭に水を少しかけ、大きな四角い当布で繕われた白い法衣をまとうと、村人たちが昼寝をしようと横になる、ちょうどその時間に、駅まで出かけて行くのだった。数カ月前からはその道を歩きながら、悪魔がこのまえ現われたときに作ったお祈りの言葉をつぶやいていた。

　ある土曜日――それは死んだ鳥が落ち始めてから九日後だったが――祭壇の至高の聖体アントニオ・イサベル神父が駅に向かっていると、瀕死の鳥が、ほかでもなくレベッカ夫人の家の前で彼の足許に落ちてきた。彼の頭の中で正気の稲妻が光り、この鳥はほかの鳥と違って助けられるかも知れないと思った。そこで鳥を手にとると、レベッカ夫人が昼寝をしようと胴着のボタンをはずしたその瞬間に、彼女の家のドアをノックした。

　未亡人は自分の寝室で、ドアを叩く音を聞くと、本能的に目を網戸の方に向けた。夫人の寝室には二日前から、鳥は一羽も飛びこんでこなかったが、網戸は相変らずこわれたままになっていた。彼女の神経を苛立たせている例の鳥の侵入がやまないうちは、それを修繕させても無駄な出費になると考えたからである。夫人は扇風機のうなり声を通してドアを叩く音を聞くと、アルヘニダが廊下のいちばん向こうにある寝室で昼寝をしているのを、いらいらしながら思いだした。こんな時間に自分に煩わしい思いをさせるのはいったい誰だろうかと、いぶかる気持ちすら起こさなかった。夫人は再び胴着のボタンをはめ、金網を張った戸を動かすと、気取った様子で廊下を真直ぐに歩いて行き、家具や飾り物がいっぱいつまった居間を横切った。そしてドアをあける前に金網越しに見ると、どろんとした目をしたアントニオ・イサベル神父が、手に鳥を持ったまま憂鬱そうな様子でそこに立っていて、夫人がドアをあけないうちから「水を少しやって鉢のなかに入れれば、きっと元気になると思います」と言った。レベッカ夫人はドアを開けたとき、恐ろしさのあまり気絶しそうになった。

神父が彼女の家にいたのは五分たらずの間だった。レベッカ夫人は、この思いがけない神父の訪問を短くさせたのは自分の方だと思っていたが、実際は神父の方がそうしたのだった。未亡人がそのとき、過去のことを思い出していたら、神父がこの村で暮らしてきた三十年の間に、彼が五分以上、彼女の家にいたことが一度もなかったことに気づいていただろう。アントニオ・イサベル神父は、この家の女主人は遠い関係とはいえたしかに司教の親戚に当るのに、居間のぜいたくな調度品には、彼女の欲深い心がはっきり表れていると思っていたのだ。そのうえレベッカ夫人一家に関しては一つの伝説(もしくは本当の話)があった。つまり、未亡人に言わせるとつむじ曲りだという彼女の従弟アウレリアーノ・ブエンディーア大佐があるとき、司教が今世紀になってからこの村へやって来たことがないのは、彼の親戚を訪ねるのを避けるためだと断言したというのだ。しかしその伝説はまだ、司教館までは達していないに違いないと神父は考えていた。とにかく、その話が本当であるにしろ作り話であるにしろ、祭壇の至高の聖体アントニオ・イサベル神父が、夫人の家で居心地の良さを感じていなかったのはたしかだった。なにしろその家の唯一の住人たるや、今まで一度たりとも慈悲心の片鱗も見せたことがなかったし、一年にたった一度だけ懺悔にきていたが、彼女の夫の謎に包まれた死に関して何か具体的なことを探ろうとすると、いつも曖昧な答え方をしていたからだ。彼はそのとき夫人の家にいて、彼女が瀕死の鳥にかける水を持ってくるのを待っていたけれど、それは彼が自分からそうしようと思ったわけでない、ある状況のしからしめるところだったのである。

未亡人が戻ってくるあいだ、木彫りを施した豪華な揺り椅子に腰をおろしていた神父は、四十年以上前のある日、ピストルが鳴って、大佐の弟であるホセ・アルカディオ・ブエンディーアが金具と拍車の音のなかで、脱いだばかりの、まだぬくもりのあるゲートルの上にうつぶせに倒れて以来、二度と再びやすらぎをとり戻したことのない、この家の異様な湿り気を感じていた。

レベッカ夫人は勢いよく居間に戻ってくると、神父が揺り椅子に腰をおろし、彼女に恐怖感を起こさせる、例の捉えどころのない様子をしているのを見た。

「動物の命は」と神父は言った。「われらが主《しゅ》にとっては、人間の命と同じくらい貴いものなのです」

彼はその言葉を口にしたとき、ホセ・アルカディオ・ブエンディーアのことを思いうかべなかった。未亡人もまた、彼のことを思いださなかった。神父が説教壇の上から悪魔を三度見たと言ったとき以来、夫人は神父の言葉を信じないようになっていたのだ。レベッカ夫人は彼の言葉には注意を払わず、両手で鳥をつかむとコップのなかに沈め、そのあとで鳥をふり動かした。神父は彼女のしぐさに、無慈悲なところと投げやりなところがあり、動物の生命に対する配慮が全く欠けているのを見た。

「鳥は嫌いなようですな」と、彼は穏やかではあるが断定的な言い方をした。

未亡人は苛立ちと敵意を示しながら目をあげた。

「好きだったことはありますが」と彼女は言った。「家のなかで死ぬようになった今は大嫌いです」

「たくさん死にましたな」と彼は前と同じ口調で言った。その声が一本調子であるところに、なかなか隅に置けないところがあった。

「どの鳥も」と彼女は言った。そして、顔をしかめて鳥を握りしめると、それを鉢の下に置きながらつけ加えた。「でも、うちの網戸をこわしさえしなかったら、そんなことは私には、別にどうっていうことじゃあないんですけど」

神父はその言葉を聞くと、こんな冷酷な心の持ち主には未だかつてお目にかかったことがないと思った。そのすぐあとで、彼が自分の手に鳥をのせると、身を守るものとてない、その小さな身体はすでに息絶えていた。それに気づいた瞬間、彼はいっさいのことを、夫人の家で感じた湿り気も、欲深い心も、ホセ・アルカディオ・ブエンディーアの死体に附着していた耐え難い火薬の臭いも忘れてしまい、その週の初めから彼を取り巻いていた、驚くべき事の真相に気づいたのだ。彼が死んだ鳥を両手にのせ、脅かすような顔をして家から出て行くのを未亡人が見ている、その同じ時と所で、神父は驚嘆すべき天啓に接し、死んだ鳥が降ってくることや、神の代行者であり、暑くないときには幸福を感じることの出来る男である自分が、黙示録をすっかり忘れてしまっていることに思い到ったのである。

彼はその日も、いつものように駅へ行ったが、自分のしていることがよくわからなかった。何かが起こりつつあることはぼんやりとわかっていたが、自分がなんだか鈍感で、間抜けで、その場に適さない者のように感じられた。駅のベンチに坐ったまま、死んだ鳥が降ってくる個所が黙示録にあったかどうかを思いだそうとしたが、黙示録をすっかり忘れてしまっていた。突然、レベッカ夫人の家で手間取ったので汽車に遅れてしまったと思い、埃《ほこり》のつもったこわれた窓越しに頭をのばすと、駅舎の時計はまだ一時十二分前だった。ベンチに戻ってきたとき窒息しそうな感じがしたが、そのとき彼は、その日が土曜日であることを思い出した。彼は曖昧模糊とした暗い思いに沈みながら棕櫚で編んだ扇子を動かした。すると法衣のボタンや、靴のボタンや、ぴったりしたサージの長いズボンが無性に腹立たしく思われた。彼は生れてこのかた、こんなに暑い思いをしたことが一度もないのに気づいて愕然とした。

神父はベンチに坐ったまま法衣の首のボタンをはずすと、袖からハンカチを引っぱり出し、暑さで赤くなった顔を拭きながら、おそらく自分は今、これから地震が起きようとしている所に居合わせているのだという、悲愴な思いに満ちた瞬間のことを考えた。そういう場面を、以前どこかで読んだことがあったのだ。しかし空には一点の雲もなかった。それは透き通るような青い空で、不思議なことに、鳥はすべて姿を消していた。神父は、暑さと透明な空に気づいたとき、一瞬のことだが、死んだ鳥のことを忘れてしまった。そのとき、彼はほかのことを、つまり嵐が起きる可能性のことを考えていたのだ。だが空は澄み切っていて、穏やかだった。それはまるで、暑さなど一度も感じたことのない、どこか遠いところにあるよその村の空のようであった。そして、空を眺めているのが彼の目ではなく、まるで誰か別人の目のように感じられた。少ししてから、彼が棕櫚と錆びたトタンで作られた屋根越しに北の方を見ると、ごみ捨場の上を禿鷹がゆっくりと、静かに、釣合いをとりながら飛んでいるのが見えた。

　ある不可解な理由から、神父は神学校時代のある日曜日に味わった感情を、その瞬間に再び味わっているように思った。あれは彼が司祭に任じられる直前のことだった。彼は校長の書斎を使うことを許されていたので、いつも長い時間（特に日曜日には）そこに入りびたり、欄外に校長が先のとがった細字で書いたラテン語の注がある、古い木のかおりがする黄色い本を読むことに没頭していた。彼が一日じゅう本を読んですごしたある日曜日に、校長はその部屋に入ってくると、明らかに読んでいた本の頁の間から落ちた一枚の葉書を、あわてた様子で急いで拾いあげた。彼は校長の困惑ぶりを慎しみ深く、関心なさそうに見たが、その葉書に書いてあることを読むことが出来た。葉書には紫色のインクを使い、きちんと直立した書体で書かれた、たった一行の文章があるだけだった。「今夜イヴェト夫人が死んだ《マダム・イヴェト・エ・モルト・セット・ニュイ》。」それから半世紀以上ものちになって、神父は忘れ去られた村の上を飛ぶ禿鷹を眺めながら、オレンジ色の夕闇のなかで、気づかれない程度だが息遣いを変えて彼の前に坐っていた、校長の憂鬱そうな表情を思いだしたのである。

　その連想作用に気を奪われていたので、そのときは暑さではなく、それとはちょうど正反対の、鼠《そ》蹊《けい》部や足裏に氷が当っているような感じがした。神父は恐怖に襲われた。その恐怖の正確な原因が何であるかはわからなかったが、それは渾然《こんぜん》とした観念のもつれと分ち難く結びついており、そのもつれのなかでは嘔吐感と、泥にめりこんだサタンの蹄と、空から落ちてくる死んだ鳥の群れと、その一方で彼、祭壇の至高の聖体アントニオ・イサベル神父がその出来事に無関心でいることがひとつになっていて、それらを互いに区別することはできなかった。彼は身体を真直ぐにのばすと、虚空のなかに消えた相手に挨拶を送るかのように、呆然としている片手をあげ、恐怖に身を震わせながら、「*さまよえるユダヤ人」と叫んだ。

その瞬間に汽車が警笛を鳴らした。彼は長年駅へ来ていたが、そのときはじめて、警笛が耳に入らなかった。神父は汽車が厚い煙に包まれながら駅に入るのを見、錆びたトタン板に当る雹《ひょう》の音を聞いた。だがそれは、実際にはありそうもない、謎に満ちた夢のようなものであった。彼はその日の午後四時少し過ぎに、日曜日に行う素晴らしい説教に最後の手を入れたときまで、その夢から完全に目覚めることができなかった。八時間後、一人の女性に*終油の秘蹟を施してもらうために人々が彼を迎えにきた。

そういうわけで、神父はその日の午後に、誰が汽車で着いたのかを知らなかった。彼は長年の間、色がはげてガタガタになった四つの車輛が通りすぎるのを見てきたが、少なくともここ数年のあいだは誰かがこの村に滞在するため汽車から降りたという記憶はなかった。以前は別だった。あのころはバナナを満載した列車が通りすぎるのを見ながら午後をすごすことが出来た。果物を積んだ百四十輛の貨車が跡切《とぎ》れずに通って行き、緑色のランプを手にした男の乗った最後の車輛が通りすぎるころは、夜もふけていた。あのころはいつも線路の向こう側に、すでに灯りをともした村を見たものだし、列車が通りすぎるのを見ているだけで、よその村へ連れて行って貰ったような気がしたものだ。アントニオ・イサベル神父が毎日駅へ来るという習慣は、たぶんそのころに始まったのだろうが、その習慣は、労働者たちが機関銃で掃射され、バナナ園が廃止され、それと共に百四十輛の貨車も無くなり、誰も乗せてこなければ、また誰も乗せて行かない、黄色い埃っぽい列車だけになった今日まで、相変らず続いていたのである。

だが、その土曜日には着いた者がいたのだ。祭壇の至高の聖体アントニオ・イサベル神父が駅から遠ざかって行くとき、空腹を別にすればどことといって変ったところのない一人のおとなしい青年が、最後部の車輛の窓から神父の姿を見たのだ。そのとき彼は、前日から何も食べていないことを思い出した。青年は考えた。「神父がいるなら宿屋があるに違いない。」それで青年は列車から降りると、金属的な八月の太陽で焼かれた通りを横切り、すり切れたレコードが鳴っている駅の正面にある家の、涼しい日蔭のなかに入りこんだのである。二日間の空腹で嗅覚が鋭くなっていたので、そこが宿屋であることが分った。「ホテル・マコンド」という小さな看板には目もくれずになかへ入っていったが、彼がその看板に目をくれたことは一度もなかった。

おかみは妊娠五カ月以上だった。彼女は芥子《からし》のような色をしていて、おかみを身ごもっていたときの、彼女のお母さんそっくりの恰好をしていた。青年が「急いで、昼食を」と注文しても、おかみは急ぐ気配を見せず、ガラの入ったスープと、緑色のバナナをすりつぶした料理を出した。そのとき汽車が警笛を鳴らした。青年は熱い栄養のあるスープの湯気に包まれながら、駅までの距離を計ったが、すぐに、汽車に乗り遅れたときに受ける、あの途方に暮れた気持ちに襲われるのを感じた。

青年は走ろうとした。慌てふためいてドアのところまで来たが、玄関から一歩も踏みださないうちに、汽車に追いつく時間のないのに気がついた。テーブルに戻ると、もう空腹を忘れてしまっていた。青年は蓄音器のそばにいる少女が、尻尾をふっている犬みたいに怖ろしい顔つきをして、無遠慮に彼を見つめているのを見た。彼はそれを見て、母親が二カ月前に贈ってくれた帽子をその日はじめて脱ぎ、食べ終るまでそれを両膝の間にはさんでいた。青年はテーブルから立ち上がったときには、もはや汽車に乗り遅れたことも、わざわざその名を訊こうとは思わないこの村で、どうやら週末を過しそうな見通しになったことに対しても、別に気にしている様子はなかった。彼は部屋の片隅で、背が真直ぐに立った堅い椅子に背骨をもたせかけると、音楽に耳を傾けるでもなく、レコードを選んでいた少女が口をきくまでの長い間、そこにじっとしていた。少女が言った。「廊下の方が涼しいわよ」

青年は厭な気がした。彼は知らない人と話を始めるのが煩わしかったのだ。人の顔を見るのが嫌いだったし、やむを得ず話をしなければならないようなとき、彼の口からはよく、考えていたのとは違った言葉が出て来たからだ。「ええ」と彼は答えた。そして軽い悪寒を感じた。自分が坐っているのが揺り椅子ではないのを忘れて、彼は身体を揺り動かそうとした。

「ここへ来た人は、涼しい廊下の方へ椅子を持って行くわよ」と少女が言った。その言葉を聞くと青年は、娘が自分と話をしたがっているなと感じて気が滅入った。娘が蓄音器のぜんまいを巻いている間に、そっと彼女の方を見た。そこに数カ月前から、いや数年前から坐っているような様子で、その場所を離れる気は全くなさそうだった。彼女は蓄音器のぜんまいを巻いていたが、全神経を彼に向けていた。彼女は微笑していた。

「有難う」と青年は言った。そして椅子から立ち上がり、筋肉をほぐそうと身体を動かした。少女は彼から目を離さなかった。彼女が言った。

「ほかの人は帽子も帽子掛けに掛けておくわ」

今度は耳たぶがほてる感じだった。青年は物を教えるときの彼女の言い方にぎょっとした。彼はどぎまぎし、追いつめられたような感じになり、再び汽車に乗り遅れたときの途方に暮れた気持ちを味わった。だがそのとき、おかみが部屋に入って来た。

「何してんだい？」と彼女はきいた。

「廊下に椅子を持って行こうとしているの、ほかの人たちみたいに」と少女は答えた。

青年はその言葉にこめられた嘲《あざけ》りの調子に気づいたと思った。

「それじゃあ、私がスツールを持って来ましょう」とおかみは言った。

少女が声を立てて笑ったので、青年はうろたえた。暑かった。それは、乾いた単調な暑さだった。彼は汗をかいていた。おかみが革張りの木製のスツールを廊下まで押して行ったので、そのあとについて行こうとしたら、少女がまた口をきいた。

「だけど、鳥に驚かされるわよ」と彼女は言った。

青年は、おかみが少女の方に目を向けたときの、厳しい目つきに気がついた。それは瞬時のものだったが、しかし強烈な視線だった。

「お前は黙っていればいいの」と言ってから、おかみは彼の方をにこやかにふり向いた。それで彼は、ひとりぽっちだという気持ちが薄らぎ、口がききたくなった。

「どういうことなんです？」と彼はきいた。

「この時間には廊下に死んだ鳥が落ちるっていうこと」と少女が言った。

「あの子の作り話ですよ」とおかみは言った。おかみは部屋の中央にある小机の、造花の束を直そうとして身体をかがめた。指が神経質そうに震えていた。

「私の作り話じゃあないわよ」と少女は言った。「お母さんだって一昨日《おととい》、死んだ鳥を二羽掃き出したじゃあないの」

　おかみは怒った様子で少女をにらんだ。哀れっぽい表情をしていたが、明らかに、疑問の点が少しも残らなくなるまで何もかも説明したがっていた。

「実はね、一昨日《おととい》、男の子たちがこの子をからかおうと思って、廊下に死んだ鳥を二羽置いて、死んだ鳥が空から落ちてくるぞ、なんて言ったんです。それをこの子ったら本気にしちゃって」

　青年はニッコリ笑った。その説明をとても面白いと思ったからだ。彼は両手をこすり合わせると、悲しそうな顔をして彼を見つめている少女の方をふり向いた。蓄音器はもう鳴っていなかった。おかみが部屋から出て行ったので彼も廊下へ行こうとすると、少女が低い声で言い張った。

「落ちるのを見たのよ。信じてよ。誰だって見てるんだから」

　青年はそのとき、少女が蓄音器にへばりついているわけや、おかみが怒った理由がわかった気がした。

「信じるよ」と彼は同情して言った。それから廊下の方に行きながら「ぼくも見たんだ」とつけ加えた。

　外の、*はたんきょうの木蔭はそれほど暑くなかった。青年はスツールをドアのふちに寄せかけると、頭を後にもたせかけて母親のことを、揺り椅子に腰をおろしたまま箒の長い柄で鶏を追い払う母親のことを考えた。するとそのときになってはじめて、彼は自分が家にいないことを実感した。

一週間前には、青年は自分の人生を一本のロープとして、つまり、田舎の学校の泥と竹で作られた四つの壁のなかで彼が生れた、この前の内乱の雨が降っていたあの夜明けの時から、二十二歳の誕生日を迎え母が帽子と「愛する息子へ、誕生日に」と書いたカードをくれるために彼のハンモックへやって来たあの六月の朝までを、真直ぐに張り渡された滑らかな一本のロープとして、考えることもできたのだ。ときたま、青年は無為の錆をゆすり落とした。すると学校や、黒板や、蠅の糞の密度が高い国の地図や、壁に書かれた児童の名前の下につり下げられた溲瓶《しびん》の長い列が懐かしく思われた。あの村はこんなに暑くなかったな。あそこは緑に満ちた穏やかな村で、飲料水置場の下で卵を生もうと教室にはいりこむ灰色の長い足をした鶏がいたっけ。あのころ、彼の母親は自分のなかにひきこもった、侘しそうな女だった。彼女はいつも夕暮になると、コーヒー園を吹き抜けてくる風に当るために腰をおろしていたが、そんなおり、よくこう言ったものだ。「マナウレって、世界で一番きれいな村だよ」それから彼の方をふり返り、彼がハンモックのなかで黙々と成長しているのを見て、「お前も大きくなったらわかるだろう」と。だが彼には何もわからなかった。無為がもたらした厚かましくて向こう見ずな健康のために伸びすぎ、年の割に余りにも大きくなりすぎていた十五歳のときにも、やはり彼にはわからなかった。二十歳になるまでの彼の生活は、本質的には、ハンモックのなかで身体の位置を変えるのと何ら異なるところがなかったのだ。だがそのころ、彼の母親はリューマチのために十八年間勤めていた学校をやめた。それで彼らは広々した中庭のある二間の家に住み、中庭で、教室に入ってきたのと同じような灰色の足をした鶏を飼うことにした。

鶏の世話が、青年の経験した最初の現実との接触であった。そしてそれは、彼の母親が退職年金のことを思い出し、息子がそれを使いこなすだけの才覚をすでに持っていると考えた七月まで、彼にとっては唯一の現実との接触だったのである。青年は書類を用意するに当って、なかなか役に立った。そして、母親が実際にはまだ年金を受け取る歳になっていなかったのに、司祭を説得して、彼女の洗礼の日付を六年ずらさせてしまうほどの腕さえ見せた。木曜日に、教育者としての経験がしからしめた、母親の詳細をきわめた最後の注意書を受け取ると、青年は十二ペソと、着替えと、書類の束と、それに「年金」という言葉のまったく初歩的な観念を持って、市に向けて旅立ったのだ。彼の大雑把な解釈によると、「年金」とは、豚の飼育が始められるように政府が彼に渡すべき、一定金額の金のことであった。

ひどい暑さのために頭がぼんやりし、宿屋の廊下でまどろみかけていたので、青年は自分の置かれている状況の重大さを、まだじっくりと考えてはいなかった。この災難は次の日にまた汽車がやってくれれば解決すると思っていたから、そのとき彼の心を占めていたのは、旅行を続けるために日曜日が来るのを待とうという考えと、耐え難いほど暑いこの村のことはもう二度と思い出すまいという考えだけだった。彼は四時少し前に、寝ごこちの悪い、べたつくような眠りに落ちこんだが、眠っているあいだ、ハンモックを持ってこなかったのは残念だったと考えていた。彼は、はっとして目をさまし、母親のことを考えて愕然とした。そして再び途方に暮れてしまった。彼が汽車のなかに着替えと、年金関係の書類を忘れてきたのに気がついたのはそのときだった。

青年が部屋までスツールを押して行ったときには、村にはもう灯りがついていた。彼は電気を知らなかったので、宿屋のみすぼらしい、汚れのついた電球にも強烈な印象を受けた。すぐに、母親がそれについて話していたことを思い出し、鏡に当って鉄砲玉みたいにはじける大蠅を避けながら、食堂までスツールを押して行った。彼は、自分の置かれている状況を明確に知ったことや、むさ苦しい暑さや、生れて初めて味わう孤独のにがさのために混乱していたので、食欲を感じないまま夕食を食べた。九時過ぎにその家のいちばん奥にある、新聞紙や雑誌を張りめぐらした木造の部屋に案内された。そして真夜中、彼は熱に浮かされたような寝苦しい眠りのなかに沈んでいたが、同じころ、そこから五区画はなれたところでは、祭壇の至高の聖体アントニオ・イサベル神父が折畳式の寝台に仰向けに横たわったまま、今夜の経験は明朝七時に行うつもりで準備した説教をよりいっそう素晴らしいものにする筈だと考えていた。ぴったりしたサージの長いズボンをはいた神父は、蚊の厚い鳴き声の間で身体を憩《いこ》わせていた。彼は十二時少し前に村を横切って一人の女に終油の秘蹟を施してきたので、まだ興奮が去らずに神経が高ぶっていたのだ。それで秘蹟の道具を寝台の脇に置くと、彼は横になって明朝なすべき説教を復習した。そうやって数時間のあいだ、寝台に仰向けに寝たままじっとしていると、やがて遠くの方で*さんかのごいが夜明けを告げるのが聞こえてきた。彼は起き出そうと思い、大儀そうに身体を起こして足を踏みだしたが、それが小鈴の上だったので、そのまま、ざらざらした堅い床の上にうつ伏せにひっくり返ってしまった。

　意識を回復したかしないかのうちに、彼は脇腹を伝って上がってくるえぐるような痛みを感じた。その瞬間彼は、身体の重さと、罪の重さと、年齢の重さを一緒にした、自分の全重量をさとった。説教の準備をする際に、地獄に通じる道の正確な観念を作りあげる上で何回となく彼の役に立ってきた、石だらけの堅い床が頬に当るのを感じた。彼は恐怖にとらわれ、「私はもう二度と立ち上がれないだろう」と考えながら、「神様」とつぶやいた。

何事も考えず、立派な死を願うことすら忘れて床に横たわっていた状態がどのくらい続いたのかはわからなかった。実際、一瞬間だけ、彼は本当に死んでしまったかのようであった。だが意識を取り戻したときには、もはや痛みも驚きも感じなかった。彼は扉の下に一筋の青白い光を見た。そして、遠くで悲しそうに鳴く鶏の声を聞いて、自分がまだ生きており、説教の言葉を完全に憶えていることに気がついた。

扉の閂《かんぬき》を抜くと夜が明けかけていた。すでに痛みは去り、転倒したお蔭で、年よりくささをふり落としてしまったような感じさえした。鶏の鳴き声を含んだ、青白い、湿った空気を一口吸うと、村のあらゆる善意と、血迷いごとと、苦しみが、彼の胸までしみこんだ。それから、孤独と仲直りをするかのように周囲を見まわすと、夜明けの静かな薄明りのなかに、一、二、三羽の鳥が廊下で死んでいた。

神父はその三羽の死骸を九分間眺め、用意しておいた説教に合わせて、こうした鳥の集団変死には罪ほろぼしが必要であると考えていた。そのあとで廊下の向こう端まで歩いて行き、三羽の死んだ鳥を拾いあげると、甕《かめ》のところに戻り、その蓋をとって鳥を一羽ずつ、よどんだ緑色の水のなかに投げ入れたが、その行為の目的が何であるのかは、彼にも正確には分らなかった。「一週間に三タス三で半ダース」と神父が考えた瞬間、頭のなかで驚くべき正気の稲妻が光り、彼の生涯における最も偉大な日が、早くも彼を苦しめ始めているのを知った。

七時には暑くなっていた。宿屋ではたった一人の客が朝食を待っていた。蓄音器のところにいた少女はまだ起きていなかった。おかみが近づいて来たとき、七時を告げる時計の鐘は、あたかも彼女の突き出た腹のなかで鳴っているかのように思われた。

「それじゃあ、あんたも汽車に乗り遅れたんですね」と、おかみは遅ればせながらの同情をこめた口調で言った。それからすぐに、ミルク入りコーヒーと、目玉焼と、緑色のバナナを薄切りにした朝食を持って来た。

青年は食べようとしたが、空腹を感じなかった。すでに暑くなり始めたことにびっくりしていた。汗がたらたらと流れて息苦しかった。服を着たままではよく眠れなかったし、それに今は少し熱っぽかった。彼はまた途方に暮れて母親のことを思い出していた。するとそのとき、おかみが大きな緑色の花模様がついた新しい服のなかで輝きを放ちながら、皿をさげにやって来た。青年はおかみの服を見て、その日が日曜日であることを思い出した。

「ミサはありますか?」と彼はきいた。

「ええ、ありますよ」とおかみは答えた。「でも、ほとんど誰も行かないから、ないようなものね。だって、新しい司祭を寄越してくれないんですから」

「今の司祭が、どうかしたんですか?」

「年は百歳ぐらいだし、それに頭が少しおかしいのよ」と彼女は言って、全部の皿を片手に持ったまま、考えこむように、じっと立っていた。そのあとでこう言った。「いつでしたか、説教壇で悪魔を見たことがあると誓いましてね、それからっていうもの、ミサに行く人がほとんどいなくなっちゃったんです」

そういう次第で、一つには自分が絶望しているために、また一つには百歳の人間を見たいという好奇心から、青年は教会へでかけて行った。青年はその村が、はてしなく続く埃っぽい道路と、人が住んでいるとは思えない錆びついたトタンの屋根をした陰鬱そうな木造の家々からできているのに気がついた。草の生えていない道路、網戸をとりつけた家々、そして窒息させるような暑さの上に拡がる奥行きのある、素晴らしい空。それが日曜日の村であった。そこには、日曜日をほかの日と区別させるような印は何もないと彼は思った。そして、ひとっこ一人いない通りを歩きながら、母親が「どんな村のどんな通りだって、必ず墓場か教会へ通じているものだよ」と言っていたのを思い出した。その瞬間、彼は舗石を敷いた小さな広場に出たが、そこには、塔の上に木製の雄鶏と四時十分で止った時計が載っている、石灰造りの建物が立っていた。

青年は足を速めずに広場を横切り、玄関についた三つの段をのぼった。途端に、香《こう》の薫りとまざり合って、古びた人間の汗の臭いがした。彼はからっぽに近い教会の生温かい薄明りのなかに入って行った。

祭壇の至高の聖体アントニオ・イサベル神父は、ちょうど説教壇に上がったところであった。いよいよ説教を始めようとしたとき、神父は帽子をかぶった一人の青年が入ってくるのを見た。その男は、からっぽに近い教会を、穏やかな、澄んだ大きな目で眺めまわした。男はいちばんうしろのベンチに腰をおろし、頭を傾けたまま膝の上に両手をのせていた。神父はその男がよそ者であるのに気がついた。この村に二十年以上もいるので、住民ならどういう者でも、臭《にお》いだけで嗅ぎ当てることだってできたのである。だから今やって来た青年が、この土地の者でないことはわかっていた。瞬間的にじっと目をこらしただけで、その男が無口であり、いくぶん悲しげで、皺の寄った汚ない服を着ているのがわかった。だいぶ前からあの服を着たまま寝ているようだな、と彼は嫌悪と憐れみのまじり合った感情で思った。だがそのあとで、男がベンチに坐っているのを見ると、神父は自分の魂が感謝の念で溢れるのを感じ、その男のために、自分の生涯における最も素晴らしい説教を始める用意をした。そしてそのあいだ「神よ、私があの男を教会から追い出さずに済みますように、どうか彼に帽子のことを思い出させて下さい」と考えていた。それから、神父は説教を始めた。

はじめは自分が何を言っているのかも分らないままに話した。自分自身の言葉さえ耳に入ってこなかった。ただ、天地創造のときから彼の心のなかに眠っていた泉から、はっきりした、流暢なメロディーが流れてくるのだけが聞こえた。自分の言葉が、前もって考えていた順序に従い、考えていた通りの所で、的確に、旨い具合に、間違わずに出てきているという混乱した確信を持った。熱い蒸気が彼の内臓をしめつけるのを感じた。だが彼はまた、自分の心が虚栄心とは無縁であり、自分の感覚をしびれさせている快感が、自惚《うぬぼ》れや、反逆心や、虚栄心ではなく、主を思うことで感じる純粋に精神的な喜びであることを知っていた。

未亡人は自分の寝室で、身体がひどく参っているのを感じ、もう少ししたら、暑さが耐え難いものになるだろうと思った。夫人は変化というものに対して訳のわからない恐れを抱いており、自分はそのためにこの村から離れられないのだと思っていたが、もし彼女がそうした恐怖を感じていなかったら、ナフタリンと一緒にガラクタ物を鞄に入れ、人の話によると世界を放浪したという曾祖父と同じように、彼女もまた世界を巡り歩きに出かけていただろう。だがレベッカ夫人は心のなかで、自分がこの村で、あのはてしない廊下と、暑くなくなったらワイヤー入りのガラスに取り換えるつもりでいる網戸のついた九つの部屋の間で、いずれは死ぬように定められているのを知っていた。だから彼女はこれからもここにとどまるだろうし、またそうすることに決心したのであり（これは彼女が洋服ダンスの服を整理するときに、きまってする決心だった）、そのうえ、再びビロードの小さな花飾りのついた帽子をかぶって教会に行き、整然としたミサと、まともで為になる説教が聞けるように、村に若い神父を派遣して貰うべく「私の尊敬する従弟」に手紙を書こうと決心したのである。明日は月曜日だと彼女は考え、もう一度、司教へ出す手紙の書き出しを考え始めていると（その書き出しをブエンディーア大佐は、軽薄で、敬意に欠けていると評したことがある）、女中のアルヘニダが突然、網を張った戸をあけて叫んだ。

「奥さん、神父様が説教中に気違いになったそうです。」未亡人はいかにも彼女の顔らしい、冷やかで無愛想な顔を戸の方へ向けた。

「少なくとも五年前から、ずっと狂っているわ」と彼女は言った。そして相変らず服の整理に熱中しながら「きっと、また悪魔でも見たんでしょうよ」と言った。

「今度は悪魔じゃないんです」とアルヘニダが言った。

「じゃあ、何を見たの？」と、夫人は関心なさそうに伸びをしながら聞いた。「今度は、さまよえるユダヤ人を見たと言っているんです」

未亡人は肌が粟立つのを感じた。遠い昔の子供の頃は別として、それ以後はたえて思い出したことのない「さまよえるユダヤ人」という言葉を聞くと、彼女の頭に、こわれた網戸や、暑さや、死んだ鳥や、ペストにまつわる雑然とした考えが、互いに区別し難いようにもつれ合って浮かんだ。それからまっさおな顔をして凍りついたようになった夫人は、ぽかんと口をあけたまま彼女を見つめているアルヘニダの方へ行った。

「そうに違いない」と、彼女は内臓から上がってくるような声で言った。「なぜ鳥が死ぬのかこれで分ったわ」

夫人は恐怖にかりたてられ、縁飾りのついた黒いマンティーリャ*をかぶると、長い廊下や、装飾品がつまった居間や、玄関や、教会までの二区画の道を風のように通り抜けたが、教会では、祭壇の至高の聖体アントニオ・イサベル神父が形相を変えて話していた。「……私はさまよえるユダヤ人を見たと、はっきり断言します。誓って言いますが、今日の明け方、私が大工ジョナスの妻に聖油を施して帰ってくるとき、彼が私の歩いていた道を横切ったのであります。彼が主の呪いを受けて、真黒なタールを顔に塗られていたことを、彼が熱い灰の足跡を残していったことを、私は神に誓って皆さんに断言します」

言葉がちぎれ、空中にただよった。神父は、両手の震えをおさえられないことや、身体全体が震え、ひんやりした汗がゆっくりと彼の脊椎を下がって行くことに気づいた。彼は、身体の震えや、喉の乾きや、腸のねじれや、内臓がオルガンの深い音色のように響くのを感じて、気持ちが悪かった。そのとき、彼は事の真相を悟ったのだ。

神父は教会のなかに村人たちがいるのを見た。両手をひろげ、冷やかで無愛想な顔を祭壇に向け、芝居がかった悲愴な恰好をしたレベッカ夫人が、中央の広間を前へ進んでくるのを見たのだ。彼は何が起こりつつあるかをぼんやりと理解した。そして自分が奇蹟を起こしているなどと考えたら、それは自惚れすぎだろうということを理解するだけの正気さえ持っていた。彼は両手を慎ましやかに説教壇の縁に当てると、再び話し始めた。

「それから彼は私の方に来たのであります」と神父は言った。自分の、確信に満ちた熱情的な声がよく聞こえた。「彼は私の方に来たのであります。彼はエメラルド色の目をし、濃い髯をはやし、雄山羊の臭いをさせていました。私はわが主の御名によって彼をとがめるため、片手をあげて彼に言いました。『とまれ、日曜日には、子山羊をいけにえに捧げてはいけないのだ、昔からずっと』」

　神父が説教を終えたときには、すでに暑さがやってきていた。あの忘れることのできない八月の、強烈で、ゆるぎない、焼けつくような暑さが。だが、アントニオ・イサベル神父は、もはや暑さにも気がつかなかった。彼は自分の背後に、説教を聞いて怖れを抱き、再び跪《ひざまず》いた村があるのを知っていたが、それに喜びを感じなかった。また、ブドウ酒を飲めば喉の痛みが軽くなるだろうという、もっと身近なことを考えてみても、やはり喜びを感じなかった。彼は居心地が悪く、場違いのところにいるような気がした。呆然としていて、犠牲という至高の瞬間に意識を集中させることもできなかった。しばらく前から、彼にはよくこれと似たようなことが起きていたが、今度は、はっきりした不安に心が満たされていたから、以前とは違った放心状態であった。神父はそのとき、生れてはじめて自惚れを知った。彼が頭で描き、説教のなかで述べていたように、自惚れが喉の乾き同様、人の心をせきたてることを知った。彼は聖体納器を勢いよく閉め、そして言った。

「ピタゴラス」

　アントニオ・イサベル神父が洗礼を授け名前をつけてやった、坊主頭を光らせた男の子が祭壇にやって来た。

「献金を集めなさい」と司祭が言った。

　男の子は目をしばたたき、うしろを向いて、ほとんど聞きとれないような声で言った。「お皿がどこにあるかわかりません」

確かにその通りだった。数カ月前から献金を集めていなかったからだ。

「それじゃあ、聖器室で大きな袋を探してきて、出来るだけたくさん集めなさい」と神父は言った。

「なんて言ったらいいんですか?」と男の子が言った。

神父は考えこむように、髪の毛のない青い頭と、その凸凹を眺めた。今度は彼が目をしばたたいた。

「さまよえるユダヤ人を追い出すためだと言いなさい」と彼は言った。そう言ったとき、心臓に大きな重りをぶらさげられているような感じがした。一瞬、静かな教会のなかで燃えるロウソクのはじける音と、興奮して苦しくなった自分の呼吸のほかは何も聞こえなかった。それから、びっくりして目を丸くしながら彼を見つめる侍祭の肩に手を置いて言った。

「お金を集めたら、それをミサのはじめに一人でいた若者のところへ持って行き、神父様が新しい帽子を買うようにと持たせたものです、と言いなさい」

落《お》葉《ち ば》

La hojarasca, 1955

高見英一　訳

だが、悲惨な最後を遂げたポリュネイケスの亡骸《なきがら》については、市民は何人であれ、それを埋葬してはいけない、嘆き悲しんでもいけない、それどころか、涙もそそがずに野ざらしのままほっておけ。貪り食らおうと飛びかかって来る鳥どもに、美味なる餌食として振舞ってやれ、というお布令が出ているそうよ。あのご立派なクレオン様のこと、あなたとわたしをめあてに、いいえ、このわたしめあてにお布令を出されたのだというお話ですわ。そして、まだ知らないでいる者にその命令を知らせるためにと、あの方はわたしのいるここに見えるそうよ。それに、この件を甘く見てはいけないとのこと。禁令に少しでも背こうとする者は、公衆により、石責めの刑に処せられるとのことですから。

(「アンチゴネ」より)

突然、バナナ会社が落葉の屑に付き纏われてやって来たのだ。まるで、旋風《つむじかぜ》が町の真中に根を下ろしたようだった。それはよその町の屑同然の人や物、次第に遠い過去へと押し流されて嘘であったことのように思われてくる内乱の爪痕を巻き込んで、渦巻いている落葉の疾風だった。旋風は冷酷無情だった。大衆の猥雑な臭い、皮膚の表面に滲み出た分泌物の臭い、ひそかな死の臭いで、あらゆるものを汚しつくしていた。一年も経たないうちに、それは、以前、頻繁に発生した大災害の時の瓦礫《がれき》を町じゅうにぶちまけ、街路に雑多な積荷のがらくたを撒き散らしてしまった。がらくたは気紛れで突飛な嵐のリズムに乗せられ、慌しく仕分けされた末に、一端は川、一端は死者の囲い場に通じる一筋の狭い通りにすぎなかったものを、よその町の残り屑からなる異質で錯綜した町にと変えてしまったのである。

この落葉の疾風に巻き込まれ、その激しい力に引きずられて、百貨店、病院、娯楽場、工場などのがらくたがやって来た。独り者の女や男のがらくたがやって来て、宿屋の叉木に騾馬《らば》をつないだ。運んで来た荷物はといえば木の櫃《ひつ》か、一括りに束ねた衣類だけだったが、幾月も経たないうちに男たちは自分の持家と二人の情婦、それから、戦争に遅れたために、当時、貰うことのできなかった軍人の位まで手に入れてしまったのである。

都会の侘びしい色恋の残滓までが、落葉の疾風に運ばれてわたしたちのところにやって来た。何軒かの木造の小屋が建てられ、まず、片隅に一夜だけの陰気な憩いの場となる出来損いの簡易ベッドが据えられた。次いで騒々しい、秘密めいた露地が造られ、ついには町のなかに淫売の町ともいうべきものができてしまった。

あの吹きだまり、見知らぬ顔の嵐、公道沿いのテント、道端で着替えをしている男たち、傘をさして櫃に腰かけている女たち、生きている騾馬、宿屋の馬小屋で餓死してゆく見捨てられた騾馬、こうしたもののなかにあって、最初にいたわたしたちが最後の者となった。つまり、わたしたちがよそ者となり新参者となってしまったのだ。

戦後、マコンドに来てその土壌のすばらしさを知った時、わたしたちはいつか必ず落葉の疾風がやって来ると思っていたが、これほど激しいものとは考えてもいなかった。それゆえ、落葉が殺到して来るのを見た時、わたしたちがなし得た唯一のことは、ドアの後ろにフォークとナイフを添えて皿を置き、辛抱強く坐って新しく入って来た人々に顔を覚えてもらうのを待つことだけだった。あの時、初めて汽車が警笛を鳴らした。落葉の疾風はぐるぐる回りながら迎えに行き、回ったために推進力を失った。しかし、統一性を得て凝固し、醗酵という過程を経て大地の幼芽と一体化したのである。

（マコンド、一九〇八年）

生れてはじめて、ぼくは死んだ人を見ました。きょうは水曜日なのに、まるで日曜日のような気がします。学校に行かなかったのと、何となく窮屈なこのグリーンの服を着せられているせいです。物に躓かないように、一歩一歩、杖《つえ》で探りながら歩いて行く(暗がりではよく目の見えない、びっこをひいている)おじいさんの後ろにくっついて、ぼくはママに手を引かれて部屋のなかの鏡の前に行き、首の片側を締めつけているこの糊のきいた白い飾り結び付きのグリーンの服を着ている自分の全身を眺めました。汚れた丸い鏡のなかの自分の姿を見てぼくは思いました。「こいつはぼくだ。きょうはまるで日曜日みたいだぞ」と。

ぼくたちは死んだ人のいる家に来ています。

閉めきった部屋のなかは、暑くて息が詰まりそう。通りでは太陽の唸りが聞こえています。ただそれだけです。空気は淀んで固まっています。鋼《はがね》の板のように押し曲げられそうな感じがします。死体の置いてある部屋はトランクの臭いがするのに、それはどこにも見当たりません。片隅にはハンモックがあって一方の端は環に吊されています。ごみ屑の臭いがします。そして、ぼくたちの周囲《まわり》のばらばらにこわれてしまったといってもいいぐらいの家財道具を見た人は、たとえそれが実際には別の臭いを放っていたとしても、ごみ屑の臭いを放っているにちがいないと思うはずだ、とぼくは考えています。死んだ人たちは帽子をかぶっているものだと今までぼくは思っていました。今、そうでないことがわかりました。蠟《ろう》のようになった頭と顎《あご》を縛ってあるハンカチが目に入りました。かすかに口が開いていて、黒ずんだぶどう色の唇の向こうに覗いている汚らしい乱杭歯《らんぐいば》が見えます。舌を嚙んでいます。分厚くて柔らかそうで、顔の色よりはいくらか黒ずんでいて、紐で締めつけられた指とそっくりな色をしている舌が横っちょの方に見えます。そして、苛立ち、半狂乱になっている男の目よりも、もっと大きく見開かれている目が見えます。死人は静かに眠っているように見える皮膚は濡れた堅い土のようになっているのがわかります。死人は静かに眠っているように見えるものだと思っていたのですが、今、全然反対であることがわかりました。闘いが終ってしまってから目を覚まし、猛り狂っている人間に似ていることを知ったのです。

ママもまるで日曜日のような身装《みなり》をしています。耳まで覆う昔風の麦わら帽子をかぶり、袖口が手首まである詰襟の黒い服を着ています。きょうは水曜日なので、ぼくにはママがよそよそしくて知らない人のように見えます。棺《ひつぎ》を持って来た男の人たちを、おじいさんが立ち上がって迎え入れようとした時、ママはぼくに何か言いたがっているなと感じました。ママは閉まっている窓を背にしてぼくの横に腰かけています。大儀そうに呼吸をしていて、ひと息ついては、かぶった帽子の下から覗いている髪の毛を気ぜわしそうに直しています。おじいさんは男の人たちに棺をベッドのそばに置くように言いつけました。その時になって、やっとぼくは死体はそのなかにうまくおさまるぞと思いました。棺桶を男の人たちが運んで来た時、それはベッドいっぱいに長々と横たわっている体を入れるのには小さすぎるかもしれないという気がしたのです。なぜぼくが連れてこられたのか自分にはわかりません。ぼくは今までに一度もこの家に入ったことはなく、人が住んでいるなんて思ってもみませんでした。角に建つこの大きな家の扉が開かれたことは一度もなかったと思います。この家には人が住んでいないのだとずうっと思いこんでいました。「お昼過ぎ、学校へ行かなくてもいいんだよ」とママが言いました。でも、ぼくは、嬉しいとは思いませんでした。ママが重々しく、よそよそしい声で言ったからです。ぼくのフラシ天*の服を持ってママが戻って来るのが見えました。何も言わないでそれをぼくに着せました。ぼくたちはおじいさんと一緒に行くために戸口に出ました。そしてぼくの家から三軒へだてたこの家まで歩きました。その時になってやっとぼくはこの角に誰かが住んでいたことに気づいたのです。誰かとは今死んでいる人のことなのですが、「博士《ドクター》のお葬式ではお利口にしているんだよ」と言った時のママはきっとこの人のことを指していたのでしょう。

なかに入った時には死んだ人は見えませんでした。入口におじいさんがいて、男の人たちと話していましたが、やがてぼくたちにどんどんなかに入れと指図している手が見えました。その時、部屋のなかには誰かがいるとぼくは思いました。けれど、入った時には暗くて誰もいない部屋のような感じがしました。最初から殴りつけるような熱気がぼくの顔を襲ってきました。そして、はじめのうちは永久に淀んでいるように思えたこのがらくたの臭いが、今では熱気と同様、間をおいて波のように寄せてきては消えてゆきます。ママはぼくの手をとってその暗い部屋のなかを引っぱって行き、片隅で自分の横にぼくを坐らせました。まもなく物の形がはっきりとしてきました。縁がくっついてしまっていて、枠の木がまるでハンダづけされているような窓を一生懸命に開けようとしているおじいさんの姿がぼくの目に入りました。おじいさんが杖で掛け金を叩いているのを、そして、叩くたびに埃だらけの上着からその埃が舞い落ちるのを見ました。おじいさんが、この窓はとても手に負えん、と言いながら歩いて行く方にぼくは顔を向け、やっとその時になって人がベッドの上にいるのを知りました。長々と横たわったまま動かない色の黒い男がいたのです。あの時、ぼくはくるりとふり返ってママの方を見ました。ママは相変らず取りつく島のない真剣な表情で、部屋のなかのあらぬ方を見つめていました。ぼくの足は床まで届きませんでした。二十センチぐらい上のところで宙ぶらりんになっていたので両方の手を腿の下に突っこみ、手の平を椅子にのせて足を揺すぶりはじめました。何も考えてはいませんでしたが、そのうちにママに「博士のお葬式ではお利口にしているんだよ」と言われたことを思い出しました。その時、ぼくは背中に何か冷たいものを感じてふり返って見たのですが、目に映ったものは乾いてひび割れのできた板壁だけでした。けれど、「足を動かすでない。ベッドのなかにいる人は博士で死んでいるんだぞ」と誰かに壁ごしに言われたみたいでした。それでぼくはベッドの方に目を移したのですが、もうあの男の人はさっきのようには見えませんでした。横たわっているのではなくて死んでいる人を見たのです。

　それからというものは、どんなにあの男の人の顔を見ないようにしようとしてみても、誰かがぼくの顔をそっちの方へと無理に向けさせているような感じがするのです。そして、部屋のなかの他の場所に目を外《そ》らそうと努めたのですが、結局、どこに目をやっても、暗闇のなかで空ろな目を開いて、蒼ざめた死に顔をさらしている男の人の姿が見えてくるのです。

　どうして誰も葬式に来ていないのかぼくにはわかりません。来ているのはぼくとおじいさんとママとおじいさんのところで働いている四人の下男です。この男の人たちは石灰の袋を持って来ていて、中味を棺のなかにあけました。もしもママの様子が変でなければ、そしてぼんやりしていなければ、なぜこんなことをするのか訊いてみるのですが。なぜ棺桶のなかに石灰を撒かねばならないのかぼくにはわかりません。袋が空っぽになると、下男の一人が棺の上でそれを振りました。すると、石灰というよりはおが屑に似た最後の粉がなおも落ちて行くのでした。人々は肩と足を持って死人を持ち上げました。死体は粗末なズボン、幅広の黒い革帯、灰色のワイシャツといった服装をしています。左足にだけ靴をはいています。*アダのいうように、王様の足と奴隷の足です。右足の靴はベッドの端に投げ捨てられています。寝床のなかにいた時の方が、死人には苦労だったように思えました。棺のなかにおさまってからの方がずっと居心地がよくて、ほっとしているように見えます。そして、戦いの後の生き生きとした、油断のない男の持つ表情は一変して、もの静かな安らぎを得ています。横顔には安堵の色が浮び、そこの棺桶のなかに入って、ようやく死者にふさわしい場所におさまったと感じているみたいです。

おじいさんはずっと部屋のなかを歩き回っています。何かを拾い上げると、それを棺のなかに入れました。おじいさんはなぜ物を投げ入れるのか、そのわけを教えてもらえないかなと思って、ぼくはもう一度ママを見ました。けれどもママは黒い服を着こんで、つんとしています。そして、死人のいる場所の方は努めて見ないようにしているようです。ぼくもそうしたいと思うのですがだめなのです。ぼくはじっと死人を見つめます。探るような目で見ています。おじいさんは本を一冊投げ入れ、男たちに合図をしますと、三人の男が死体に蓋をします。その時になってやっとぼくは、ぼくの頭をそこに向けて抑えつけていた手から解放されたような気がして、部屋のなかを調べはじめます。

もう一度ママを見ます。ぼくたちがこの家に来てからはじめてママはぼくに顔を向けて何の意味もない作り笑いをします。遠くの方で、いちばん向こうのカーヴに消えて行く汽車の警笛が聞こえます。死体が置いてある片隅で物音がします。一人の男が蓋の片端を持ち上げ、おじいさんがベッドに忘れられていた死人の靴を棺のなかに入れるところです。また汽車が警笛を鳴らして、次第に遠ざかって行きます。ふとぼくは《二時半だな》と思います。それから、今頃（町はずれのカーヴで汽車が警笛を鳴らす時）、学校では子供たちが午後の一時間目の授業を受けるために列をつくっているなと思ったりします。

《アブラハム》とぼくは思います。

子供を連れて来るのではなかった。こんな光景は子供にはよくないわ。もうじき三十歳になろうとしているわたしにだって、死体のあるこの異様な雰囲気は毒だわ。今からでも出られないことはないでしょう。愛情とか感謝の気持とか、そんなふうにとれるすべての感情とは無縁になった男の残りかすが、十七年間も積っている部屋のなかにいるのは気味が悪いと父に言ってやってもいいかしら。たぶん、父は彼にたいしてある種の親しみを感じていたただ一人の人間でしょう。今、彼がこの部屋の中に閉じこめられたまま腐っていくのを阻止している説明のつかない親愛の情を抱いていたのです。

このように、何もかもがあまりにも奇妙なので心配です。おそらく、ただみんなを喜ばせるためだけの棺桶のあとについて、間もなくわたしたちは外に出るのだと思うと不安になります。父が通るのを、そして、子供を連れて棺について行くわたしの姿を窓から眺めている女たちの顔が目に見えるようです。棺のなかでは、こんなざまに成り果てるのをひと目見たいものと町の人々に思われていたただ一人の男が、自分たちの恥辱の源となるはずの慈善事業をすることに決めた三人につき従われ、無慈悲にも見捨てられている墓地へと運ばれながら、腐敗をつづけていくことでしょう。父がこんな具合に事を決めたので、明日、わたしたちの葬式について来ようとする人は一人もいなくなるかもしれません。

わたしが子供を連れて来る気になったのも、たぶんそのためです。さっき父に「おまえは、わしと一緒に来なければいかん」と言われた時、最初にわたしの心に浮んだことは、自分のお守りになってくれるかもしれないから、子供も連れて行こうということでした。今、九月のこの蒸し暑い昼下がり、わたしたちを取り囲んでいる連中は敵の無慈悲な手先であるような気がします。父には気に病む理由がありません。事実、彼は町の人々に砂を嚙む思いをさせ、いっさいの習わしに背を向け、自分の実に下らない約束を果たしてみたりして今まで過ごして来たのです。二十五年前にこの男がわたしたちの家にやって来た時から、父は(この来訪者の行為の愚かさに気づいて)この町には彼の死体を鶏どもに投げ与えようとする人さえいない今日という日が来ることを覚悟していなければならなかったのです。おそらく父はあらゆる障害を予見し、起こり得る困難を推測していたのでしょう。二十五年を経た今、これは、長いあいだ計画していた仕事の完成であり、たとえ自分でマコンドの通りを死体を引きずって歩かなければならないとしても、とにかく実行するのだと思っていたはずです。

けれども、いざその時になってみると、父にはそれを一人でやってのける勇気が出てこなかったのでした。それで、わたしに物心がつく前の大昔にかわしたはずのこの耐えがたい約束ごとに、わたしが関わらざるを得ないように仕向けたのです。「おまえは、わしと一緒に来なければいかん」と言われた時、わたしには父の言葉がどんなに深い意味を含んでいるのか考えている余裕がありませんでした。世間の人々がみんな、その男がそのままねぐらのなかで塵芥《ちりあくた》と化していくのを見物したいと期待しているのに、葬ってやるというこの行為がどんなに恥ずかしくて、とんでもないことなのか、計り知ることができなかったのです。なぜなら、人々はそのことを期待していたばかりか、そのような事態になるように準備をしていたからです。そして、良心の呵責どころか、いつかは町に漂う彼のおいしそうな腐敗の臭いを嗅げるのだという悦びさえも、先まわりして感じていて、それを心から期待していたし、待ち焦がれていた時機の到来を見ても、誰ひとり感動したり、驚き騒ぐ者もなく、それどころか、ただただ満足感に浸っているばかりで、死人の渦巻く臭気が自分たちの胸の奥底にひそむ怨みをすっかり晴らしてくれるまで、そんな状態がつづくことを願っていたのですから。

今、わたしたちはマコンドの人々から、彼らが長いあいだ待ち望んでいた楽しみを奪い取ろうとしているのです。考えようによってはわたしたちのこのような決心は、人々の心のなかに、期待が裏切られたことによるものではなく、それが先に延ばされたことから生じる憂鬱な気持を起こさせたような感じがします。

ですから、わたしは子供を家においで来るべきだったと思います。博士にたいする、実に残酷な十年間の共同謀議が、今度はわたしたちにたいしても向けられようとしているので、子供が巻きこまれるのを避けなければならないのです。子供はこの約束の淵に止《とど》まっていなければならなかったのです。この子は自分がなぜここにいるのか、なぜごみ屑だらけのこの部屋に連れて来られたのか、その理由さえも知らないでいます。途方に暮れて黙りこんでいます。あらゆる事の意味を説明してくれる人を待っているみたい。椅子に腰かけて両手をつき、足をぶらぶらさせながら、誰かがこの恐ろしい謎を解いてくれるのを待ち受けているみたいです。誰もそんなことはしてくれない、子供が自分の理解の範囲を越え、さらに向こうへと入り込もうとするのを妨げている、目に見えない扉を開くものは誰もいない、決していないとわたしは思いたいのです。

　子供は何度かわたしを見ていましたが、わたしだということは自分でも見当がつきかねるようでした。わたしが着ているこの堅苦しい服や、古めかしい帽子を目にして、おかしな、赤の他人を見ているような気がしているのでしょう。

　もしもメメが生きていてこの家にいたら、事態はもっと違ったものになっているはずです。わたしは彼女を訪ねて来たのだと思ってもらえたのではないでしょうか。たぶん、彼女は自分では感じなくても、そんなふうに見せかけることができ、町の人々も当然のことと考えてくれる悲しみを共にするために来たのだと思われたのではないでしょうか。メメは十一年ほど前に姿を消しました。博士の死は、彼女が行きついた場所、あるいは少なくとも彼女の骨の落ちつき先を突きとめる可能性に終止符を打ちました。ここにはメメはいません。けれど、もしいたら、――未解決のままになったあの出来事がなかったとすれば――おそらく彼女は町の人々の側に立ち、六年ものあいだ、騾馬でなくてはできないほど、あんなに優しく親切に彼女のベッドを温めてくれた男の敵に回ったことでしょう。

　町はずれのカーヴで汽車が警笛を鳴らしているのが聞こえます。《二時半だわ》とわたしは思います。そして、今頃、マコンドじゅうの人たちは、この家のなかでわたしたちが何をしているのか知りたがっている、という考えを払いのけることができません。わたしは痩せて骨と皮だけになったレベーカ夫人のことを考えています。扇風機のそばに腰をおろし、目付きや身装にどことなく、家に住みついているお化けのような感じを漂わせていた彼女、窓の網戸に翳《かげ》った顔を見せていた彼女のことを考えています。町はずれのカーヴに消えて行く汽車の音を聞きながら、レベーカ夫人は熱暑と怨念にさいなまれて、扇風機の羽根のように心の羽根を回転させ（といっても逆方向にですが）、その扇風機の方に首をかしげて呟きます。「悪魔って、こういうことには何にでも手を出すのだわ」と。そして、日常茶飯事の細い根で生活に縛りつけられて震えているのです。

そして、足萎えのアゲダはソリータが恋人を見送って、駅から戻って来るのを見ています。人《ひと》気《け》のない街角を曲がる時にパラソルを開くのを見ています。アゲダ自身、かつて味わったことがあり、「あんたを、ごみ溜めのなかの豚みたいに、ベッドの上で転げまわらせてやるよ」と彼女に言わせるあの執拗で狂信的な病いに一変する性の歓びを嚙みしめながら近づいて来るソリータの足音を聞いています。

わたしはこんな思いを捨てることができません。今は二時半だとか、新聞の包みを受けとるために水曜日の昼寝《シエスタ》の邪魔をした男たちに追われ、焼けつくような土埃に包まれて郵便物を運んで行く驟馬が通るとか、そんなことは考えないようにすること。聖具室のなかではアンヘル神父が坐って、脂ぎったお腹の上に日課祈禱書を開いたまま、郵便の驟馬が通る音を聞き、昼寝の邪魔をする蠅を払い除け、あくびをし、そして、「おまえさんはミンチボールでわしを毒殺したな」と言いながら、うつらうつらしています。

父はこうしたことには全く無関心です。棺の蓋をはぐってベッドの上に置き忘れられていた靴を入れろと言いつけるほどです。父はただこの男の粗野なところに関心を持っていただけのことでした。わたしたちが死体と一緒に外に出る時、大勢の人たちが夜のあいだに排泄物を集めて、戸口で待ち受けており、町民の意志に従わなかった報いとして汚物の雨を降らせたとしても、わたしは驚かないでしょう。たぶん、人々は、父のことではそんなことはしないでしょう。するとすれば、たぶん、町民から彼らが長い年月にわたって待ち焦がれ、蒸し暑い日の午後などはよく男や女がこの家の前を通り過ぎながら、「遅かれ早かれ、この臭いをご馳走にお昼食《ひる》をいただくことになるのさ」と独りごとを言っては思い描いていたその楽しみを奪い取ってしまうような、そんなひどいことをしたからだと思います。というのは一軒残らず、どこの家でもみんながそう言っていたのですから。

間もなく三時になるでしょう。あのお嬢さん《セニョリータ》はもうそのことを知っています。レベーカ夫人は彼女が通るのを見ました。そして、網戸の翳から彼女に声をかけました。それからちょっとのあいだ、扇風機の風の届かない所に出て来て、「お嬢さん、悪魔ですよ、ね」と言いました。あしたになったら、学校に行くのはわたしの子供ではなくて、全く違う別の子供になっていることでしょう。その子供は成長し、子を殖やし、最後は、キリスト教徒としての埋葬を保証してやるという恩義を誰にも感じさせないで死んでゆくのです。

もしも二十五年前に、このどこの馬の骨ともわからない男が推薦状を携えて父のところに来なかったならば、そして、もしも彼がわたしたちのなかに入りこんで草を食べ、貪欲な犬のような、ぎょろりとした目で女たちを見つめなかったならば、今頃、わたしは心静かに家のなかにいることでしょう。しかし、わたしにたいする罰はわたしの生れる前から書きとめられていて、わたしが三十歳の誕生日を迎えようとし、父に「おまえは、わしと一緒に来なければいかん」と言われるこの決定的な閏年《うるうどし》まで、ずっと隠され、伏せられていたのです。それから、わたしに尋ねる暇も与えないで、杖で床を叩きながら、「おまえさん、こいつはうまく始末しなければならんぞ。夜明けに博士が首を吊ったのだ」と父は言ったのです。

男の人たちは出て行って、金槌と釘箱を持って部屋に戻って来ました。けれど、棺には釘を打ちませんでした。道具をテーブルの上に置くと、死人のいたベッドに腰をかけました。おじいさんは落ち着いているように見えますが、その落ち着きには何かが欠けていて、やけっぱちみたいなものが感じられます。棺のなかの死体の落ち着きではなくて、苛立っている男が、それを気取られまいと努める時のあの落ち着きです。雑然と置いてある物の位置を直しながら、びっこをひきひき部屋のなかを歩き回っているおじいさんの落ち着きからは反抗と不安が窺われます。

部屋のなかに蠅が何匹かいるのを見つけたぼくは、棺のなかではうようよしているのだという思いに悩まされはじめるのです。棺の蓋にはまだ釘は打ってありません。けれど、最初、そばにある扇風機の音だと思いこんでいたうるさい音は、実は、むやみやたらに棺の横板や死人の顔を叩いている蠅のざわめきだったのです。ぼくは首を振って目を閉じます。何なのかぼくには見分けのつかないものを、トランクを開けて取り出しているおじいさんの姿が見えます。誰もたばこに火をつけていないのに、ベッドの上に赤い火が四つ見えます。息が詰まるような暑さ、一瞬、流れの止まった時間、蠅の唸り、こうしたものに責めたてられて、ぼくは《いまにおまえさんもこうなるんだぞ。蠅がうじゃうじゃ蠢《うごめ》いている棺桶のなかに入るんだ。まだおまえさんは十一歳そこそこだがな、いつかはこんなあんばいに狭苦しい箱のなかの蝿どものところに捨てられてしまうのだぞ》と誰かに言われているような気がします。で、ぼくは足を揃えて伸ばし、よく磨いてある自分の黒い編上げ靴に目をやります。《紐がほどけているな》と思って、もう一度ママを見ます。ママもぼくを見て身を屈め、編上げ靴の紐を結んでくれます。

　ママの頭から立ち昇って来る、温くて、むっとする、食器棚の臭いのする空気、古い材木の臭いのする空気にぼくは密閉された棺桶をまた思い出してしまいます。息苦しくなってここから出たくなり、街路の焼けつくような空気を吸いこみたいと思って、ぼくの最後の手段に訴えます。ママが体を起こす時、「ママ」と小声で言いました。ママはにっこり笑って「なあに？」と言います。ぼくはママに、お化粧はしてないのにとてもきれいな顔をしているママにもたれかかって、震えながら、「あっちの後ろの方に行きたいの」と言います。

　ママはおじいさんを呼んで何か言っています。おじいさんがそばに来て、「いいか、今はだめだ」と言った時、ぼくはおじいさんの眼鏡の奥に据わっている細い目を見ました。ぼくは伸びをし、自分の失敗を気にしないでおとなしくしていました。けれど、再び物事はあまりにもゆっくりと起ります。突然、次々と早い動きがありました。そしてそれから、ママはまたぼくの肩にもたれかかるようにして、「もう直った？」と尋ねるというよりも、まるで咎めるように真剣できつい声で言います。ぼくのお腹は干上がって固くなっていましたが、ママの質問のおかげでいっぱいになり、和らいでくるのです。そして、何もかもが、ママの真剣さまでもがぼくにとっては攻撃的で挑戦的なものにと変ってしまったのです。「ううん、まだ直らないよ」とぼくは言います。ぼくはお腹をおさえ、（もう一つの非常手段として）一生懸命に足で床を叩こうとします。

けれども下には何もなくて、ぼくを床から引き離している距離を思い知っただけでした。

誰かが部屋に入って来ます。おじいさんの下男の一人です。警察の人と、やはりグリーンのズックのズボンをはき、ベルトにピストルをはさみ、鍔《つば》が広くて反り返っている帽子を手にした男の人があとについて来ます。おじいさんは前に出てその人を迎えます。グリーンのズボンの人は暗がりで咳をし、おじいさんに何か言い、また咳をします。そして、まだ咳をしながら警官に無理にでも窓を開けるように命令しました。

板壁は破れ落ちそうなありさまです。冷たい灰を固めて造ったもののように見えます。警官が銃の床尾で掛け金を叩いても、戸は開かないような気がします。壁が崩れ落ちて、風のなかの灰の宮殿が崩壊するように、音もなく家は倒れてくるでしょう。もう一度打撃を受けたら、ぼくたちは陽の光をまともに浴び、頭からがらくたの屑をかぶって街路に腰をおろしていることになると思います。けれど、二度目の打撃が加えられると窓が開き、光が部屋のなかに突入して来ました。方角を失った野獣が扉を開けられて、声も立てないで走り、嗅ぎ回り、涎を垂らしながら猛り狂い、壁を引っ掻き、そして結局はおとなしくなって檻のいちばん涼しい片隅に寝そべってしまう時に似ています。

窓が開くと物の形が見えるようになり、それがふしぎなことに夢のような世界のなかで、はっきりとしてくるのです。その時、ママは深い溜息をつき、ぼくに手を差しのべて、「おいで、窓からおうちが見えるよ」と言います。ぼくはママの腕に抱かれて、旅を終えてそこに帰りつこうとしている人のように、あらためて町を見ます。色あせて荒れ果ててはいるけれど、アーモンドの木々の下に涼しげなぼくの家が見えます。そして、あの優しい、緑の涼しさのなかにぼくは一度もいたことがなかったかのように、また、ぼくたちの家は、ぼくが恐い夢を見た夜にはママがきっぱりと言ってくれた全くの想像の世界の家みたいに、ここからは感じられるのです。それから、ぼくたちには気がつかないで、ぼんやりと通り過ぎるぺぺの姿が見えました。隣りの家の男の子です。まるで散髪したてのよう。ほかの人と間違えられそうな顔になって、口笛を吹きながら通って行きました。

その時、町長はワイシャツの前をはだけたまま立ち上がる。汗だくで、顔色はすっかり変っている。自分で自分の議論に興奮し、顔を真赤に充血させてわしのそばにやって来る。「わたしたちは奴が死んだと断言できんのです。臭ってこないうちは」と言い、それからワイシャツのボタンをかけ終えるとたばこに火をつけて、おそらく、《おれが無法なことをしているとは、もう言わせはしないぞ》と考えながら、再び棺の方に顔を向ける。わしは彼の目を覗きこむ。そして、《自分は、彼の心の底の底まで見抜いていることを思い知らせてやるのに必要な毅然とした態度で相手を見ているな》と感じる。わしは彼に「あなたは他の連中を喜ばすために無法なことをしているのですね」と言ってやる。よくぞ訊いて下さったと言わんばかりに、彼は「あなたは立派なお方です、大佐。あなたは、わたしが自分の権限の範囲内で行動していることぐらいご存知のはずです」と言いかえす。わしは「博士が死んでいることをいちばんよく承知しているのはあなたです」と言うと彼は「確かにそうです。しかし、所詮わたしは一介の役人に過ぎません。合法性を持っているのはただ一つ、それは死亡証明書ではありませんかな」と答える。そこでわしは「法律があなたの味方なら、そいつを利用して、死亡証明書を出せる医者を連れて来て下さいませんか」と言う。彼は「あなたはお偉いお方ですから、それこそまさに越権行為だということはご存知のはずです」と顔をあげて応じるが、尊大ぶったところはなく、穏やかではあるが、弱みや戸惑いはいささかも見せはしない。これを聞いて、彼の今の愚かさの原因は焼酎よりもむしろ恐怖心だと察しがつく。

今、わしは町長が町民と恨みを共にしているのに気がついた。これは、あの嵐の夜から十年も彼らが抱きつづけてきた気持だ。あの夜、怪我人たちを戸口まで運んで来た人々は博士に向かって大声で言った（彼がドアを開けないでなかから応じていたからだ）。「博士、怪我人たちを診てやっておくんなせえ、ほかの医者はもう手がいっぺえなんだから」と叫んでいた。しかし、ドアは開かなかった（ドアは閉まったまま開かず、怪我人たちはその前で横たわっていたのだ）。「わしらのお医者様は、もう博士だけだ。仁術を施して下さってもいいじゃねえですか」と人々が叫ぶと、群集の想像では、部屋の真中に立ち、高いところに吊されたランプの明かりの下で冷やかで黄色い目を光らせていた彼は（まだドアは開かなかったが）答えた、「昔は知っていたことも、今ではきれいさっぱり忘れてしまった。どこかよそへ運んで行って下さらんか」と。ドアは閉ざされたままだった（以後、ドアは一度も開かれなかったのである）。そのあいだにも遺恨はつのって枝葉のように拡がり、彼に残された晩年には、マコンドに休息を与えることのない集団的憎悪と化し、この壁の後ろで腐り果てろ、と博士に言い渡された――あの夜に叫ばれた――宣告を一人ひとりの耳にも響きつづけさせようとするのだった。

さらに十年が過ぎたが、そのあいだ彼は、毒が入っているのではないかという恐怖に駆られて町の水は飲まず、インディオの情婦と裏庭で作った野菜を食って生きていた。今、町民は十年前に彼が拒絶した慈悲を、今度は自分たちが彼に拒絶してやる時が到来したと感じている。そして、マコンドでは、彼の死を知っていて（なぜなら今朝はみんながいつもよりいくぶん晴れやかな気分で目を覚ましたに違いなかったから）、誰もが当然だと思うこの待ちに待った喜びを享受する準備にとりかかる。あの時に開かれなかったドアの後ろで有機物が腐敗してゆく臭いを、ただひたすらに嗅ぎたいと思っている。

町をあげての残忍性を前にして、わしは自分の約束が何の役にも立ちそうになく、しかも自分が怨念を抱く人々の集団の憎悪と頑迷にとり囲まれ、閉じこめられているのだと、今、思いはじめている。教会さえもわしの決意に反対する手段を見つけた。先刻、アンヘル神父は「わたしは絶対に許しませんぞ、神様を拝みもしないで六十年も生き抜いたあげくに、首を吊るような人間を聖なる土地に埋葬するなんてことは。あなたは慈善の行為どころか反逆の罪を犯すことになるのですぞ。自重なさるがよい。そうすればわが主《しゅ》はさぞ嘉《よみ》したもうことでしょう」とわしに言った。わしは「書面どおり、死んだ人を埋めてあげるのは慈善の行為ですよ」と言ってやった。するとアンヘル神父は「さよう。だがこの場合、それはわたしたちの仕事ではなくて衛生隊のやる事なのです」と答えた。

わしは来た。わしはわしの家で育った四人の下男を呼んだ。娘のイサベルもわしと一緒に来させた。こうすればわしが自分一人でこの町の通りを死体を引きずって墓地まで行くよりも、多少は人々の共感を呼び、人情味を持たせることができて、それほど面《つら》あてがましい挑撥的な行為だとは思われなくなるだろう。今世紀に入ってからの事件ならば、何もかも見てきたわしは、マコンドは万能であると考えている。しかも、わしは老人であり、共和国の大佐であり、さらに、足は悪いが志操は堅い。これを考慮してもらえないとしても、娘は女であるという理由により、何とか敬意を払ってもらいたいものだ。わしは自分のためを考えてこんなことをしているのではない。死者の平安を願ってのことでもあるまい。せいぜい聖なる約束を果たすためぐらいのもの。イサベルを連れて来たのも臆病風に吹かれたからではなく、愛情ゆえのことだった。あいつは子供を連れて来た（わしにはわかるのだが、あいつは全く同じ理由からそうしたのだ）。そして、わしら三人は今、ここでこの冷厳な非常事態の重みに耐えているのだ。

わしらは少し前に来たところだ。死体はまだ天井からぶら下がっているだろうとわしは思っていた。しかし、男たちが先に来ていて、死体をベッドの上に横たえ、仕事は一時間足らずで終るだろうとひそかな確信を抱きながら経帷子《きょうかたびら》をだいたい着せ終えていた。わしはここにいて、棺桶が運ばれて来るのを待ち、片隅に坐っている娘と子供を見る。そして、博士が自分の覚悟を明らかにするものを残しているかもしれないと思って部屋のなかを調べる。机の引出しは抜いたままで、紙片が所せましとばかりに散乱しているが彼の書いたものは一枚もない。その机の上に革表装の処方書がある。二十五年前に彼が持って来たあの処方書だ。あの時、彼はわしの家族全員の衣類が入ってしまうような大きなトランクを開けた。しかし、トランクのなかには粗末なワイシャツが二枚、彼の歯は丈夫で一本も欠けていなかったという簡明な理由から、絶対に彼のものであるはずのない入れ歯が一箇、写真が一枚、それから処方書が一冊あっただけだった。わしは引出しを開ける。どの引出しを開けても印刷物が入っているが、もはや古びた埃まみれの紙きれにすぎない。一番下の引出しから、彼が二十五年前に持って来て、長い年月のあいだ使用されることがなかったために黄色く変色した埃まみれの入れ歯が見つかる。小机の上の灯のともっていないランプの横に、新聞の包みがいくつかそのまま放置してある。わしは調べてみる。フランス語だ。いちばん新しいのは二か月前のもので、一九二八年、七月のだ。ほかにもまだ包装したままのものがある。一九二七年一月と一九二六年十一月のものだった。最も古い日付けは一九一九年十月だ。九年間、判決が下りてから一年間、彼は新聞を開かなかったのだ。あの時から博士は自分を自分の土地と仲間とに繋ぎとめていた最後のものを諦めてしまっていたのだとわしは思う。

男たちが棺桶を運んで来て死体をそのなかにおろす。その時わしは、彼がわしの家にやって来て、大戦末期の大西洋沿岸地方総監督官、アウレリアーノ・ブエンディーア大佐がパナマで認《したた》めたわし宛ての推薦状を差し出した二十五年前のあの日のことを思い出す。わしはあの底の知れないトランクの暗闇のなかに散乱しているがらくたを捜す。鍵はかかっていなくて、向こうの隅には、二十五年前に彼が持って来たものがそっくりそのままおさまっている。彼が粗末なワイシャツを二枚、入れ歯を入れたケース、一枚の写真、それからあの革表装の処方書を一冊持っていたのを覚えている。わしは棺に蓋をしないうちにと思って、こうした物を拾い集めて投げこむ。写真はまだトランクの底だ。あの時とほとんど同じ場所にある。それは勲章をつけた軍人の銀板写真だ。わしはその写真を投げ入れる。入れ歯を投げ入れ、最後に処方書をほうりこむ。それが終ると男たちに棺に蓋をしろと合図をする。わしは思う——今、彼は再び旅に出ようとしているのだ。最後の旅には、最後から二番目の旅の時に身につけていたものを持って行くのがいちばん自然なことなのだ——と。そして、今になってやっと、彼が安らかに死んでいるのを見ているような気がする。

わしは部屋のなかを調べてみてベッドの上に忘れられた片方の靴に気がつく。その靴を手に持って男たちにもう一度合図をすると、彼らは再び蓋をとるが、ちょうどその時、汽車が町はずれのカーヴに消えて行きながら警笛を鳴らす。《二時半だな》とわしは思う。——一九二八年九月十二日の二時半。この男がはじめてわしらの食卓について、食べる草をくれと言った一九〇三年のあの日とほとんど同じ時刻だ——。あの時アデライダは彼に「何の草ですか、博士」と尋ねた。するとは彼は反芻動物のような哀れっぽい、鼻にかかった声で答えた。「ふつうの草ですよ、奥さん。驢馬《ろば》の食うやつですよ」と。

2

実は、メメはこの家にいませんし、いつからいなくなったのか、はっきりと言える人は一人もいないのではないでしょうか。わたしが最後に彼女を見たのは十一年前のことです。あの頃、まだ彼女はこの角で酒屋を開いていましたが、近所の人たちにせがまれて、いつとはなしに様子が変り、とうとう雑貨屋になってしまいました。メメはよく気のつく女で、こまめに働いたので、すべてがきちんと整理整頓されていました。で、あの頃、町にはドメスティック社のミシンは四台しかありませんでしたが、彼女はその一台で近所の人たちのために縫物をするか、あるいは売台の後ろで、あけっぴろげであると同時に慎ましくて、いかにもインディオの女らしく決して絶やすことのなかった愛嬌、つまり、無邪気さと不信感の複雑に入り混じった愛嬌をふりまきながら、お客の相手をして毎日を過ごしていました。

メメがわたしたちの家を出て行ってから、会うこともなくなりましたが、実は、いつ頃から、どうして角の家であの博士《ドクター》と一緒に暮らすようになったのか、そして、彼女は養女、彼は居候として二人でわたしの父の家に同居していたのにもかかわらず、こともあろうに、当然の義務を彼女に拒んだ男の情婦《おんな》に成り下がるほどの恥知らずに、いったいどうしてなってしまったのか、はっきりしたことは申せません。博士は性質《たち》の悪い男だったとか、彼がメメの病気はたいしたことではないということを納得させるために、父と長いこと言い争っていたという話をわたしは継母《はは》から聞きました。彼は診察どころか、自分の部屋から一歩も出ようとしないで、たいしたことはないと言ったそうです。いずれにしろ、あのグアヒーラ*の女の病気がすぐに直る軽いものに過ぎなかったとしても、八年間もわたしたちの家にいて世話になったことを少しでもありがたいと思っていたならば、診察してやるぐらいのことはあたりまえのことでしょう。

　どうしてこういうことになったのかわたしにはわかりません。ある日の朝、メメが家にいなかったこと、そして、博士もいなかったことは知っています。あの時、継母はあの部屋を固く閉めさせると、わたしたちがわたしのウェディング・ドレスを縫っていた十二年前のあの時まで、彼のことについては二度と口に出そうとはしませんでした。

　メメは、わたしたちの家を出て行ってから三回目か四回目の日曜日、派手なプリントの絹の服と、てっぺんに造花の枝の留めてある珍妙な帽子という恰好で教会に行き、八時のミサに出ました。わたしの家にいた時にはとても控えめで、ほとんど一日じゅう裸足《はだし》でいた彼女を見なれていたものですから、彼女が教会に入って来たあの日曜日には、わたしたちのメメとは別人のように見えました。彼女は前の方にいて、ほかの婦人たちにまじって、背筋を伸ばし気取った様子でミサを聞いていました。頭に載せていたがらくたや、ふんだんに身につけていたあの代物は彼女を別人、複雑で芝居がかった別人、安物で満艦飾の別人に見せていたのです。彼女は前の方で膝まずいていました。そして、ミサを聞く時のあの敬虔さは、かつての彼女のなかには窺い知ることのできなかったものです。十字を切る仕草ひとつにさえも、わたしの家の奉公人としての彼女を知っていた人たちの戸惑いと、彼女をはじめて見た人たちの驚きを尻目に教会に入って来た時の、あのきんきらきんの気障《きざ》っぽさのようなものが感じられたのでした。

わたし（当時は十三歳より上ではなかったはず）は、あの変りようが何によるものなのか、なぜメメがわが家から姿を消し、あの日曜日に、貴婦人然として、というよりはクリスマスツリーのような、言いかえれば、復活祭のミサに出席する婦人の三人分は着こんで、――それでもなお、このグアヒーラの出の女にはまだもう一人の婦人を飾るだけのひだ飾りやビーズが余っていましたが――聖堂のなかに再び姿を現わしたのだろうか、とわたしは自分の心に尋ねてみました。ミサが終ると男も女もメメが出て来るのを見ようとして出口のところで立ち止まり、玄関の正面ドアの前に二列に並んで立っていました。メメが出口に出て来て眼を閉じ、それから七色のパラソルの動きと完全な調和を保たせながら再び眼を見開くまで、人々は一言も発しないで、非情と嘲笑の入り混ざった厳粛さを漂わせて待っていましたが、そこには何か企み事が隠されていたのかもしれないとわたしは思います。こうして彼女は二列に並んだ男女のあいだをハイヒールをはいた孔雀のお化けのような妙ちきりんな恰好で通り過ぎて行きましたが、そのうちに一人の男が人の輪を縮めにかかったので、メメはその真中でぎくりとして途方に暮れ、その恰好と同様に妙に華やかで取ってつけたような派手な微笑を無理に浮べようとしていました。けれどもメメが外に出てパラソルをさして歩きだした時、わたしのそばにいた父はわたしを人だかりの方に引っぱって行くのでした。男たちが輪を縮めはじめたとたんに父は、急いで逃げる手段を見つけようとしているメメのために道を開けてやりました。父は群集には目もくれず、彼女の腕を取ると、他人の同意が得られないことをする時のあの傲慢で挑戦的な態度で広場《プラーサ》の真中を突っ切り、彼女を連れ出したのです。

メメが来て博士の情婦として住みついているのをわたしたちが知ったのはそれからしばらく経ってからのことです。あの頃は雑貨屋を開いていましたが、最初の日曜日にあったことなどは忘れてしまったかのように、何と言われ、どう思われようとどこ吹く風で、やんごとなき貴婦人然として相変らずミサに出席しておりました。けれども、二か月ばかり経つと、聖堂のなかで彼女の姿を二度と見ることができなくなりました。

わたしはわたしの家にいた頃の博士を思い出していました。彼のよじれた黒い口ひげと、女を見る時の淫らで貪欲な犬のような目付きを思い出していました。けれども、みんながいなくなってから食卓につき、驢馬が食べるのと同じ草を食べて生きていた彼を、わたしは奇妙な動物を見るような目で見ていたので、たぶんそのせいでしょうか、決して彼のそばには行かなかったことを覚えています。三年前、父が病気だった時、彼は一度もこの片隅から出ようとしませんでした。六年前、二日後に自分の情婦となる女の診療を拒否した時と同じで、これは怪我人の治療を断ったあの夜以来のことなのでした。町の人たちが博士に判決を伝える前にそのちっぽけな店は閉鎖されました。けれども、店をたたんだあともメメが何か月、あるいは何年もここに住みつづけていたことをわたしは知っています。彼女がいなくなったのは、あるいは少なくともこのドアに貼られたビラにそんなことが書いてあったのでそれと知ったのは、もっとずっとあとになってからのことに違いありません。そのビラによると、博士は、町の人々が自分の情婦を利用して自分を毒殺するのではないかという恐怖心から、メメを殺して畑に埋めたということでした。ところで、わたしは結婚する前に彼女に会ったことがあります。十一年前、わたしが薔薇園から帰って来た時に彼女が店から出て来て、いつもの朗かで少々皮肉っぽい調子で言いました。「チャベーラ、あんた、もうじき結婚するんでしょ。それなのに、あたしには一言も話してくれなかったのね」と。

「そうだ。きっとこんな具合だったのだろう」とわしは町長に言う。それから縄を引っぱるが、一方の端には、ナイフで切断された直後の生々しさが見える。下男たちが死体をおろすために切った縄を結び直し、片方の端を梁《はり》ごしに投げる。それはこの男の死と同様の多くの死を提供するためでもあるかのように、かなりの強さを持ったまま垂れ下がっている。彼は息苦しさと焼酎のために上気した顔を帽子で扇ぎながら、縄を見てその強さを調べ、「あんな細い縄一本に奴の体がぶら下がっていられたなんて、そんなはずはない」と言う。それにたいしてわしは「あの縄が長い年月のあいだ、彼のハンモックを吊っていたのですよ」と教えてやる。すると彼は椅子を引きずって来て帽子をわしに預けると、縄を摑んでぶら下がる。力んだ顔が真赤になる。それからもう一度椅子の上に立って垂れ下がっている縄の端を見つめる。そして「信じられませんなあ。この縄は短かくて、わたしの首には巻きつけられませんよ」と言う。その時、わしは彼がわざと筋の通らない理屈を並べたて、埋葬の妨害となる口実をでっちあげていることに気づく。

わしは真正面から彼を見つめ、その胸のうちを詮索する。そして「とにかく、あなたの背丈はあの男の首までしかなかったことにお気づきでなかったのですか」と言う。彼は再び棺に目をやって「何はともあれ、あいつがこんな縄でやったなんて、わたしにはどうしても信じられません」と答える。

わしには嘘ではないという確信がある。彼にもそれはわかっているのだが、自分が苦境に立たされるのを恐れて時間を稼ごうと企んでいるわけだ。うろうろと動き回る彼の様子に臆病な心が覗いている。二重の、互いに矛盾する臆病な心。つまり、儀式を妨害しようとする心と、その実行を命令しようとする心。さて、彼は棺の正面に来ると、踵《かかと》を軸にくるりと回る。そしてわしを見て「奴がぶら下がっているところを見ないことには納得がいきませんなあ」と言う。

わしは彼の言うとおりにしたかもしれん。棺の蓋をとって首吊り男を、つい先刻までのように、もう一度吊す許可を下男たちに与えたかもしれない。しかし、それはわしの娘にはむごすぎるだろう。娘の子供にもむごすぎる。娘は子供を連れて来るべきではなかったのだ。死人をそんなふうに扱って、無抵抗の肉体を侮辱し、自分の蛆のなかで初めて安らぎを得た男の心を動揺させることに嫌悪を感じようと感じまいと、そして、自分の棺のなかにところを得て安らかに眠っている死者を動かすという行為がわしの主義信条に反しようと反しまいと、わしはこの男がどこまで届くのかを知るために再び吊して見せてもいい。しかし、それはできないことだ。そして彼に言う。「わたしはそんな命令はしない。信じてもらってもいい。お望みなら、あなたがご自分の手で彼を吊せばよいでしょう。だが、それが惹き起こす事態にたいしては責任をとっていただきたい。彼が死んでからどのくらいの時が経ったのか、わたしたちは知らないのだということをお忘れにならないで下さいよ」と。

彼は動かなかった。まだ棺のそばにいてわしを見ている。それからイサベルを見、次に子供を、そしてもう一度棺に目をやる。突然、暗い脅迫的な顔をする。「これが原因で起こるかもしれないことをあなたはご存知だという意味ですね」と彼は言う。それでわしは彼の脅しがどの程度まで本当なのかを理解する。「もちろん知ってますよ。わたしは責任感の強い人間でね」と言ってやる。すると彼は、今度は腕組みをし、汗をにじませ、怖いところを見せつけようと、わざとらしいおかしな身振りでわしの方に歩いて来て言う。「きのうの夜、この男が首を吊ったことをあなたはどうして知ったのか、お尋ねしてもよろしいですな」と。

わしは彼がわしの正面に来るのを待つ。身じろぎもしないで彼を見つめている。やがて彼の熱い、激しい吐息がわしの顔を打つ。彼はまだ腕組みをしたまま、腋《わき》の下の後ろで帽子を動かしている。そこでわしは「その質問を公の立場でなさる時には、喜んでお答えしますよ」と言う。彼はそのままの位置でわしの前に立ちつづけている。わしが彼に話す時、彼の顔には驚きも困惑も浮ばない。「もちろんです、大佐。わたしは職務上お尋ねしているのです」と返事をする。

わしは、彼がしたいようにするがいいと思っている。彼がどんなにあれこれとひねくりまわしても、確固としていて、しかも忍耐強く、おちついた態度を前にしては屈服せざるを得んだろうと信じて疑わない。彼に「この男たちが死体を引き下ろしました。あなたに来る決心がつくまで、あそこにぶら下がったままにしておくことがわたしには許せなかったのです。わたしがあなたにお出で下さるようにお願い申し上げたのは二時間前のことです。二つの街区を歩くのにたっぷりと今までかかったのですね」と言う。

彼はまだ動こうとしない。わしは杖にすがり、少々前屈みの姿勢で彼と向きあっている。「それに、彼はわたしの友だちでした」。わしの言葉が終らないうちに、彼は皮肉っぽく微笑むがその場所に立ったまま、むっとするようなすえた臭気をわしの顔に吐きつける。「子供でもわかることですね」と彼は言う。そして、突然微笑むのをやめて「したがって、あなたはこの男が首を吊ろうとしていたことは充分ご存知だったわけです」

彼の狙いがただ事態を紛糾させることだけに絞られているのが充分にわかっていたので、わしは冷静に我慢強く、「何度も言うようですが、彼の首吊りを知って、まずわたしがしたことはあなたのところに行ったことです。しかもそれは二時間以上も前のことでした」と言う。すると彼は、わしから質問も説明も聞いていなかったような顔で、「わたしは昼飯を食べていたのです」と言う。で、わしは「それはわかっています。昼寝をする時間もあったと思ってもいいくらいです」と言ってやる。

すると彼は言うべき言葉を失う。彼は飛び退《すさ》る。子供のそばに坐っているイサベルを見る。男たちを、そして最後にわしを見る。しかし、今、彼の表情は変っている。ほんの少し前から彼の心を占めはじめたことに決めようとしているらしい。わしに背を向けて、警官のいる方へ歩いて行き、何かを話している。警官はうなずいて部屋を出て行く。

それからわしのところに戻って来て、わしの腕をとる。「別の部屋であなたとお話したいのですが、大佐」と言う。今、彼の声はすっかり変ってしまっている。今、その声はこわばり、乱れている。そして、わしの腕を押えるともなく押えている彼の手を感じながら、隣りの部屋に歩いて行くあいだに、わしには彼の言おうとしていることがわかっていると、ふと思う。

この部屋はもうひとつの部屋とは反対に広くて涼しい。ここには裏庭からの明るい光が満ちあふれている。ここでわしは彼の当惑した目と、その目の色にはふさわしくない微笑を見る。「大佐、たぶんわたしたちは別のやり方で、こいつを片づけることができるのではないのでしょうか」と言っている彼の声が聞こえる。全部を言い終える時間も与えずに、わしは「いくらで？」と言う。とたんに彼は完全に別人となる。

メメが皿にジャムと塩パンを二つ載せて持って来ました。その作り方はわたしの母から教わったものです。時計が九時を打ちました。メメは店の奥にある部屋でわたしの前に腰をかけ、そのジャムとパンが、あたかも顧客を引き止めておくためのものでしかないみたいに、まずそうに食べていました。わたしにはそんなふうに思えました。それで彼女をその迷宮のなかに迷いこませ、あの郷愁を誘う悲しい熱狂を伴った過去のなかに沈めてやったのですが、その過去は、売台の上で燃えているランプの明かりに照らされている彼女を、かつて帽子をかぶりハイヒールをはいて聖堂に入った日に較べて、ずいぶんひどくやつれさせ老けこませて見せています。あの夜、メメがしきりに思い出にひたりたがっていたことは確かでした。人々はそんな気持でいるメメを見て、過去何年にもわたって自分を時間を欠く、静止した一定の年齢に押し止《とど》めていた彼女が、あの夜、昔を思い出し、自分だけの時間を再び動かし、長いあいだ後まわしにされていた老化への苦難の道を歩みはじめたような感じを抱いたのです。

メメは体をこわばらせ、陰気な顔をして、大戦前の、前世紀の末に数年間つづいたわたしの家族の、絵に描いたようなすばらしい主従関係のことを話していました。メメはわたしの母のことを思い出していました。わたしが教会から帰って来たあの夜、メメはわたしの母のことを思い出して、あのからかうような、少々皮肉っぽい調子で言いました。「チャベーラ、あんた、もうじき結婚するんでしょ。それなのに、あたしには一言も話してくれなかったのね」と。それはちょうどわたしが母に会いたいと思い、わたしの記憶のなかにあらん限りの力で引き戻そうと努めていた頃のことです。「あんたに生き写しだったよ」と彼女は言いました。それは本当だろうとわたしは思いました。わたしはインディオの女の前に坐っていました。この女は明確さと曖昧さの入り混じった調子で話していました。自分が思い出していることのなかに信じ難い伝説がたくさん包まれているかのように。時間の経過がその伝説を遠い昔のことではあるけれども、忘れ難い現実に変えてしまったのだという確信さえ抱いて、忠実に思い出しているかのように。彼女は戦争中のわたしの両親の旅やマコンドを定住の地とすることで終りを告げたあの苛酷な巡歴の話をしてくれたのです。両親は戦争の危険から逃がれて自分たちの定住できる豊かで平和な場所を探しており、黄金の噂を聞いて、当時、幾組かの避難民の家族が基礎を固めて建設を進めていた町であった土地にそれを求めてやって来たのですが、そこの人々は豚を太らせることと同じように、自分たちの伝統の維持と教義の実践にも熱心でした。わたしの両親にとってはマコンドは約束された土地であり、平和であり、金の羊毛でした。ここで、何年も経たないうちに三つの馬小屋と二つの客間のある田舎ふうの屋敷となる家を再建するのに恰好の場所を彼らは見つけたのです。メメは後悔の念を覚えるでもなく、こまごまとしたことを思い出していました。そして、ひどくとっぴなことを、再び甦らせたいという抑え難い欲望に駆られて、あるいは、再び甦らせることはないという明白な事実に由来する悲しみを抱いて、話していました。その旅では苦労も不自由もなかったと彼女は言っておりました。馬でさえ蚊帳《かや》のなかで眠ったのです。それはわたしの父が浪費家とか気違いの類《たぐい》であったせいではなく、母が妙な慈悲心や博愛の精神の持主であったためで、蚊から人間を守るのと同じように動物をも守ってやれば、神様はこれをご覧になってこの上もなくお喜びになるものと考えていたからです。二人はどこへ行くのにも途方もない、そして厄介な荷物を持って行きました。自分たちが生れる前に死んだ人たちや地下二十尋《ひろ》*のところでも見つからないような先祖たちの衣類のぎっしり詰まったトランク、かなり前から使用されなくなり、そして両親（二人はいとこ同士だった）のいちばん遠縁の人の持物だった所帯道具の詰まった箱、それから行く先々で自分たちの祭壇を造ったので、それに必要な聖像をぎっしり詰めたトランクさえも。それは馬と鶏と、わが家で育ち、サーカスの調教された動物のようにわたしの両親の行くところにはどこへでもついて行った四人の下男（メメの仲間）とを伴った奇妙な芝居の一座みたいなものでした。

メメは悲しげに思い出にふけっていました。時間の経過とともに自分が失われていくのだと考えているような印象を彼女を見た人は受けました。もしも時間が経過しなかったら、わたしの両親にとっては一種の罰でしかないけれども、子供たちには蚊帳のなかの馬というようなとっぴな光景のせいでどこかお祭り気分のする、あの巡歴を自分はまだつづけていることだろうと彼女は思い出に傷ついた心で感じているようでした。

その後、すべてが逆の方向に動きだした、と彼女は言いました。世紀の末頃に近づいたある日、マコンドという誕生したばかりの小さな町にやって来たのは、戦争の惨害はこうむったものの、まだ昨日の栄光に縛りつけられ、てんやわんやの状態にあった一家族でした。騾馬に横乗りしてこの町に辿り着いた時の身重の母をグアヒーラの女は思い出していました。マラリアによる青い顔。腫れあがって動かなくなった両脚。たぶん父の心のなかでは恨みの種が熟していったことでしょう。けれどもあの横断の旅のあいだに母のお腹のなかで成育し、お産の時が近づくにつれて、次第に母を死へと運んでいったあの子供が生れるのを待っているうちに、父は風と潮流に逆らって根を下ろす気になったのです。

ランプの光が彼女の横顔を浮び上がらせていました。いかにもインディオの女らしい厳しい顔をして馬の鬣《たてがみ》か尻尾のようにまっすぐで太い髪の毛を垂らしたメメは、狭くて暑い奥の部屋のなかにいると、青白くて妖怪じみた像が坐っているようで、昔、この世にいた頃の自分の一生を思い出しはじめた偶像のように話をしていました。わたしが彼女のそばに行ったのはあの時がはじめてです。けれども、あの夜、突然あんなふうに屈託のない親しみを示されると、わたしは血よりももっと確かな絆で彼女に結びつけられているような気がしました。

メメの声が途切れた時、突然に隣りの部屋、今わたしが子供と父と一緒にいる、ほかでもないこの部屋で咳をする声が聞こえました。短かい、乾いた咳でした。それからしわがれ声がして、男がベッドで寝返りを打つ時にたてるあの紛れもない音が聞こえました。メメは急に黙りこみ、陰鬱な雲が彼女の顔を暗くしました。わたしは彼のことを忘れていたのです。わたしがあそこにいたあいだずっと(十時頃だったでしょうか)、家にいるのはグアヒーラの女とわたしだけのような気がしていたのです。やがて張りつめていた空気に変化が起こりました。ジャムとパンの載った皿を、食べもしないで持ったままでいたわたしは腕に疲れを感じました。わたしは前屈みになって言いました、「あの人は起きているよ」と。彼女は今はもう冷静さを取り戻し、落ち着きはらい、まるでそっけない態度で「明け方まで起きているでしょうよ」と言うのです。突然わたしは、メメがわたしの家の過去を思い出していた時に見せたあの幻滅感を理解しました。わたしたちの生活は変ってしまい、時代は良くなり、マコンドは騒がしい町で、土曜の夜には掃いて捨てるほどの金《かね》が出まわっていましたが、メメはもっとすばらしい過去に縛られて暮らしていたのです。外では人々が黄金を奪いあっていましたが、内側では、店の奥での彼女の生活は、空しく変りばえのしないもので、一日じゅう売台のそばにおり、夜は男と一緒で、その男ときたら明け方まで眠らないで何をするでもなく、家のなかをぐるぐると歩き回って時を過ごし、犬のような淫らな目で貪るように彼女を見ていたのです。わたしはあの目をいまだに忘れることができません。あの夜、彼女の診療を拒否し、どんなに冷静な人でも、それを見たら気が変になってしまうような、悩みも同情も感じることのない冷酷な獣でありつづけ、一日じゅう頑なに家のなかを歩き回っている男とメメが一緒にいるのかと思うとわたしの心は悲しくなるのでした。

彼がそこにいて目を覚ましており、わたしたちの話し声が店の奥の部屋に響くたびに、たぶんあの貪婪《どんらん》な目を見開いているのだろうと察したので、わたしは声の調子を元に戻し、話題を変えようと努めました。

「ところで、商売の方はどうなの」とわたしは言いました。

メメは微笑みました。寂しそうな、愁いを含んだ微笑でした。それはその時の感情のあらわれではなくて、引出しにしまっておいて絶対に必要な時にしか用いないようなものでした。しかし、使ってはみたものの全くの場ちがいで、その微笑をめったに使う機会がなかったために正しい使用法を忘れてしまったというような感じでした。「まあね」と彼女は曖昧に首を振りながら言い、そしてまた黙りこんでぼんやりとしていました。その時わたしはおいとまする時間だと察したのです。わたしはメメにお皿を渡しましたが、載っていたものに手をつけなかったことについては一言も弁解はしませんでした。彼女が立ち上がって、それを売台の上に置くのを見ました。彼女はそこからわたしの方を見て「あんたはお母さんと生き写しだよ」ともう一度言いました。わたしは光を背にして坐っていたので、逆光線のために翳になっていたことは確かですから、話をしていた時には、メメにはわたしの顔が見えなかったのです。ですから、立ち上がって売台にお皿を置いた時、ランプの向こうからまともにわたしの顔を見たのです。それで彼女は「あんたはお母さんと生き写しだよ」と言ったようなわけです。それから彼女は戻って来て腰をかけました。

その時、彼女はわたしの母がマコンドにやって来た頃の日々を思い出しはじめていたのです。あの時、母は騾馬から揺り椅子へとまっすぐに行くと、そこに三か月も坐ったまま動こうとしないで、大儀そうに食事の世話をしてもらっていました。昼食を運ばせておきながら、お皿を手にしたまま、体を固くして、椅子を揺すりもしないで、疲れた脚を上に載せ、その脚のあいだで死が成長しているのを感じとりながら、誰かが来てそのお皿を取り上げるまでその姿勢のまま午後の大半を過ごすことも時々ありました。あの日が訪れた時、彼女は陣痛の苦しみのおかげで無力感を克服し、自分の力で立ち上がりました。けれども無言の苦しみの九か月、気心の通じた死に占拠されてひどい目にあっていた彼女は、玄関と寝室のあいだの二十歩ばかりの距離を歩くのにも人の助けを必要としたのです。揺り椅子からベッドへと移動するのに、わずか数か月前の旅の時には経験したことのなかったありとあらゆる艱難辛苦《かんなんしんく》を味わったのですが、彼女は自分の人生の最後の幕を下ろす前に到達しなければいけないと心得ていた場所までは辿りついたのです。

父は母に死なれて自暴自棄になっているようだった、とメメは言いました。けれど家に独り残された父自身が後日、《女房が身ぢかにいない男の家庭の潔白さなんか、信用する奴はおらんよ》と話したそうです。愛する人に死なれたら、毎晩その人を思い出すためにジャスミンの種を蒔くものだということを彼は物の本で読んでいたので、裏庭の土塀の前に、その蔓草の種を蒔きました。しかし、一年後にはわたしの継母となったアデライダと二度目の結婚式を挙げているのです。

メメは話しているうちに泣き出すのではないかと何度もわたしは思いました。けれども彼女は自分が幸せであったことの過ちを償い、自分の自由意志で幸せな生活を捨てたことに満足して毅然としていました。それから彼女は微笑みました。そして椅子に腰かけたまま伸びをするとすっかりなごやかになりました。彼女が前屈みになって、まるで、内心で悲しみの量をはかってみて、楽しい思い出の方が多いことに気づいたかのように、昔のままのあのあけっぴろげで、からかうような、人のよい微笑を見せました。彼女が言うには、五年後、また別の事がはじまったのですが、その時、彼女はわたしの父が昼食をとっていた食堂に入って行き、「大佐、大佐、事務所に誰か知らない人が来て面会させてほしいと言っています」と告げたとのことです。

3

以前、聖堂の裏の街路の向こうに樹のない空き地がありました。わたしたちがマコンドに着いたのは前世紀の末頃であり、聖堂の建築工事はまだはじまっていませんでした。草木の生えていない乾いたその土地は、学校帰りの子供たちの遊び場になっていました。やがて聖堂の建築がはじまると、その土地の片側に四本の柱が建てられ、囲まれた空き地は小屋を建てるのに適しているように見えました。実際にそれは建てられて、建築資材の保管所となりました。

聖堂の工事が終ると、誰かがあのちっぽけな小屋の壁に土を塗って仕上げ、龍舌蘭のひげ根さえも伸びない石ころだらけの狭い荒地に面した裏の壁を切り抜いてドアをつけ、一年後には人が二人住むのに手頃な小屋となっていました。なかは生石灰のにおいが漂っていました。それはその空間のなかで長い期間のあいだに感じることのできた唯一の気持のよいにおいであり、以後、二度と感じることのできなかった唯一の快いものでした。壁が白く塗られると、建築の仕上げを行なったまさにその手が内側から閂《かんぬき》を、外側からはナンキン錠をかけてしまったのです。

この小屋の持主はいませんでした。その土地や建築資材にたいしても自分の権利を行使しようと気を揉むものは一人もおりませんでした。初代の司祭が来た時には、マコンドの裕福な家が宿になりました。それから別の教区教会に移されました。しかし、その頃（たぶん最初の司祭が去る前に）乳呑児《ちのみご》を抱えた一人の女があの小屋を占拠していましたが、彼女がいつ、どこからやって来たのか、そしてどうやって戸を開けたのか誰も知りませんでした。片隅には緑色の苔の生えた黒い甕《かめ》が置いてあり、釘には水差しが吊してありました。しかし、壁にはもう石灰は残っていませんでした。空き地の石は雨で硬くなった土のかさぶたで覆われていました。女は日射しを防ぐために木の枝を編みました。棕櫚《しゅろ》の葉、瓦、あるいはトタンなどで屋根をふく資力がなかったので、木の枝を編んでそのそばにブドウの苗を植え、呪いを避けるために通りに面したドアの外側にロカイ*の小さな束とパンを吊しておきました。

一九〇三年、新しい司祭が来ると知らされても、相変らず女は子供と一緒にあの小屋に住みついていたのです。大半の住民は街道に出て司祭の到着を待っていました。田舎の楽隊がセンチメンタルな曲を演奏していましたが、そのうちにひとりの少年が息せき切ってへとへとになりながら、司祭の騾馬がすぐそばの曲り角にさしかかっていると告げに来ました。すると楽士たちは位置を変えて行進曲を奏ではじめました。歓迎の演説を頼まれていた男は、俄か仕立ての台に上がり、挨拶を開始するために彼が姿を現わすのを待ちうけました。しかし、その直後、勇壮な曲は中止されて弁士は台から下りました。そして、群集は、よそ者がマコンドではいまだかつてお目にかかったことのない大きなトランクを尻の方に載せた騾馬に跨《また》がって通り過ぎるのを、呆気にとられて見ていたのです。みんなには目もくれず、その男はさっさと町の方に行ってしまいました。司祭も旅をするためには普通の人の服を着るものだとしても、軍人用のゲートルを着けた、あの真黒な顔の旅人が普通の人の服を着こんでいる司祭だとは誰も想像することはできなかったでしょう。

事実、そうではなかったのです。というのは、ちょうどその頃、町の反対側にある近道を通って、無愛想で横柄な面構えの、ひどく痩せこけた奇妙な司祭が法衣を膝までたくし上げ、色あせたおんぼろ傘で日射しを防ぎながら町に入って来るのが見えたからです。その司祭は聖堂の附近で司祭館はどこにあるのかと尋ねたのですが、まったく思慮分別のない者に訊いたのに違いありませんでした。というのは、彼に戻ってきた返事は「教会の裏にあるちっぽけな小屋ですよ、神父様」ということだったからです。あの女は外に出かけていましたが、子供はなかにいて半開きのドアの後ろで遊んでおりました。司祭は騾馬から下りると、ふくれ上がったトランクを小屋まで転がして行きましたが、それは半開きの状態で、鍵もかけてなく、そのトランク用のものではありませんが、とにかく革バンドで縛ってあったので、かろうじて事なきを得ていました。彼は狭い小屋を調べ終ってから、騾馬を裏庭に入れ、ブドウの葉の蔭に繋ぎました。それからトランクを開くと、あの雨傘と同じように時代物であり、同じように使い古されたに違いないハンモックを取り出し、支柱から支柱へと部屋のなかにはすかいに吊しました。そして、靴を脱ぎ、びっくりして目を丸くして見つめている子供には頓着なく眠ろうとしたのです。

女は戻って来た時、牛の髑髏《されこうべ》と寸分違わない、ひどく無表情な人相をした司祭の奇妙な存在を目の前にして面食らったに違いありません。彼女は部屋を爪先で横切らねばなりませんでした。彼女は折り畳み式のベッドをドアまで引きずって行き、自分の服や子供のぼろ服を一束に縛り、甕や水差しのことさえすっかり忘れて、あたふたと部屋を出て行ったことでしょう。なぜならば、一時間後、町の反対の方角で、学校から逃げ出した夥《おびただ》しい人数のいたずらっ子たちに囲まれて、行列が勇壮な曲を演奏する楽隊を先頭に練り歩いていた頃、小屋のハンモックのなかでは、あの司祭が僧服のボタンをはずし靴も脱ぎ、ひとりでのびのびと屈託なく横になっていたからです。この知らせを持って街道に走った者がいたはずですが、誰も司祭が小屋のなかで何をしているのか尋ねようとは思いませんでした。きっと人々は彼と彼女とのあいだに血縁関係でもあるのだと思ったのでしょう。女は女で司祭がそこに居住せよという命令書を携えているか、あるいはそこが教会のものだと思いこんで、あるいはただ単になぜ二年以上も自分のものでもない小屋に家賃も払わず、誰の許可も受けずに住んでいたのかと訊かれるのがこわくて、その狭い小屋を捨てたのに違いありません。その時も、それから後も代表団は説明を求める気にはなりませんでした。というのは、司祭が歓迎の演説を受けようとしなかったからです。彼は贈呈の品を床の上に置くと、男や女たちに軽く冷たい挨拶を返しただけで済ませてしまったからです。彼の言葉によると、

「一晩じゅうまんじりともしなかった」からだそうです。

代表団はいまだかつて経験したこともない、この上もなく奇妙な司祭の冷やかな応対を前にして解散しました。彼の顔は牛の髑髏に似ており、髪の毛は短かく刈りこまれ、唇はなく、生れ落ちた時からあるべき場所には口がなくて、あとでさっとナイフで切りつけて作ったような水平の裂け目があるのを人々は見てとりました。しかし、もうその日の午後には彼が誰かに似ているなと人々は思いました。そして、夜が明ける前にみんなはそれが誰であったのかを悟りました。裸なのに靴をはき、帽子をかぶり、石投げ縄と石を手にした男を見たことを人々は思い出したのです。あの頃のマコンドはみすぼらしい難民部落でした。老兵たちは八五年の内戦当時の彼の活躍を思い出しました。十七歳で大佐になったことや、大胆で頑固な反政府主義者であったことを思い出しました。マコンドではあの男が教区教会の責任者として戻って来たあの日になって、やっと再びその消息を知ったのです。彼の洗礼名を思い出すことのできた人はほんのわずかしかいませんでした。そのかわり、大部分の老兵は彼の母親が（我がままで言うことを聞かなかった）彼につけた名前、そして後日仲間たちが戦場で彼を知ることになった紛れもないその呼び名を思い出していました。皆は彼のことを石あたま《カチョーロ》と呼んでいました。そしてマコンドでは死ぬまで彼はこう呼ばれていたのです。

「石あたま《カチョーロ》、石あたま《カチョーロ》さん」と。

こんなわけでこの男は石あたま《カチョーロ》がマコンドに着いたちょうどその日、ほとんど同じ時刻にわしの家にやって来たのだ。男は待たれていたわけでもなく、ましてその名前も職業も全然知られていなかったのに街道を通り、一方、司祭は全町民が街道に出て自分を待っていたのにもかかわらず近道を通って来たのだった。

　わしは歓迎の式が済んでから家に戻った。わしらが食卓についたところだった――ふだんよりは少々遅かったが――その時メメがそばに来てわしに言った。「大佐、大佐、事務所に誰か知らない人が来て面会させてほしいと言っています」と。「お通ししなさい」とわしは言った。するとメメが「その人は事務所のなかにいて、至急お会いしなければならないと言っています」と言った。アデライダはイサベル（当時あの娘《こ》は五歳になっていなかった）にスープを飲ませるのをやめて、新参者の応対に出て行ったが、すぐにひどく心配そうな顔をして戻って来た。

「事務所のなかをぐるぐる歩き回っているわ」と彼女は言った。

　わしは燭台の向こう側を歩く妻を見た。それから彼女は再びイサベルにスープを飲ませた。

「なかに通してやればよかったのに」とわしは食事をする手を休めずに言った。すると「そのつもりでしたわ。でも行って見たら、あの人は事務所のなかを歩き回っていたの。わたしが、いらっしゃいませ、と言ったのに、棚の上にあるぜんまい仕掛けの小さな踊り子人形を見ていて返事もしないの。もう一度、いらっしゃいませと言おうとした時、踊り子のねじを巻きはじめたの。それを机の上に置いて、踊る様子を見ていたわ。もう一度、いらっしゃいませ、と言ってみたけど聞こえないようでした。よくわからないけど音楽のせいだったのかもしれないわ。それでわたしはそのまま机の前に立っていたんだけど、あの人は身を屈めたまま、まだ少しぜんまいの力の残っている踊り子を見ているんですよ」と言った。アデライダはイサベルにスープを飲ませていた。わしは「よほどあのおもちゃが気に入ったのだろう」と言った。すると妻はまだイサベルにスープを飲ませながら「事務所のなかを歩き回っていたの。それから踊り子を見ると、以前からそれがどういうものなのかを知っていて、どんなふうに動くのか心得ていたみたいに下に置いたわ。音楽が鳴りだす前に、わたしが最初に、いらっしゃいませ、と言った時にはねじを巻いていたの。それからそれを机の上に置いてじっと見ていたけどにこりともしないの。まるで彼の興味は踊りでなくて、仕掛けにあるみたいだったわ」と答えた。

誰が来ても決してわしには取り次がないことになっていた。訪問者はほとんど毎日のように来た。馬小屋に馬などを入れ、わしらの食卓に来ればいつでも坐れると思いこんでいて、すっかり気を許し、なれなれしく近づいて来る顔見知りの旅人たちだった。わしはアデライダに「ことづてか何か持って来ているはずだが」と言った。すると彼女は「とにかく奇妙な振舞でしたわ。ねじが切れるまであの踊り子を見ていたので、そのあいだわたしは何と言っていいのかわからないで机の前に立っていたの。音楽が鳴っているあいだは返事をしてくれそうもなかったから。やがて踊り子は、ねじが切れたとたんにいつもやるように、ぴょんと跳び上がったわ。それでもなお彼は腰もかけないで、机の上に覆いかぶさるようにして不思議そうに眺めつづけているの。それからやっとわたしの方を見たの。それで、わたしが事務所にいるのを知りながら踊り子がどのくらい踊りつづけられるのか知りたいばかりに、わたしにはかまけていられなかったのだわ、と察しがついたのよ。けれど、わたし、いらっしゃいませ、とあらためて言いはしなかったけど、彼がわたしを見た時にはにっこりと笑ってやったの。というのは、彼の黄色い瞳をした大きな目は、ひと目で人の頭のてっぺんから爪先まで見てしまうことにわたしは気づいたから。こっちはにこにこしてるのに彼は相変らず真面目くさった顔をしていたわ。でもごくおざなりにおじぎをして

『大佐は？　わたしは大佐に用事があるのです』と言ったの。口を閉じたままで話しているような低い声でしたわ。まるで腹話術の人みたい」と彼女は言った。

　妻はイサベルにスープを飲ませていた。わしは昼食をつづけた。ただちょっとしたことづてのことぐらいに思ったからだ。あの午後に今のような結末を招く事態がはじまっていたことを知らなかったからだ。

　アデライダは相変らずイサベルにスープを飲ませていた。そして、「最初、あの人は事務所のなかを歩き回っていたわ」と言った。その時わしは、妻があのよそ者から尋常でない印象を受けていて、わしの出方に特別の関心を抱いていることがわかった。しかし、イサベルにスープを飲ませながら話をしているあいだ、わしは食事をつづけていた。妻は「あの人が大佐にお目にかかりたいと言った時、わたしはこう言ったの。食堂にお通り下さいませ、って。するとあの人は踊り子を手にしたまま、動こうともしないで伸びをしたのです。それから顔を上げて兵隊さんのようにしゃちこばったわ。長靴《ちょうか》をはき、首までボタンのついているシャツの上に粗末な生地の服を着ていたせいでしょうか、わたしにはそんなふうに見えたのよ。彼がおもちゃを手にしたまま、一言も返事をしないでじっとしていたので、わたしは何と言っていいかわからなくなっちゃった。まるで、もう一度ねじを巻くつもりで、わたしが事務所から出て行くのを待っているみたいだったわ。軍人だなと気づいたとたん、誰かに似ている、とわたしは思ったの」と言った。

　わしは「すると、おまえさんは、それに何か重大な意味があると思っているんだな」と訊いた。わしは枝つき燭台ごしに妻を見た。妻はわしを見ていなかった。イサベルにスープを飲ませていた。

「わたしがあそこに行った時、あの人は事務所のなかを歩き回っていたわ。だから顔は見えなかった。でも、あとで、奥の方に行って立ち止まった時、威張ったような顔をしていて、目付きがとても鋭かった。で、軍人だなと思ったの。わたし、『お客様は秘密のお話で大佐にお会いしたいのですね』と訊いてやったわ。彼はうなずいたの。それからわたしはここに来てあなたに、あの男は誰かに似ている、むしろ似ているというその人と同じ人だと言っているのよ。どうしてあの男が来たのかわたしには納得がいかないんだけど」

わしは食事をつづけたが、そうしながらも枝つき燭台ごしに妻を見ていた。彼女はイサベルにスープを飲ませるのをやめて言った。

「ことづてを持って来たのではないことは確かだと思うわ。似ているのではなくて、似ている人と同一人物だということは確かだと思うの。もっと詳しく言うと、確かにあの男は軍人よ。黒いひげをぴんと立てて、顔ときたらまるで銅みたい。似ているどころか似ているという人物その人だわ。きっとそうだわ」

妻は単調で、抑揚のない口調でくどくどしゃべっていた。暑かった。おそらくそのせいだろうか、わしは苛立ちを覚えはじめた。わしは「そうかい、で、誰に似ているのかね」と尋ねると、「あの男が事務所のなかを歩き回っていた時には顔は見えなかったけれど、そのあとでは」と言った。わしは彼女の単調でくどい言葉に苛立って「わかった、わかった。昼飯がすんだらすぐ行って見るよ」と言った。再び彼女はイサベルにスープを飲ませながら「あの男は事務所のなかを歩き回っていたので、最初のうちは顔は見えなかったわ。でもそのあとでわたしが『どうぞお通り下さいませ』と言うと、踊り子を手にして壁に向かったままじっと動かなくなってしまったのよ。誰かに似ている、とふと思ったのはその時。で、あなたに知らせに来たの。大きくて図々しそうな目をしているの。で、くるりと背中を向けて出ようとした時、わたしの足をまともに見つめている男の視線を感じたの」と言った。

急に妻は黙りこんだ。食堂ではスプーンの金属的な音がふるえていた。わしは昼飯を食べ終えて皿の下にナプキンを置いた。

その時、ぜんまい仕掛けのおもちゃの陽気な音楽が事務所から聞こえてきた。

4

家の台所には細工をほどこした板でこしらえた、横木のない古びた腰掛けがあって、ぼくのおじいさんはそのこわれた腰掛けの坐るところに靴を置き、かまどのそばで乾かすのです。トビアスとアブラハムとヒルベルトとぼくはきのうの今頃、学校を出ると石投げ縄と、鳥を入れる大きな帽子と、それから新しいナイフを持って農園に行きました。途中、ぼくは台所の片隅に押しやられた役立たずの腰掛けのことを思い出していました。昔、それはお客さんを迎える役を果たしていたのですが、今では毎晩帽子をかぶったまま腰かけて、火の消えたかまどの灰を眺めている死んだ人のために使われているのです。

トビアスとヒルベルトは樹々の暗い脇廊《きょうろう》のはずれに向かって歩いて行きます。朝のうちに雨が降ったので、泥まみれの草を踏むと靴が滑ります。一人は口笛を吹いています。その金属的で硬い口笛の響きは、樽のなかで歌いだした時のように、植物の洞穴のなかに響きわたります。アブラハムはぼくと一緒に後ろからついて行きます。アブラハムは石をすぐに飛ばすことのできるように仕掛けてある石投げ縄を持っています。ぼくはナイフを開いて持っていました。

突然に太陽がびっしりと生い茂っている固い葉の屋根を突き破り、ひとつの発光体が生きている鳥のように羽搏《はばた》きながら草地の上に落ちて来たのです。「見たかい」とアブラハムが言います。ぼくが前の方に目をやると脇廊のはずれの方にヒルベルトとトビアスの姿が見えます。「鳥じゃないよ。勢いよく飛び出して来た太陽だよ」とぼくは言いました。

岸辺につくとみんなは服を脱ぎはじめます。それから、夕暮れの水を力いっぱい蹴りあうのですが、肌は濡れることのないように見えるのです。「きょうは、鳥が一羽もいないぞ」とアブラハムが言い、「雨の降る日には鳥はいないもんだよ」とぼくは教えてやりました。あの頃はぼく自身そんなふうに思いこんでいたのです。アブラハムは笑いだします。ばかみたいに何でもないことにでも笑うのです。そして、水道の蛇口から落ちる水の糸が立てる音のような声を出すのです。彼は服を脱ぎました。「ナイフを持って水のなかに潜るんだ、帽子いっぱい魚をとってやるぞ」と言いました。

アブラハムは裸になってぼくの真前に立つと、手を開いてナイフを待ちます。ぼくはすぐには返事をしないで、ナイフを握りしめます。鍛えられ、研ぎ澄まされた鋼《はがね》を手の平に感じました。彼にはナイフを渡さないぞ、とぼくは思います。そして、彼にそう言いました。「ナイフは渡さないよ。きのうやっと貰ったばかりなんだもの。きょうの午後は、ずっとぼくが持っているんだよ」と。アブラハムは手を伸ばしたままでいます。それでぼくは言ってやりました。

「ダメナンデダッケバ」

アブラハムにはぼくの言ったことがわかりました。ぼくの言葉が理解できるのは彼だけです。「いいさ」と彼は言い、硬いような、酸っぱいような空気のなかを突き抜けて、水辺の方に歩いて行きます。彼は言いました、「さっ、脱ぐんだよ、おれたちは石の上で待っているからな」と。彼は潜ったり、巨《おお》きな銀色の魚のようにきらきらと輝く姿を現わしたりしながら言ったのです。水は彼の体に触れて流れているように見えました。

ぼくは生温《なまぬる》い泥の上に横たわったまま岸辺にいます。もう一度ナイフを開くと、アブラハムから視線をそらし、目を上げて、まっすぐに向こう岸の樹々の上に拡がる、すさまじいばかりの夕暮れを見たのですが、空は燃えさかる馬小屋のようにあやしげな厳《おごそ》かさを帯びていました。「早くしろ」とアブラハムが向こう側から言います。トビアスは石の縁で口笛を吹いています。その時ぼくは《きょうは泳がないことにしよう。あしたにしよう》と思ったのです。

帰って来る途中、アブラハムがサンザシの木立ちの蔭に隠れます。ぼくがあとからついて行こうとすると、「こっちへ来るな。用事があるんだ」と言います。ぼくは居残って道端の枯葉の上に腰をおろし、ただ一羽、空に曲線を描いているツバメを見て言いました。

「ツバメの奴、きょうは一羽しかいないな」

アブラハムはすぐには返事をしません。ぼくの声が聞こえなかったみたいに、そして、本でも読んでいるかのように、サンザシの木の蔭で黙っています。彼の石のように固い沈黙はわけがわからないけれど、内に秘められた力に満ちています。長い沈黙のあとで、ようやく溜息をついて言いました。

「ツバメか」

ぼくはもう一度「きょうは一羽しかいないよ」と言います。アブラハムはまだサンザシの木の蔭でしたが、どうなっているのか全然わかりません。黙って考えこんでいるようですが、その静けさは静止を意味するものではありません。それは絶望と激しさのこもった静止とでもいうべきものだったのです。やがて彼が言います。

「一羽だけかい？　ああ、そうか、そうだ、そうだとも」

今度はぼくの方が何も言いません。サンザシの木の蔭で動きはじめたのは彼の方でした。木の葉の上に腰をおろしたまま、ぼくは彼のいるあたりで、別の枯葉を踏む音がするのを聞きます。それからまた彼は静かになります。まるで立ち去ってしまったみたいです。やがて彼は深く息を吸いこんでから尋ねます。

「いったい、おまえさんは何を言ってるんだい」

ぼくはもう一度「きょうは一羽しかツバメがいないよ」と言います。そしてそう言いながら、扇形の翼が、信じられないほど蒼い空で輪を描いているのを見ています。「高いところを飛んでいるな」とぼくは言います。

すぐにアブラハムが答えます。

「あっ、なるほど、それじゃあ、あのせいなんだろうな」

彼はズボンのボタンをはめながら、サンザシの木の蔭から出て来ます。空、一羽のツバメが輪を描きつづけている空を見上げ、しかもぼくの方は見もしないで言います。

「さっき、ツバメのことで何て言っていたんだい」

こんなことをしているうちにぼくたちはおそくなってしまったのです。帰って来た時、町には灯がついていました。ぼくは家のなかに駈けこみました。そして、廊下でサン・ヘロニモの双生《ふた》児《ご》を連れた、太った盲の女たちに出くわしましたが、ママの話では、彼女たちはぼくが生れる前から毎週火曜日におじいさんのために歌をうたいに来ているのだそうです。*

きょうはまた学校を抜け出して川へ行こう、といってもヒルベルトやトビアスと一緒にではなく、とぼくはきのう一晩じゅう考えていました。ぼくはアブラハムと二人だけで行きたい。金属製の魚のように、水に潜り、再び姿を現わす時の彼のお腹のきらめきを見るためです。歩きながら彼の腿に触れるために、緑のトンネルの暗がりのなかを彼と二人だけで帰って来たいものだと一晩じゅう思っていました。こんなことを考えていると、きまってぼくは誰かに優しく歯を当てられ、嚙まれているみたいに肌がむずむずしてくるのです。

別の部屋でぼくのおじいさんと話をするためにあの人は出て行きました。じきに戻って来たら、たぶんぼくたちは四時までに家に帰れます。そしたら、ぼくはアブラハムと川へ行くんだ。

彼はわが家に住みついた。廊下ぞいの部屋を一つ占有したが、そこは通りに面していた。その方が好都合だとわしは思ったからだ。彼のような性分の人間は町の安ホテルにおさまる術《すべ》を見つける才を持ちあわせていないことをわしは知っていたからだ。彼はドアにビラ（彼自身の手によりイタリック体で鉛筆書きされたもので、つい数年前に家が白く塗られるまではまだその場所にあった）を貼ったが、次の週には大勢の外来患者の要求に応じて新しい椅子を運びこまなければならなくなった。

アウレリアーノ・ブエンディーア大佐からの手紙を彼がわしに渡した後も、事務所での話が長びいたので、アデライダは彼をてっきり重要任務を帯びた高級軍人だと思いこみ、祭りの日のようなご馳走を用意したほどだった。わしらはブエンディーアや彼のお早熟《ませ》な娘や総領の馬鹿息子のことを話した。あの男は総監督官をよく知っていて、その信頼にこたえるためか彼にたいして並たいていでない敬意を抱いていることが話しだしたとたんにわかった。食事の用意ができたとメメがわしらに言いに来た時、わしは妻が不意の客のもてなしに即席に何かをこしらえたのだと思った。だが、新しいテーブル・クロースとクリスマスと新年の家族の晩餐の時にだけ特別に用いる陶器に盛られたあのすばらしいご馳走は即席料理なんてものではなかった。

　首まで隠れるビロードのドレスを着たアデライダはテーブルの端に、とり澄ましてしかつめらしく坐っていた。その服は、わしらが結婚する前のことだが、都会での彼女の親族会議に出るために着たものだった。アデライダはわしらよりも洗練された習慣というか、ある種の社会的な経験を身につけていて、結婚してからはわが家の仕来りにも影響を及ぼしはじめた。妻は家柄を誇示する大きなロケットを身につけていて、それがいざという時に光彩を放つのだった。そして、彼女のすべてが、食卓のように、家具のように、食堂のなかで吸う空気のように、静かで清楚で厳格な感じを醸《かも》し出していた。わしらが客間に行った時、常々身装《みなり》や行儀作法にはおよそ無頓着だった彼自身も、きっと気恥ずかしく場違いに感じたはずだ。というのは、ネクタイでも結んでいる時のように、襟元に手をやってボタンを調べたし、また、豪放磊落《ごうほうらいらく》な歩き方にも、わずかながら心の乱れが認められたからだ。わしらが食堂に入って行った時のことは、特に鮮明に覚えている。アデライダの用意した、この種の食卓を前にしては、わし自身、自分の服装がずいぶんだらしのないものに感じたものだ。

皿には牛肉と狩りの獲物の肉が載っていた。といっても、これはあの頃わしらがいつも食べていたものと少しも変らなかった。しかし、磨きたての枝つき燭台のあいだに、真新しい陶磁の器に盛られて出て来たので、それは壮観であり、常日頃とは異った趣きがあった。迎える客は一人だけと知りながら、妻は八人分の食器を用意した。真中のぶどう酒の罎は彼女がいかに心をこめて努力していたかを示す大げさなデモンストレーションで、これは自分がひと目見た時に高級軍人だと取り違えてしまった男にたいする敬意のあらわれでもあった。これほど非現実的なものの積み重なった雰囲気をわが家で経験したことは初めてだった。

アデライダの衣裳は、あまりにもわざとらしくて整いすぎている彼女の姿を本物の気品で埋め合わせをしてくれる（実に美しくて、白すぎるほど白い）手が見えなければ、滑稽に映ったかもしれない。

わしが話の口火を切って「二度目の女房です、博士《ドクター》」と言ったのと、彼がシャツのボタンを調べ、ためらいを見せたのとは同時だった。一片の雲にアデライダの顔は翳り、陰気な表情になった。妻はそのままの位置で、手を差しのべて微笑んでいたが、わしらが食堂に入って行った時のしゃちこばった様子はすでに消えていた。

新参者は軍人のように長靴《ちょうか》の踵を鳴らし、指先をぎゅっと伸ばしてこめかみに当てた。それから彼女の立っている方に歩いて行った。

「よろしく、奥様」と彼は言った。しかし、名前は全然口に出さなかった。

アデライダと握手した手を不器用に振るのを見て、ようやくわしは彼の物腰がいかにも下品で粗野であることに気づいた。

彼は食卓の向こうの端の新しいガラスの器や枝つき燭台のあいだに坐ったが、そのだらしのない風采はテーブル・クロースについたスープの染みのように目立って見えた。

アデライダはぶどう酒を注《つ》いだ。最初に覚えた感動は控え目な苛立ちに変り、《いいわ、何もかも予定されていたとおりに運ばれていくのね、でも、あんたは説明してくれなければいけないわ》と言っているようだった。そして、メメが料理を出す用意をしているあいだに妻はぶどう酒を注ぎ、テーブルの一方の端についた。その時、彼は両手をテーブル・クロースに載せたまま、椅子にふんぞりかえり、にっこり笑って言ったのだ。

「あのう、娘さん、さっそくだが草を少しばかり煮て、スープがわりに持って来てくれませんか」と。

メメは動けなくなった。笑うに笑えず、アデライダの方を振り返った。妻も微笑みながら、しかし、当惑の色をあらわにして尋ねた、「どんな草ですか、博士」と。すると彼は反芻動物のような哀れっぽい声で言った。

「ふつうの草ですよ、奥さん。驢馬が食うやつですよ」

5

昼寝《シエスタ》の時間が尽きようとする一瞬があります。人目につかない密かで微かな虫の動きさえも、まさにあの瞬間には止まるものです。自然の流れは止まり、万物は混沌の淵によろめき、女たちは熱暑と怨恨に息苦しさを覚え、頬に枕カバーの刺繡の花模様のあとをつけ、涎を垂らしながら体を起こします。そして、《マコンドではまだ水曜日だ》と思うのです。それからまた片隅にうずくまって、夢と現実とを結びあわせ、町じゅうの女たちが麻布の非常に大きなシーツを丹精こめて共同で作り上げるように、ひそひそ話を織りあげることに合意するのです。

内側の時間が外側の時間と同じリズムを持っていたら、わたしたちは今頃、炎天干しになっており、棺は道の真中にあることでしょう。外側の方が遅くて、まだ夜なのでしょう。たぶん九月の重苦しい月の夜で、裏庭では女たちが腰をおろして青い光のなかでおしゃべりをし、それなのに、街路では、わたしたち三人の裏切者がこの渇いた九月の陽光をいっぱいに浴びているのです。誰もその儀式を妨げはしないでしょう。わたしは町長が儀式に反対する決意を翻さないで、わたしたちが家に帰れること、つまり、子供は学校へ、父は自分の木靴のところ、冷たい水の滴り落ちる、顔の下の洗面器のところ、そしてアイスレモンの入っている水差しの左側へと行けることを期待しました。しかし、今はそれどころではありません。父は、最初、わたしが町長の最終的な決断だと信じたことなどは意に介さず、自分の見解を押しつけようと、再びしつこい説得をはじめました。外では、町じゅうがあの長たらしくて変りばえのしない、無慈悲な噂話の仕事に夢中になり、沸き返っています。そして、街路は清潔で、最後の風が最後の牡牛《おうし》の足跡を消し去ったあとの踏まれたことのないきれいな土の上には一点の影もありません。それは、いわば、無人の町で、家々の戸は閉ざされており、部屋のなかでは邪悪な心の発する言葉の煮えたぎる鈍い音がしているだけです。そしてあの部屋のなかでは、緊張して腰かけている子供が自分の靴を見ています。そっとランプの方に、それから新聞の方に目をやり、また今度は靴の方に目をやり、最後に、首吊り男を、男が嚙んでいる舌を、欲望をなくした犬、今は望みを失って死んだ犬のガラス玉のような男の目をしっかりと両眼で見ます。子供はあの男を見つめています。板の下に横たえられたままになっている首吊り男のことを考えています。悲しそうな顔つきをしています。と、その時、すべてが一変します。床屋の戸口に丸椅子が出ます。あとから鏡と粉おしろいと香水の載った小さな祭壇が。手は染みだらけになって大きくなり、わたしの子供の手ではなくなってしまい、計算された慎ましさで冷やかにかみそりを研ぎはじめる大きくて器用な手と化し、そのあいだ、耳は硬質な刃の金属的な唸りを聞き、頭のなかでは《きょうはいつもより早く人が来るだろう、マコンドは水曜日なんだから》と考えています。やがて人々がやって来て、入口の日蔭の涼しい場所を占めている椅子に寄りかかり、こわい顔をして、細目を開け、足を組み、膝の上に組んだ手を置いて葉巻きの端を嚙み、一点を凝視し、同じ話を繰り返し、正面の閉まっている窓や、なかにレベーカ夫人のいる静まりかえった家を眺めています。彼女にも忘れていたことがありました。扇風機を止めるのを忘れたのです。そして、網戸のあるいくつかの部屋を、空しくて耐えがたいやもめ暮らしが産み出したがらくた類を掻きまわしながら、苛立ち興奮して通り抜けるのですが、それは埋葬の時が来るまでは死なないことを、触覚を動員してまでも納得したかったからです。彼女は部屋のドアを開けたり閉めたりしながら、いにしえの時計が昼寝から目覚めて三時を打ち、自分の感覚を悦ばせてくれるのを待ち受けています。これはすべて、子供の動きが止まり、再び体をこわばらせて、きりっとするまでのことで、女がミシンで最後の一縫いを終え、クリップをびっしりつけた頭を上げるのに要する時間の半分もかからないのです。子供が体をこわばらせて考えこむ前に、女はミシンを廊下の片隅まで引きずって行き、男たちは革砥《かわと》の上でかみそりが完全に一往復するのを見守りながら、葉巻きを二回嚙みました。そして、足萎えのアゲダは自分の麻痺した両膝を目覚めさせようとして最後の力をふりしぼっています。レベーカ夫人は再び錠前を回して考えます、《マコンドの水曜日。悪魔を埋めてやるのにはお誂え向きの日だわ》と。しかし、その時、再び子供が動きはじめ、時間のなかに新しい変化が生じます。何かが動いているあいだは、時間が経過していることがわかります。その時まではだめです。何かが動きだすまでは永遠の時間、汗、肌の上のシャツの涎、嚙みしめられた舌の後ろには凍った、腐敗しない死人が在ります。だから首吊り男には時間は流れません。子供の手が動いても、それがわからないからです。そして、死人が知らないでいるあいだに（なぜなら子供がまだ手を動かしつづけているから）、アゲダはまたロザリオの珠をもう一つ爪繰《つまぐ》っているはずです。折り畳み式の椅子にもたれていたレベーカ夫人は、時計が切迫した瞬間の淵で凝固するのを見て途方に暮れています。そして、アゲダには（レベーカ夫人の時計では一秒も経過していないのに）またロザリオの珠をもう一つ爪繰って、《アンヘル神父様のいらっしゃるところまで行けたら、こうするんだがねえ》と考える時間ができました。それから子供の手が下がってゆき、かみそりは革砥の上の運動を利用し、入口の涼しいところに坐っていた男たちの一人が「きっと三時半ぐらいだろうな」と言います。その時、手の動きが止まります。再び次の一瞬の直前で死んでしまった時計。再びその鋼の限界点で止まってしまったかみそりの刃。そして、脚を伸ばし、膝を動かし、腕を拡げて「神父様、神父様」と言いながら聖具室に闖入するために、もう一度手が動くのをまだ待ちつづけているアゲダ。そして、唇に舌をはわせて、ミンチボールの悪夢の粘っこい感じを味わいながら、子供のようにおとなしくひれ伏していたアンヘル神父はアゲダを見て、言うでしょう。「確かに、これは奇跡に相違ない」と。そしてそのあとでもう一度昼寝のまどろみのなかで寝返りをうち、汗にまみれ、涎を垂らしている睡魔に襲われ、「とにかく、アゲダ、今は煉獄の霊にミサを捧げる時間ではないのじゃ」と言うでしょう。しかしその新しい動きは未遂に終り、父が部屋に入って来て二つの時間が和解し、両方の半分ずつがぴたり重なって固まり、レベーカ夫人の時計は自分が子供の慎ましさと寡婦の苛立ちのあいだで混乱していることに気づき、とたんに途方に暮れてあくびをし、その瞬間の不可思議な静止のなかに飛びこみ、やがて液状の時間、調整された正確な時間を滴らせながら出て来て、前屈みになり、しかつめらしく厳かに「二時四十七分ちょうどです」と言います。そして、父はこんなことは知らないで、その麻痺した瞬間を打ち破り、「星雲のなかにいるんだぞ、おまえさん」と言います。そしてわたしは「何かが起こるかもしれないと思っているの？」と言います。すると、汗まみれの父はにっこり笑って「いずれにしろ、きっと多くの家で米が焦げ、乳がこぼされるのだぞ」と答えます。

今、棺には蓋がしてあります。けれどもぼくは死んだ人の顔を思い出すことができます。壁の方に目をやれば、大きく見開いた目と湿った土のようにたるんだ灰色の頬と口の片側の嚙みしめられている舌が見えるほどはっきりと覚えています。だからぼくはとても不安な気持になるのです。もしかするとぼくは死ぬまで片方の脚をズボンに締めつけられていることになるのかもしれない。

おじいさんはママのそばに坐っています。おじいさんは隣りの部屋から戻る時に椅子を引きずって来ました。そして、今ここでママのそばに坐りこみ、何も言わないで杖にあごをのせ、悪い方の足を前の方に伸ばしたまま動きません。おじいさんは待っています。ママもおじいさんと同じように待っています。ベッドでたばこを吸うのをやめた男の人たちは、棺を見ないようにしておとなしく並んで坐っています。あの人たちも待っているのです。

ぼくは目隠しをされ、手をとられて町のなかを二十回も引き回されたあとで、この部屋に連れてこられても、臭いでそれと気づくでしょう。ぼくはぼくとアブラハムが一緒に入ることができ、それにまだトビアスの入る余地もありそうなトランクを一箇見たことがあるだけですが、この部屋のごみ屑や積み重ねられたトランクの臭いをけっして忘れはしないでしょう。ぼくは臭いでどの部屋なのか見当がつくのです。

去年、アダはぼくを膝の上に乗せて抱っこしてくれました。ぼくは薄目をあけて、睫毛ごしにアダを見ました。姿かたちがぼんやりと目に映りましたが、ひとりの女の人ではなくてひとつの顔、羊のようにぼくを見つめ、体を揺すぶり、泣いている顔そのもののような感じでした。ぼくはその臭いを感じた時、ほんとうに眠りかけていました。

この家のなかの臭いなら、ぼくはみんな知っています。ぼくは廊下で独りぼっちにされると、目を閉じ、腕を伸ばして歩きます。《樟脳のまざったラム酒のにおいがした時には、ぼくはおじいさんの部屋にいるんだぞ》と思います。目を閉じて腕を拡げたままぼくは歩きつづけます。《さあ、ママの部屋だぞ、新しいトランプのにおいがするからな。いまにタールとナフタリン玉のにおいがしてくるぞ》と思います。ぼくはどんどん歩いて行きます。すると、部屋のなかで歌をうたっているママの声が聞こえ、ちょうどその瞬間に新品のトランプのカードのにおいがしてきます。それからタールとナフタリン玉のにおいがしてきます。《今度はしばらくナフタリン玉のにおいがつづくぞ。じゃあぼくはこのにおいのする左側へと折れると、下着や閉まっている窓のまたちがったにおいを嗅ぐんだぞ。そこで立ち止まるんだ》と考えます。それから、三歩進むとまた新しいにおいがしてきます。アダの声が聞こえます。「坊や、また目をつぶって歩いていたの」と大声で言っています。

その夜、ぼくは眠りかけた時、この家のどの部屋のものでもないにおいを感じました。それはまるでジャスミンの藪を揺すぶりはじめた時のような、きつい、生温いようなにおいでした。ぼくは目を見開いて重苦しい空気のにおいを嗅ぎました。ぼくは「におわないかい」と言いました。アダはぼくを見ていましたが、話しかけると視線をそらせてしまいました。もう一度「におわないかい。どこかそのへんにジャスミンでも生えているみたいだね」と言いました。すると彼女が答えてくれました。

「ジャスミンのにおいよ、九年前まで土塀の前に生えていたわ」と。

ぼくはアダの膝に坐ります。「でも、今はジャスミンはないよ」とぼくは言いました。するとアダは「今はないの。けれど、九年前、あんたが生れた頃、裏庭の土塀の前にジャスミンの茂みがあったのよ。夜は暑くてね、今と同じにおいがしていたわ」と言いました。ぼくはアダの肩にもたれて、話しているあいだ、その口許を見ていました。「でも、それはぼくが生れる前のことだったのでしょ」と尋ねると、「あの頃、たいへんな大雨に降られたことがあったのよ。それでね、庭をきれいにしなければならなかったの」と教えてくれたのです。

そこは相変らず生温い、手に触れることのできるようなにおいがしていて、夜のなかに漂う他のいく種類かのにおいを支配していました。ぼくは「そのことを話してほしいの」と言いました。するとアダは一瞬黙りこんでしまいましたが、やがて月の光のなかの石灰の白い土塀の方に目をやり、それから言いました。

「もっと大きくなったら、あんたにもジャスミンが〈化けて出る〉花だってことがわかるようになるわ」

ぼくにはわからなかったけれども、誰かにさわられたような不思議な戦慄《ふるえ》を感じました。「ふうん」とぼくは言いました。するとアダは「ジャスミンにはね、人間と同じことがあるのよ。死んでからも夜になるとさまよい出て来る人間の場合とね」と説明してくれました。

ぼくは何も言わないでアダの肩にもたれかかりました。そして、ほかのこと、台所の腰掛けのことを考えていました。雨の降る時には、おじいさんはそのこわれた腰掛けに靴を載せて乾かしたものでした。ぼくはあの頃から、台所に死んだ男の人がいるのを知っていたのです。毎晩、その人は帽子をかぶったまま坐っていて、火の消えたかまどの灰を眺めていました。少し間をおいてぼくは「きっとそれは台所で坐っている死人みたいな奴にちがいないよ」と話しました。アダはぼくを見ました。目を丸くして訊きました。「どんな死人なの」と。で、「おじいさんが靴を載せて乾かす腰掛けがあるでしょ。そこに毎晩いる人なの」と教えてやると、「あそこには死人なんか一人もいないわよ。あの腰掛けは、靴を乾かすほかには、もう何の役にも立たないもんだから、かまどのそばに置いてあるだけよ」と答えました。

それは去年のことでした。今は違う、ぼくはもう死体を見ちゃったし、目をつぶりさえすれば、ぼくは心のなかにでも、目の前の暗闇のなかにでも、それを見つづけることができるんです。ぼくはママに言おうとしたのですが、ママはおじいさんと話をはじめました。「何かが起こるかもしれないと思っているの?」とママが尋ねます。するとおじいさんは杖からあごを離して首を振りながら、「いずれにしろ、きっと多くの家で米が焦げ、乳がこぼされるのだぞ」と答えます。

6

はじめの頃、彼は七時まで眠っていたものだった。喉元までボタンのついている丸首のシャツを着て、しわだらけの汚れた袖を肘までまくり、胸までとどくズボンをはき、腰よりもずっと下のところに帯を巻きつけて台所に現われる彼の姿を見かけたものだ。ズボンは支えになるはずのしっかりした体がないので、今にもずり落ちそうな感じだった。彼は痩せ衰えてしまっていたわけではなかった。しかし、その顔には、最初の年のあのいかにも軍人らしい表情はすでになく、一分後に自分の生命《いのち》がどうなるのかも知らない、またそれを調べる気など全然持っていない男の無気力と疲労の色が認められた。彼は七時過ぎにブラックコーヒーを飲んだものだ。それから部屋に戻るのだが、途中、無愛想な《おはよう》を配って行ったものだ。

彼はわしの家に四年間住んでいて、その粗野な性格と乱暴な振舞により、周囲に尊敬よりも恐怖に似た雰囲気を醸し出していたにもかかわらず、マコンドでは知的職業にたずさわるまじめな人として信用されていた。

バナナ会社がやって来て鉄道の工事がはじまるまでは、彼は町でただ一人の医者だった。狭い部屋の椅子が余分になりだしたのはあの頃からだ。彼がマコンドに住むことになってからの最初の四年間に彼のところに来ていた人々は、会社が労働者用の医療施設を整備してから行先を変えはじめた。彼は落葉の描く新しい方向を見せつけられた。しかし、何も言わなかった。相変らず通りに面したドアを開けて、終日、革張りの椅子に腰を下ろしていたが、幾日経っても病人は一人も戻って来なかった。それでドアに閂を掛け、ハンモックを買って部屋のなかに閉じこもってしまった。

あの頃、朝食のバナナとみかんを彼のところに持って行くのがメメの日課となった。彼はその果物を食べ、皮は土曜日にグアヒーラの女が寝室の掃除に来て片づけるまで、片隅に投げ捨てられたままになっていた。もしかして土曜日の掃除が取り止めになり、部屋のなかがごみ捨て場と化しても、別に彼は気にしないだろう、とその普段の振舞から誰もが考えていた。

彼はもはや絶対に何もしようとはしなかった。揺れるハンモックに身をまかせて時間を過ごしていた。半開きのドアごしに、暗がりのなかに浮ぶ彼の姿が見えた。痩せこけた空《うつ》ろな顔、ぼさぼさの髪の毛、冷たい、黄色い目にあふれる病的な生気、そこには環境に敗北したことを感づきはじめた男の影が如実にあらわれていた。

彼がわが家に逗留するようになってから、初めの何年かのあいだ、彼をずっと家においてやろうというわしの意志に、アデライダは一見無関心、一見服従、あるいは心から賛成しているような感じだった。しかし、彼が診療所を閉鎖して、食事の時にだけその部屋を離れ、来る日も来る日も同じように無言のまま不快な顔をして力なく食卓につくようになると、妻は堪忍袋の緒を切った。わしに「あの人の援助をつづけるのは間違っているわ。まるで悪魔でも養ってやっているみたい」と言った。わしは憐れみと驚きと悲しみの入り混じった複雑な気持（というのは、わしが今、たとえこれを変えようとしても、あの時の気持のなかには深い悲しみがあったのだ）から、いつも彼の肩を持って、「力になってやらなきゃいかん。この世の中で、あの男には頼れる人が一人もいないんだ。それに、彼には理解してもらえる人が必要なんだ」と言い張ったものだ。ほどなく鉄道が開通した。マコンドは、一軒の映画館と数多くの娯楽場のある賑やかな町となり、新しい顔があふれた。あの頃、彼は別として、誰でも職にありつけた。彼は相変らず閉じこもったきりで、無愛想な顔をして毎日を送っていたが、ある朝、食事の時間にふいに食堂に現われると、この町の輝かしい未来について滔々《とうとう》と、情熱さえこめて語った。彼の口からあんなことを聞いたのはあの朝が初めてだった。「これはすべてわれわれが〈落葉〉に慣れた時に起こるだろう」と。

数か月後、日が暮れる前に通りに出て行く彼の姿がよく見受けられた。彼は一日の最後の時刻まで床屋に坐っていて、入口の移動式の化粧台や、床屋が客の夕涼み用にと通りに出しておいた高い床几《しょうぎ》のそばに集まる常連の世間話に加わったものだった。

会社の医師たちは、事実上、彼の生活手段を奪ってしまったばかりか、それだけでは飽き足らず、一九〇七年、すでにマコンドには彼のことを覚えている患者は一人もいなくなり、しかも、彼自身、あらゆる夢を捨ててしまった頃になって、バナナ会社の医師の何者かが、町長は町の専門医全員にその資格の登録を要求すべきだ、とそれとなく言った。ある月曜日、これを伝える高札が広場《プラーサ》の四角《よすみ》に現われた時、おそらく彼は自分のことを言われているとは感じなかったのだ。その必要条件を充たしておくと有利だと話してやったのはこのわしだ。しかし彼は冷やかに「わたしはかまわんのですよ、大佐。もう二度とあんなことには巻きこまれたくはないのでね」と答えるだけだった。彼が実際に正規の資格を持っていたのかどうか、わしには全然わからなかった。人々の考えているように彼がフランス人なのか、また、彼にはいたはずであり、そしてそのことについては一言も口に出さなかった家族の思い出を抱きつづけているのかどうかということさえわからなかった。数週間後、町長と秘書がわしの家に現われて、彼に免許状の呈示と登録を求めた時、彼は部屋から出ることを断固拒否した。その日――同じ家に住み、同じ食卓で食べるようになってから五年も経っていたのに――わしは彼の名前さえも知らなかったことに気づいた。

――わたしが教会でめかしこんだメメを見かけ、その後、雑貨屋で彼女と話をした時以来のことですが――わたしたちの家の、通りに面した小さな部屋が閉まったままになっていることに気がつくのに、（当時のわたしのように）十七歳である必要はなかったでしょう。なかに残っている家財道具に手が触れられないように継母《はは》がナンキン錠をかけたことをわたしはもっと後になって知りました。博士《ドクター》がハンモックを買うまで使っていたベッド、薬剤を載せていた小机――そこから彼は自分が全盛時代に溜めこんだ金（家のなかでは全然費用はかからなかったし、メメに雑貨屋を持たせてやることができたほどですから、きっとたくさんあったはず）しか街角には持って行きませんでした――その他、ごみ屑の山と彼の国の言葉の新聞のあいだにある洗面器といくつかの役に立たなくなった日用品といった種類の物が置きざりになっていたのでした。継母にとってはこれらのすべてが、不吉で紛れもなく魔性を備えていると考えられるものによって汚《けが》されているように思われたのです。

わたしは十月か十一月（メメと彼が家を出て行ってから三年後）に、その小さな部屋が閉まったままになっていることに気づいたはずです。というのは、翌年の初めには、わたしはその部屋にマルティンに入ってもらう夢を描きはじめていたのですから。結婚したらそこに住みたいものだとわたしは思い、その周囲《まわり》をうろつき、継母とのおしゃべりの合間に、もうそろそろナンキン錠が外され、家のなかで一番くつろぎ親しめる場所に課せられた許しがたい足止めが解禁になる時だと仄めかすほどになっていました。けれども、みんなでわたしの花嫁衣裳を縫いはじめるまでは、誰もわたしに博士のことをありのままに話してはくれませんでしたし、ましてその小部屋のことはなおさらのことで、そこはずっと彼の所有というか、誰か彼を思い出すことのできる人が生きている限り、わたしたちの家から引き離すことのできない彼の人格の一部のようになっていたのです。

わたしは一年以内に結婚するつもりでいました。あの頃、わたしは世の中にたいして甘い考えを持っていました。それはわたしの育った幼年期から娘時代にかけての環境のせいなのかどうか、よくわかりません。けれども、わたしの結婚式の準備が進められていた何か月かのあいだも、まだわたしは多くの事柄の裏にある秘密を知らないでいたことは確かです。結婚する一年前には、非現実的で漠然とした雰囲気の向こうにマルティンを思い出したものでした。たぶんそのせいでしょうか、彼が実在の人間であって夢のなかで知った恋人ではないということを自分に納得させるためにも、そばにあるあの小さな部屋にいてもらいたかったのです。けれども自分の計画を継母に打ち明けなければならないほど痛切に感じていたわけではありませんでした。《わたしはナンキン錠を外すつもりよ。窓ぎわにはテーブル、そして、内側の壁の前にはベッドを置くの。棚の上にはカーネーションの鉢を、そして、鴨居にはロカイを吊すことにするわ》と言ったとしても、別に不自然なことではなかったでしょう。けれども、わたしは臆病で、決断力を全く欠いていた上に、婚約者には摑みどころのないところがあったのです。わたしは彼のことを漠然とした捉えどころのない人間のように覚えていて、彼が実在するものであることを示す要素はほんのわずかしかなく、それは見事な口ひげと少々左の方にかしいだ頭といつもの四つボタンの背広だけのように思われました。

彼は七月の末にわたしたちの家にやって来ました。わたしたちと一緒に一日を過ごし、事務所では父と話をかわしながら、わたしには全然見当のつかない不思議な仕事に思いをめぐらせていました。午後にはマルティンとわたしは継母と一緒に農園に行ったものでした。けれども、たそがれ時に、薄紫色の明るみのなかを帰って行く彼を見た時、そしてわたしのすぐ横を肩を並べて歩いていた時、その姿はいっそう抽象的で非現実的なものに感じられるのでした。わたしには彼を人間だと思うことはできないし、《わたしはマルティンのためにあの部屋を片づけるのよ》と言ったところで、彼を思いだすことによって勇気づけられ、力づけられるためにぜひ必要な現実感を、彼のなかに見出すことは、絶対にできないということがわかっていたのです。

自分は彼と結婚するのだという考えさえもが、結婚式の一年前には嘘のように思えました。わたしが彼と知りあいになったのは二月のパロケマードの子供のお通夜の時のことです。わたしたち女の子は歌をうたったり、手拍子をとったりして自分たちに許された唯一の楽しみを思う存分に味わい尽そうと一生懸命でした。マコンドには映画館が一軒、みんなのための蓄音機が一台、他に娯楽場がいくつかありました。しかし、父も継母もわたしぐらいの年頃の女の子がそこに遊びに行くことには反対でした。《落葉風情《ふぜい》のための気晴らしだよ》と二人は言っていたのです。

二月の真昼は暑く、継母とわたしは父が昼寝《シエスタ》をしているあいだ、廊下に坐って白い布を返し針で縫っていました。わたしたちは父が木靴を引きずりながら通り過ぎ、洗面器の水で頭を濡らしに行くまで縫物をしていたものです。しかし、二月の夜は涼しく更けてゆき、町じゅうに子供のお通夜で歌っている女たちの声が聞こえていました。

わたしたちがパロケマードの子供のお通夜に行った夜には、メメ・オロスコの声が今までになく美しく聞こえていたはずです。彼女は箒《ほうき》のようにか細くて、野暮ったくて、ごつごつした体つきの女でしたが、誰よりもすばらしい声を出す術《すべ》を知っていたのです。そして最初の休止符のところでヘノベバ・ガルシーアが言いました。「外に知らない男が坐っている」と。*レメディオス・オロスコは別として、わたしたちはみんな歌うのをやめたと思います。ヘノベバ・ガルシーアが言いました。「想像がつく？ 背広を着ているのよ。一晩じゅうしゃべっていたのよ。そしてほかの人たちはみんな、うんともすんとも言わないでそれを聞いているのよ。その男は四つボタンの背広を着ているの。脚を組んでいて、ガーターつきの靴下と*鳩目のついている長靴《ちょうか》が見えるのよ」と。わたしたちが手をたたいて「その方のお嫁さんになりましょうよ」と言った時も、メメ・オロスコはまだ歌いやめませんでした。

後になって、わたしが家でそのことを思い出した時、その言葉と現実とのあいだに一致するものを全然見出すことはできませんでした。まるで、実在しない一人の子供が死んだ家で、手をたたき、歌をうたっていた一団の架空の女たちの発した言葉のように、わたしには思い出されるのでした。別の女たちはわたしたちのかたわらでたばこを喫っていました。彼女たちは真剣で用心深そうな顔つきをして、その禿鷹のように長い首をわたしたちの方に伸ばしていました。後ろの方では、戸口の階段の涼しいところに寄りかかって、また別の女が一人、黒いショールを頭からすっぽりかぶってコーヒーが沸くのを待っていたのです。突然、一人の男の声がわたしたちの声と一緒になりました。初めのうちは調子外れででたらめでした。けれどもそのうちに、教会のなかで歌っているみたいに、その甲高い声はよく響き渡るようになりました。ベバ・ガルシーアはわたしの脇腹を肘でつつきました。で、わたしは視線を上げて、初めて彼を見たのです。清潔な感じのする若い男で、固いカラーを着け、四つボタンの背広を、ボタンをかけて着ていました。そして、わたしを見ていました。

わたしは十二月に彼が帰って来るという話を聞いて、あの閉ざされた小さな部屋ほど彼にふさわしい場所はどこにもないと思ったのです。しかし、じきにそんな考えは消え去ってしまいました。わたしは「マルティン、マルティン、マルティン」と独りごとを言っていました。そしてその名前は吟味玩味され、本質的な要素に分解されて、わたしにとっては全く無意味なものとなっていったのです。

わたしたちがお通夜から出て来ると、彼はわたしの前に空《から》になったコーヒーカップを置いて、「ぼくはコーヒーのなかにあなたの運命を読みとりましたよ」と言ったのです。わたしはほかの女の子たちと一緒にドアの方に行こうとしていました。すると、「星を七つ数えてごらん。そうしたらぼくの夢をごらんになれますよ」という彼の説得力のある、厳かで、しかも穏やかな声が聞こえたのです。ドアのそばを通った時、わたしたちは小さな棺のなかにパロケマードの子供を、米の粉を塗ったその顔を、口許の一輪の薔薇を、それから、つまようじで開いてある目を見ました。二月はその死の生温い吐息をわたしたちに送っていました。そして、部屋のなかには酷暑に焼かれたジャスミンやスミレの香りが漂っていました。けれども、死者の沈黙のなかで《よく覚えておきなさい。七つの星のことだけは》とひたすらに言っているもう一つの声は途絶えないのです。

　七月には彼はわたしたちの家にいました。彼は手すりの植木鉢に寄りかかるのが好きです。「覚えていておくれ、ぼくは決して君の目を見てはいなかったことを。あれは恋をすることに恐れを感じはじめた男の持つ秘密なんだよ」と彼は言いました。わたしが彼の目を覚えていなかったことは事実です。自分が十二月に結婚しようとしている相手の男の瞳がどんな色をしているのか、七月に言うことはできなかったでしょう。けれども六か月前に、二月はせいぜい真昼時の深い沈黙、浴室の床でとぐろを巻いている二匹の雄と雌のムカデ、*メリッサの小枝を求めている火曜日の女乞食、そして、上の方まで背広のボタンをかけ、ふんぞり返って微笑を浮べながら《片時もぼくのことを考えないではいられないようにしてみせますよ。ぼくはドアの後ろにあなたの写真を貼り、両方の目にピンを刺しましたよ》と言っている彼。そしてまた、《それは男どもがグアヒーラの連中から教わった戯言《たわごと》よ》と死ぬほど笑っているヘノベバ・ガルシーア。

　三月の末には彼はわたしの家に来ていたはずです。長い時間わたしの父と事務所のなかにいましたが、わたしには全然読みとることのできなかった事の重要性を納得させていたのでしょう。結婚してから十一年経ちました。戻って来るまで子供の面倒をよく見ることをわたしに約束させ、汽車の窓からさよならを言っている彼を見た時から九年の歳月が過ぎてしまいました。その後の彼の消息については何も知らされず、また、あの終りのない旅の準備を手伝った父の口からも、彼の帰りにかかわりのある言葉は一言も聞かせてもらえないでいるうちにこの九年間が過ぎてしまったのです。といっても、わたしたちの結婚生活は三年間つづいたのですが、あの頃でさえ、彼はパロケマードの子供のお通夜の時よりも、そして、わたしがベバ・ガルシーアと一緒に教会から帰って来た時に二度目に彼を見た三月のあの日曜日よりも、現実感を伴った確固とした存在となっていたというわけではありませんでした。彼は四つボタンの背広のポケットに両手をつっこんだまま、ひとりでホテルの入口にたたずんでいました。彼は「今からあなたは一生ぼくのことを思いつづけることになりますよ。あの写真から、もうピンが落ちてしまったのだから」と言いました。とても低い、緊張した声でそう言ったので、本当のことのような感じがしました。しかし、その本当のことにさえ異質で奇妙な感じを抱きました。ヘノベバは「それはグアヒーラの連中の戯言よ」と言い張りました。その三か月後、彼女は人形芝居の座長と駈け落ちをしたのですが、あの日曜日にはまだとても実直でまじめそうな顔をしていました。マルティンが「ぼくは安心したよ、マコンドにはぼくを思い出してくれる人がいることがわかったから」と言いました。するとヘノベバ・ガルシーアは激怒のあまり顔色を変え、彼を睨みつけて言ったのです。

「おっちょこちょいの気障《きざ》男！　四つボタンの背広なんか着こんでさ、そんなものは腐っちまえだ！」

7

人当たりのよい誠実な人間と思ってもらおうという必死の努力もむなしく、彼は自分の思惑に反して、町中では得体の知れない無気力な奴ということになってしまった。マコンドの人々のなかに入って暮らしを共にしていたのだが、いかなる修正を試みようと無益のような感じのする過去の思い出のために、彼らとのあいだにはある一定の距離が保たれていた。物蔭に長いあいだじっと潜んでいた後で再び姿を現わし、まるで二重写しのような、従って怪しいとしか考えられない行動をとりつづけている陰鬱な動物でも眺めるように、町の人々は好奇の目で彼を見ていた。

彼は日が暮れると床屋から帰って来て部屋に閉じこもった。しばらく前から夕飯を抜いていたが、最初のうち、家の者は、疲れて帰って来て、まっすぐにハンモックに行き、翌日まで眠るものと思いこんでいた。しかし、ほどなくわしは、深夜、彼に異変が起きていることを知った。

苛々して、気違いのように執念深く部屋のなかを歩き回っている彼の足音が聞こえるのだった。それはまるで、夜になるとその時点までは実在の人間であった男の幽霊を部屋のなかに迎え入れ、二人で、つまり、過去の男と現在の男とで執拗な無言の闘いを繰り返しているようだった。その闘いでは、過去の男はその狂おしい孤独、侵すべからざる超然とした態度、妥協を許さぬ自我を擁護し、一方、現在の男はかつての自分自身からの逃亡を企てる変更不可能なすさまじい意志を擁護していた。己れの疲労が目に見えない敵の力を消耗させてしまう夜明けまで、彼が部屋のなかを歩き回っている音をわしは聞いていた。

ゲートルを着けるのをやめ、毎日ふろを浴び、服に香水をふりかけるようになってからの彼の変化の度合をはっきりと知ったのはわしだけであった。そして、幾月も経たないうちに、わしの彼にたいして抱いていた気持が単なる物わかりのよい寛容な精神から、憐憫《れんびん》の情に化してしまうほど、彼は変ってしまった。わしはショックを受けたが、それは街頭での彼のこの頃の表情によるものではなかった。夜、部屋のなかに閉じこもって長靴《ちょうか》の泥をこそげ落し、洗面器でぼろ布を濡らし、何年もはき古されて傷んだ靴に靴墨を塗っている彼を思い浮べたせいだった。温厚で几帳面になるべき年齢に達した大部分の男たちに特有の、秘密の恥ずべき悪癖の要素でもあるかのように、世間の目を避けて莫蓙《ござ》の下にしまってあるブラシや靴墨の小箱のことを思って、わしはショックを受けていたのだ。彼は実質的には時期おくれの不毛の青年期を生きていて、若者のように衣裳に凝り、毎晩静かに手の平を立てて服のしわを伸ばしていたが、自分の夢、あるいは幻滅に耳を傾けてくれる友人が得られるほどの若さは失くしていた。

町の人々も彼の変化に気づいていたはずだ。というのは、その後間もなく、彼が床屋の娘に惚れているという噂が立ちはじめたからだ。その噂に根拠があったのかどうか、わしは知らない。しかし、その噂話のおかげで彼のすさまじいまでの性の孤独を、そして、汚濁と自堕落のあの時代に彼を苦しめたに違いない生物学的な怒りに気づいたことは確かである。

毎日午後になると、日ごとに入念の度の増す身仕度で、床屋の方へと通り過ぎて行く彼の姿が見受けられた。取り外しのできるカラーのワイシャツ、金色のカフスボタンのついている袖口、アイロンのかかった清潔なズボン。バンドだけは相変らずループの上から締めていた。安物の化粧水のにおいに包まれた彼は、必死でめかしこんでいる求婚者、いつも拒絶される求婚者、最初の訪問の際に、きまって花束を持ちあわせていない、たそがれの愛人のように見えた。

一九〇九年の最初の幾月かの彼はこんなふうで、毎日午後になると、床屋の店先に坐ってよそ者たちと世間話をしている姿が見られたという事実を除いては、町の人々の噂の根拠となるものはまだ存在していなかったし、しかも、ただの一度でも床屋の娘を見たと断言できる者は一人もいなかった。この種の噂話の持つ残酷さをわしは知った。床屋の娘が、〈幽霊〉、つまり、彼女の食べ物に土を摑んで投げ入れ、甕《かめ》の水を濁らせ、床屋の鏡を曇らせ、彼女の顔が青くなり形が変るまで殴った、目には見えない愛人につきまとわれて、まる一年も苦しんだあげく、そのまま独身を通す、ということを町では知らないものはいなかった。石あたま《カチョーロ》が一生懸命になって襟垂帯《ストラ》でたたき、聖水を使って複雑な療法を施し、聖遺物を持ち出し、すさまじいまでの熱意をこめて祈禱療法を行なったが効き目はなかった。最後の手段として、床屋の女房は魔法にかけられた娘を彼女の部屋に閉じこめ、米を摑んで居間に撒き散らすと、彼女を目には見えない求婚者に渡し、孤独な死のような蜜月《ハネムーン》を与えた。以後、マコンドの男までもが、床屋の娘がはらんだぞと言った。

一年も経たないうちに彼女の出産という奇怪な事件への期待が消え失せると、この魔法にかけられた女は部屋のなかに閉じこもり――ひょっとしたら言い寄って来るかもしれない連中がまだまだ彼女と結婚するのにふさわしい男となれないでいるうちに――生きながらに砕け散ってしまうだろうと誰もが信じきっていたにもかかわらず、博士《ドクター》は床屋の娘に惚れているという考えに大衆の好奇心は向けられた。

それゆえ、あれは一つの根拠を持った推測というよりも悪意によって企まれた残酷な噂話であったことをわしは知ったのだ。一九〇九年の末頃、彼は床屋に通いつづけ、人々は相変らず世間話に興じ、結婚話をまとめようとしていたが、その娘が彼のいる時に出て来たことがあったとか、あるいは自分たちはその娘に話しかけるチャンスを持ったとか言うことのできた者は一人もいなかった。

三年前の今頃のように、焼けるように暑く、生気のない九月、継母《はは》はわたしの花嫁衣裳を縫いはじめました。毎日、午後になると、父の昼寝《シエスタ》のあいだ、わたしたちは手すりの花の鉢のそば、つまり、マンネンロウ*の燃える小さなかまどのそばに坐って縫物をしていました。十三年前から、いいえ、もっとずっと昔から、九月はいつも必ずこんな具合でした。わたしの結婚式は内輪に行われることになっていたので（父がそのように準備したので）、わたしたちはべつに急ぐ必要もなく自分の目に見えない仕事のなかに自分の時間を計る最良の基準を見出している人のように、ゆっくりと細心の注意を払って丁寧に縫物をしていました。おしゃべりをしながら、わたしは通りに面したあの小さな部屋のことを考えつづけ、マルティンを落ち着かせるにはあそこが最適の場所だと継母に言いだす勇気を蓄積しておりました。そしてその日の午後にわたしはそのことを言ったのです。

継母は紗の長い裳裾《もすそ》を縫っていたのですが、あの耐えがたいほど明るく、冴えた九月の眩しい光を浴び、ちょうど、あの九月の雲のなかに肩まで沈んでいるように見えました。「いけないよ」と継母は言い、それからまた仕事にとりかかりました。目の前を八年間の苦い思い出がよぎって行くのを見ながら、《誰かがまたあの部屋に入ることのないように》と思っていたのです。

マルティンは七月に帰って来ていたのですが、家では寝泊りしていませんでした。彼は手すりの植木鉢に寄りかかって向こう側を眺めるのが好きでした。「一生マコンドで暮らしたいものだ」と口癖のように言っていました。午後にはわたしたちは継母と一緒に農園に出かけて行き、町の灯がともる前の食事の時間に戻って来たものでした。そんな時、彼はわたしに「たとえ君のためではなくても、とにかくぼくはマコンドに居残って暮らしたいんだ」と言いました。彼の言い方から、それも本当のことのように思えたのです。

博士がわたしたちの家を出て行ってから四年ほど経った頃のことでした。継母が彼の奇妙な癖について初めて話してくれたのは、わたしたちが花嫁衣裳を縫いはじめた、ちょうどその日の午後（マルティンの小さな部屋のことについてわたしが継母に言いだしたあの蒸し暑い午後）のことです。

「五年前には」継母は言いました。「あの男はまだあそこに獣のように閉じこもっていたんだよ。いや、それだけじゃない、ただの獣どころの騒ぎじゃなかった。草を食う動物だったよ。そこにいる二頭立ての牡牛のような反芻動物だったからなのさ。もしも床屋の娘、ほら、幽霊との怪しげな蜜月《ハネムーン》のあとでお腹が大きくなったというあの大嘘を町の人たちに信じこませた、あのぺてん師の小娘と結婚していれば、こんなことは起こりっこなかっただろうね。ところが突然あの男は床屋参りを止めてしまい、その上、その驚くべき計画を几帳面に実行する上での新しい一章でしかなかった、どたん場でのあの変化を見せたのだよ。ただ一人、お前のお父さんだけが——あんなことがあっては、ああいうひどくさもしい根性の人間は、わしらの家に留《とど》まって動物のように暮らさなければならなくなり、町の人々を憤慨させ、彼らにわしらのことを道徳や醇風美俗にいつも挑戦している人間だと言う口実を与えることになるぞ——とふと感じたのさ。おまえのお父さんの計画していたことはメメの引越しでけりがつくはずだったわ。けれど、お父さんは自分の判断の間違いがもとになって、どんなに危険な目にあうのか、全然気づいていなかったんだよ」

「そんなこと、今まで一度も聞いたことはなかったわ」とわたしは言いました。やかましい蟬の鳴き声は裏庭に製材所ができたような感じでした。継母は柄模様を描いたり、白い迷路のような模様を刺繡したりしていましたが、その手を休めることなく、刺繡枠から目を上げないでしゃべっていました。「その晩、わたしたちはテーブルについていたわ。（あの男を除いてはみんな。なぜなら、彼は床屋から戻って来た最後の午後からずっと夕飯を食べていなかったから）。その時メメがわたしたちのお給仕に来てくれたの。彼女は変だったわ。『どうしたの、メメ』とわたしは言ったんだよ。『何でもありません、奥様。どうしてでしょうか』。でも、わたしたちには彼女が尋常でないことがわかったわ。というのは、ランプのそばでよろよろしていたし、体じゅう、どこを見たって病気だってわかったのよ。『いけないわ、メメ、おまえ、病気なんでしょ』とわたしは言ったんだよ。で、彼女は立っているのがやっとといったふうだったけど、お盆を持って台所の方に引き返そうとしたの。その時、ずうっと彼女を見ていたおまえのお父さんが、『気分がよくなかったら、寝るんだな』と言ってやったのよ。彼女は何も言わなかったわ。お盆を持ったままわたしたちに背中を見せていたけれど、やがてお皿が粉々に割れる音が聞こえたの。メメは廊下で壁に指先をついて体を支えていたわ。お父さんはすぐにあの男を呼びに行ったんだよ、メメの看病をさせようと思って」と。

「あの男はわたしたちの家に来てから八年も暮らしていたけれど」――継母が言いました――「どんな些細なことでも彼に頼み事をしたことなんか、それまで一度もなかったわ。わたしたちはメメの部屋に行ってアルコールで彼女をさすってやりながら、お父さんが戻って来るのを待っていたんだよ。それなのに、イサベル、お父さんは戻って来なかった。八年ものあいだ食べさせてやり、部屋をあてがい、下着の洗濯の指図までしてやった人がわざわざ呼びに行ったのに、あの男はメメを診《み》に来なかったんだから。あの男のことを思い出すたびに、彼がここに来たことは神様の罰なのだとわたしは考えてしまうの。八年のあいだ彼に食べさせてやったあの草のすべてが、世話をしてやったことのすべてが、心遣いのすべてが、神様の与え給うた試練であって、わたしたちに世間の思慮分別と疑惑というものをお教え下さったのだと思うの。わたしたちは八年間の宿と食糧と洗濯をお引き受けしたようなものだったよ。豚にくれてやったようなものさ。メメは死にかかっていた(とにかく、わたしはそう思ったね)。それなのにあの男ときたら、そうなんだよ、ほかでもないあそこにね、ずっと閉じこもったままでね、もう慈善事業どころか、自分を守ってくれた人たちにたいする礼儀とか感謝とか敬意そのものを示す行い、そんなふうになっていたことの実行さえ拒んでいたんだよ」

「真夜中になってやっとお父さんが戻って来たんだよ」——継母はつづけた——「お父さんは『アルコールで摩擦してやるんだな。だが下剤は飲ませるんじゃないぞ』と力なく言ったの。その時、わたしは平手打ちを食ったような気がしたよ。メメはわたしたちが摩擦してやったら反応を見せたよ。わたしはかっとなって叫んだの。『そうよ、アルコールよ、そんなことわかっているわよ。すぐわたしたちはさすってやったのよ。そしたら直ってきましたよ。けれど、こんなことをするために、八年ものあいだ他人の世話をして生きてくることはなかったわ』って。するとお父さんたら、相変らず鷹揚に構えていて、『どうってことはないさ、そのうちにおまえさんにもわかるさ』なんてまだ戯言《ざれごと》を並べていたのよ。まるで相手の男が占い師かなんかのようにね」

あの日の午後、荒々しい声と興奮した言葉によって、継母は博士がメメの看護を拒絶した遠い昔の夜のエピソードのなかに戻っているかのように思えました。九月の眩《まばゆ》い明るさのため、眠気を誘う蟬の声のため、近くでドアの取りこわしにかかっている男たちの喘ぎのため、マンネンロウは窒息させられているように見えました。

「ところが、そんな頃の日曜日、いつの日曜日だったかな、メメがいいところの奥様のように着飾って教会のミサに行ったのよ」と彼女は言った。「わたしはまるで昨日のことのように覚えているよ。七色のパラソルを持っていたわ」

「メメ、メメ、あれも神様の罰だったのよ。両親に飢え死にさせられそうになっていたところをわたしたちが助け出し、面倒を見てやり、寝るところや食べ物の世話をしてやり、名前もつけてやったかもしれないけれど、そこにはやはり神様の御心《みこころ》が働いていたのね。次の日、彼女が戸口に立って、グアヒーラの男がトランクを運び出すのを待っている姿を見かけたけれど、わたしにさえ彼女がどこに行くつもりなのか見当がつかなかったよ。いつもとは違う様子で、真剣な顔をして、ちょうどあそこで（わたしは彼女が目の前にいるような気がする）、トランクのそばに立っておまえのお父さんと話をしていたわ。わたしには相談しないで、何もかもやってしまったんだよ、チャベーラ。わたしはまるで壁に描いた人形だったのさ。何が起こっているのか、この自分の家でわたしの知らないあいだに、奇妙なことがいったいどうして持ち上がっているのか、尋ねることもできないでいるうちに、おまえのお父さんがやって来てわたしに言ったのだよ。『おまえからメメに訊くことなんか何もないぞ。あいつは出て行ってしまうが、おそらく、しばらくしたらまた戻って来るだろうよ』って。彼女の行先を尋ねてみたけれど、答えてくれなかったわ。お父さんは木靴を引きずりながら行ってしまった。わたしはあの人の奥さんではなくて、まるで壁に描いた人形みたいなものだったのよ」

「二日後にはもう」と継母はつづけた。「夜明けに、もうひとりの男が、礼儀知らずもいいところだね、さようならの一言も言わないで出て行ってしまったことがわかったんだよ。あの男は自分の家にでも入るように、勝手に他人の家に入り込んで来て、八年経ったら、まるで自分の家からでも出て行くみたいに、挨拶一つしないで、何も言わずに出て行ってしまったのさ。泥棒のやり口とどっこいどっこいだね。あの男がメメの看護を断ったのでお父さんが追い出したのだとわたしは思ったわ。けれど、すぐその日にお父さんに尋ねてみたら、『そのことで、わしはおまえと二人でゆっくり話しあわねばならん』と答えてくれただけだったよ。そして、それから後、一度もそのことに触れないうちに五年の月日が過ぎてしまったわ」

「おまえのお父さんみたいな人がいて、みんながてんでに好き勝手なことをしているようなだらしのない家だから、それでこんなことになるんだよ。マコンドでは、とくにこれといった話はなかったし、わたしはまだその頃には、メメが成り上がりの貴婦人よろしく、けばけばしく着飾って教会に現われたことも、それから、お父さんが図々しくもメメの腕を取って、あの広場《プラーサ》から連れ出したことも知らないでいたんだよ。メメの居どころは思っていたほどには遠くなくて、角の家に博士と一緒に暮らしていることを知ったのはあの時だったわ。彼女は洗礼を受けているくせに教会の門をくぐりもしないで、まるで二匹の豚みたいに一緒に暮らすために出て行ってしまったんだよ。いつだったか、わたしはおまえのお父さんに言ってやったよ。『あの異端の女も神様の罰を受けますよ』って。けれどもお父さんは何も言わなかったわ。お父さんはおおっぴらな妾囲いやスキャンダルに力を貸してやった後も、相変らずいつもと同じように落ち着きはらっていたもんだよ」

「けれども、今じゃあわたしは喜んでいるんだよ。あんな成り行きになったことをね。おかげで博士はわたしたちの家から出て行ったんだもの。もしもあんなことがなかったら、彼はまだあの小さな部屋にいるだろうね。彼が家を出て、彼のがらくたや道路側のドアからは入らなかったあのトランクを角の店に運んで行ったことを知った時、わたしはもっとほっとした気持になったよ。それは八年もお預けを食っていたわたしの勝ちだったのさ」

「二週間したらメメは店を開いたよ。彼女はミシンまで持って行ってしまったんだよ。あの男がこの家で貯めこんだお金でドメスティック社の新品を買っておいたんだよ。人をばかにしていると思ったわ。で、おまえのお父さんにそう言ってやったよ。けれどお父さんはわたしの文句に返事をしてくれなかったし、自分のしたことについて後悔どころか、満足しているみたいだったわ。まるでこの家の利益や名誉に、自分の折紙つきの腹の太さ、物わかりのよさ、それから公平無私の心を立ち向かわせて、それで自分の魂を救ったみたいな気になっていたんだよ。それから、少しばかり無分別なところも持ち出してね。わたしは『あなたは自分の信念のいちばんいいところを豚に投げてやったのよ』と言ってやったの。すると、お父さんはいつもの調子で言ったよ」

「そんなことも、いつかはおまえにわかる日が来るさ」

8

予期していなかった春のように、そして、本に書いてあるように、十二月が来ました。そして、その月と一緒にマルティンが来ました。折り畳み式のスーツケースを持ち、すでにその頃には清潔になっていた、アイロンをかけたばかりの、例の四つボタンの背広を着て、昼食のすんだあとのこの家に姿を現わしました。彼はわたしには何も言いませんでした。わたしの父と話をするためにまっすぐ事務室に行ってしまったからです。結婚式の日取りは七月には決まっていました。けれども十二月にマルティンが来て二日目に、父は継母《はは》を事務室に呼んで、「結婚式を月曜日に挙げるように」と言い渡しました。それは土曜日のことです。

わたしの衣裳は仕上がっていました。マルティンは毎日家に来て父と話をしていました。父は食事の時に彼にたいする印象をわたしたちに伝えました。わたしは自分の婚約者のことを知らなかったのです。ほんのわずかな時間でさえもわたしは彼と二人だけでいたことは一度もありません。けれども、マルティンはわたしの父と厚い友情の絆で固く結ばれていたようです。そして、父は自分がマルティンの結婚相手であって、このわたしではないような口ぶりで彼のことを話すのでした。

自分の結婚式を目の前に控えながら、わたしは何の感慨も覚えませんでした。わたしは相変らずあの灰色の雲に包まれていたのです。その雲のなかからマルティンのぼんやりとした姿がすうっと出て来て、話に合わせて腕を振り、あの背広の四つのボタンをかけたり外したりするのです。日曜日にはわたしたちと一緒にお昼《ひる》食を食べました。継母はマルティンが父の横に来るように、食卓の椅子を置きましたが、そこはわたしの所から三つ離れた席でした。昼食のあいだ、継母とわたしは二言《ふたこと》三言《こと》、言葉をかわしただけです。父とマルティンは自分たちの仕事の話をしていました。そして、わたしは三つ向こうの席に坐って、一年後にはわたしの子供の父親となるはずなのに、表面的な友情によってさえ結ばれていない男を眺めていたのです。

日曜日の夜、わたしは継母の寝室で花嫁衣裳を着てみました。わたしの母の幻を思い起こさせる埃だらけの紗のレースの雲に包まれている鏡の前のわたしは、青白くて清らかに見えました。

わたしは鏡に向かって独りごとを言いました。「その女はわたしだよ、イサベル。花嫁衣裳を着ているのよ、夜明けに結婚するために」と。それからわたしは自分で自分がわからなくなってしまったのです。死んだ母の思い出の中に自分が拡がってゆくような感じがしたのです。ほんの二三日前に、メメが母のことをこの片隅で、わたしに話してくれたばかりです。わたしが生れたあと、母は花嫁衣裳を着せられて棺のなかに納められたのだと彼女は話してくれました。そしてわたしは今、鏡の中に自分の姿を見ながら、破れたレースの山とぎっしりと詰まった黄色い埃のあいだに、墓場の青苔に覆われた母の骨を見ているのでした。わたしは鏡の外側にいました。内側には生き返った母がいて、わたしを見つめ、その凍った空間から腕を差し伸べ、わたしの花嫁衣裳のベールの最初の留めピンを摑まえていた死にさわろうとして一生懸命になっていました。そして、後ろでは寝室の真中で、父がどうしていいのかわからなくなり、真剣な顔で言いました。「彼女にそっくりだ、この衣裳を着ると」と。

あの夜、わたしは後にも先にも、ただ一度だけラブレターをもらいました。映画のプログラムの裏に鉛筆で書いたマルティンの伝言みたいなものでした。それには《今夜はたぶん、時間までには行かれないから、あしたの朝早くにざんげに行きます。大佐には、申し上げたことはほぼ達成されたとお伝え下さい。そんなわけで今は行けません。ずいぶんびっくりしたでしょ？　M》と書いてありました。この手紙のぱさぱさとした味を嚙みしめながら、わたしは寝室に行きました。そして、何時間も経たないうちに継母に揺り動かされて目が覚めましたが、口の中にはまだ不快な味が残っていました。しかし、実際には、完全に目が覚めるまでには長い時間が過ぎていたのです。わたしはまた花嫁衣裳をつけて、麝香《じゃこう》のにおいを含み、ひんやりと湿り気を帯びた夜明けのなかにいるような気持がしました。旅の最中、唾液がパンを濡らしてくれない時のように、口のなかが干上がってしまったような感じでした。介添役の人たちは四時から広場《プラーサ》に来ていました。みんなわたしの知っている人たちでしたが、その時には別の人のように変って見えました。男たちはツイードの服を着、女たちは帽子をかぶったままましゃべっていました。そして、家のなかには彼らの言葉の醸し出す、けだるさを誘うようなどんよりとした空気が充満していました。

教会はがらんとしていました。わたしが、聖なる若者のように、生贄《いけにえ》の石の方に向かって中央の広間を横切った時、幾人かの女たちが振り返ってわたしを見ました。あの混乱した、沈黙の悪夢のなかで、ただひとり現実的な輪郭を持っていた人物、痩せていて、気品のある石あたま《カチョーロ》が段を降りて来て、痩せ細った手を四回動かしてわたしをマルティンに渡しました。マルティンはパロケマードの子供のお通夜で見かけた時のように、わたしの横で静かに微笑んでいましたが、髪の毛は短かく刈っていました。それは、もちろんふだんの日でもそうだったのですが、結婚式の当日には、なお一層抽象的な存在になろうと苦労しているところをわたしに見せつけるためのようでした。

あの明け方には、もう家に戻って来ていて、介添人たちが朝食をとり、仕来り通りの言葉をかけてくれましたが、それが済むとわたしの夫は街へ出て行ったまま、昼寝《シエスタ》の時間が過ぎるまで戻って来ませんでした。父と継母はわたしの立場に気づかないふりをしていました。あの月曜日の異常な雲行きを少しも気取られることのないようにと、事の順序を変えないで、彼らはその日が過ぎるのを待ちました。わたしは花嫁衣裳を脱ぎ、それを一つの包みにして衣裳箪笥の奥にしまい込みました。そして、父のことを思い出しながら、こんなことを考えていたのです。《こんな

ぼろでも、わたしの経帷子《きようかたびら》ぐらいにはなるでしょう》

現実味のない花婿は午後の二時に戻って来ると、昼食は済んだと言うのです。その時、わたしは彼が頭を刈って来たのを見て、もう十二月は蒼いひと月ではなくなったと思いました。マルティンはわたしの横に坐りましたが、わたしたちはしばらく口をききませんでした。わたしは生れて初めて、日が暮れかけていることに恐怖を感じました。ふとした表情にそれが現われたのに違いありません。なぜなら、急にマルティンが生き返ったように見え、わたしの肩に寄りかかり、「何を考えているんだい」と言ったからです。わたしは心の中に割り切れないものを感じました。知らない男がなれなれしい口のきき方をしはじめたのです。わたしは、十二月が巨大な輝く玉となり、ビードロのように輝くひと月となっているところを見上げました。そして言いました。「今は雨が降りだしてくれさえすればいい、と考えていますの」と。

わしらがベランダで話をした最後の夜は一段と暑かった。幾日も経たないうちに、彼は床屋から帰って来て、それっきり部屋の中に閉じこもってしまうだろう。けれども、わしの記憶する限りでは、最も暑苦しかったベランダでのあの最後の夜、めったにないことだが、彼は分別のある男のように見えた。あの巨大なかまどの中で、生きているように見えたものは、ただ自然への渇きに煽られたコオロギの力のない鳴き声の反響と、荒涼とした時間の真中で燃えているマンネンロウとオランダ水仙の持っている小さい、取るに足らない、しかし計り知れない活力だけだった。わしらは二人ともしばらく黙りこくっていた。そして、濃い、粘っこい物質を滲み出させていた。それは汗ではなくて分解中の生活物質の遊離した涎に似た粘液だった。時どき彼は星を、夏の光彩の激しさに荒涼とした空を眺めていた。そのあとで、ひどく生き生きとしたあの夜の推移にすっかり身をまかせきった様子で、黙りこくっていた。こうして、彼は革張りの椅子に、わしは揺り椅子に、向かいあって坐り、物思いに沈んでいた。突然、白い翼が飛び去った時、悲しそうに、また寂しそうに首を左肩の方にかしげている彼の姿がわしの目に入った。わしは彼の人生を、彼の孤独を、それから彼の心の激しい動揺を思い出した。人生の風景を前にした時の彼の苦汁に満ちた冷やかさをわしは思い出した。以前、わしは複雑で、時どき矛盾する、彼の性格と同様に不安定な感情によって彼と結ばれているような気がしていた。しかし、当時、紛れもなくわしは彼にたいして心底からの愛情を持ちはじめていたのだ。最初の瞬間から彼を守るように導いていったあの不可思議な力をわしは自分の心の奥に発見したように思っていた。そして、蒸し暑くて暗い彼の部屋のなかの苦痛がびりびりと感じられた。環境に押しつぶされた、憂鬱そうな敗北者の姿を見た。そして、とっさに、冷たくて鋭い男の黄色い目の新たな視線のなかに、彼の錯綜した孤独の秘密が、夜の緊張した脈搏により、わしの前に明らかにされたことをはっきりと理解した。自分がなぜそんなことをするのかを考えるいとまもなく、質問がとび出した。

「一つだけ教えていただきたい、博士《ドクター》。あなたは神を信じておいでですか」と。

彼はわしをにらんだ。髪の毛が額に垂れていた。全身が一種の精神的な不快感に燃えていた。けれども、顔はまだそんな感情や困惑の翳りを全然表わしていなかった。彼は反芻動物のように哀れっぽい声をすっかり取戻して言った。

「ひとにそんなことを尋ねられたのは初めてですよ」

「じゃあ、御自分では、博士、こんなことをお尋ねになったことはありませんかな」

彼は無関心のようには見えなかったし、気がかりでないようにも思えなかった。わしという人間にはほとんど無関心のようだった。わしの問いにも、ましてその意図にたいしても。

「むずかしいことをお尋ねですな」と彼は言った。

「だが、こんな晩には恐いという気持が起こりませんかな。わしらのなかの誰よりも大きな男がいて、農園を歩いて行き、一方では何一つ動くものがなく、その男が通り過ぎるのを前にして、すべてが混乱して見えるような感じはしないですかな」

とたんに彼は黙りこんでしまった。わしの最初の妻の思い出のために植えられたジャスミンから立ち昇る生気を帯びた、まるで人間のもののような生温い香りの向こうのあたりは、夥しい数のコオロギがうようよしていた。とてつもなく大きな男が夜陰のなかを独りでうろついていた。

「いったいどうしてわたしはそんなことで悩まなければならんのです、信じられませんな、大佐」。そして、今では彼もまた、物のように、それから焼けつくような場所のマンネンロウやオランダ水仙のように混乱しているようだった。「わたしの悩みは」と彼は言い、わしの目を厳しい目つきで見据えた。「わたしの悩みはあなたのように、夜歩く男に気づいたなどと断言できる人間が存在するということにあるのです」

「わたしたちは自分の魂を救済しようと努力しているのですよ、博士。それは誤解です」

そしてその時、わしは我を忘れて、口に出して言ってしまったのだ。「あなたにはあの男の声が聞こえないのだ、あなたは無神論者だから」と。

だが彼はあわてる様子もなく静かに言った。

「わたしが無神論者でないことは信じて下さい、大佐。神は存在すると考えても、存在しないと考えても、いずれにしろわたしは困ってしまうということなのですよ。だからそんなことは考えない方がいいと思っているだけです」

なぜかわからないが、彼が答えようとしていたことはまさにこのことなのだという感じがした。まるで本に書いてあることを読むように、彼は明確に淀みなく話し終えたが、わしはそれを聞いて、《神に心を乱された男だ》と思った。わしは眠気をさそう夜にひたって陶然としていた。まるで予言者の彫像の並ぶ巨大なギャラリーの真中に入れられたような感じだった。

手すりの向こうには、アデライダとわしの娘が手入れしていた小さな庭があった。だからマンネンロウが燃えていたのだ。彼女たちが、あのような夜にその燃える空気を空のなかに流れこませ、眠りにいっそうの安らぎを添えるため、毎朝丹精こめて丈夫に育てたからだ。ジャスミンはそのしつこいにおいを送り、それをわしらは迎え入れていた。ジャスミンはイサベルと同じ歳《とし》だったから、そして、ある意味では、あのにおいは彼女の母の延長であったからだ。コオロギは裏庭の草むらの中にいた。雨が降り止んだ時に雑草を抜き取るのを忘れたからだ。たった一つ信じ難い不思議なことがあった。それは彼が粗末な大きいハンカチを手にしてあそこに立っており、汗で光る額を拭《ぬぐ》っていたことだった。

また話が途切れた。やがて彼は言った。

「なぜわたしにあんな質問をなさったのかお伺いしたいのですが、大佐」

「ふとそんな気になっただけです」わしは言った。「おそらくわたしは七年前からあなたのような方がどんなことを考えておられるのか、知りたいと思っていたからでしょう」

わしも自分の汗を拭っていた。わしは言った。

「あるいは、たぶんあなたの孤独に魅かれたからでしょう」。返事を待ったが返ってこなかった。わしは相変らず悲しげで孤独な男を真正面から見た。わしはマコンドを、パーティーで札《さつ》を燃やしていた人々の狂気を、いっさいを蔑みながら本能の泥沼の中でのたうちまわり、放蕩のなかに待望の味を見出していた行方定めぬ落葉を思い出した。わしは落葉がやって来る前の彼の人生を思い出していた。そしてその後の彼の人生、彼の安物の香水、彼のぴかぴかに磨いた靴、本人は知らなかったが影のようにいつも彼につきまとっていた噂話を思い出した。

「博士、あなたは嫁をもらおうと考えたことは一度もないのですか」

すると、まだ質問の終らないうちにもう答えが返ってきた。そして、いつもの癖の回りくどい話をまずはじめた。

「あなたはあなたの娘さんをとてもかわいがっておいでだ、大佐、そうでしょう」

もちろんとわしは答えた。彼は話をつづけた。

「なるほど。けれどもあなたは別だ。あなたほど自分で釘を打つことの好きな人間はまずおりませんな。わたしはあなたがドアに蝶番《ちょうつがい》をつけているところを見ましたよ。あなたのためにそれをしてくれる奉公人が何人もいるのにね。あなたは好きなのです。あなたの幸せは道具箱を持って家の中を歩き回り、どこか修繕する所はないかと探すことにあるのです。あなたはあなたのために蝶番をこわしてくれる人に感謝することができるのですよ、大佐。そういった形で幸せになる機会を与えてもらえるわけですから、あなたはその人に感謝しているのです」

「それは癖みたいなものですよ」彼が何を言おうとしているのかはかりかねて、わしは言った。

「わたしの母も同じだったそうです」

彼は反抗的になっていたのだ。態度は穏やかではあったが頑固だった。

「大いにけっこう」と彼は言った。「その癖は立派なものです。それに、わたしの知る限りではいちばん安上がりの幸せです。だからあなたは今のこのような家をお持ちなのです。そして、あなたの娘さんをそんなふうにお育てになったのです。あなたのお嬢さんのような娘さんがいらっしゃるということはすばらしいことに違いない、と申し上げているのですよ」

その回りくどい話の意図がまだわしにはわからなかった。しかし、わしはわかってもいないくせに尋ねてみた。

「で、あなたは、博士、御自分にお嬢さんがいたら、ずいぶん幸せだろうな、とお考えになったことはないのですか」

「ないですね、大佐」と彼は言った。それからにっこり笑ったが、すぐにまた真顔にかえって、

「わたしの子供はあなたのお子さんのような具合にはいかないでしょうからねえ」

その時、わしの心には疑惑の痕跡などいささかも残らなかった。彼は真剣に話していたのだ。そしてその真剣さやその境遇がわしには恐ろしく思われた。《なにはさておき、このことだけでも彼はいっそう同情に価するのだ》とわしは思った。あの男を守ってやる必要がある、と思ったのだ。

「あなたは石あたま《カチョーロ》のことをお聞きになったことがありますか」と尋ねてみた。

ない、と彼は答えた。わしは言った。「石あたま《カチョーロ》は教区教会の司祭です。と言うよりもみんなの友達です。彼を知っておくといいですよ」と。

「ほう、なるほど、なるほど」彼は言った。「やはりその人にも子供がいるのですね」

「今のわたしの関心はそんなところにはないのです」わしは言った。「人々は石《カチョーロ》あたまにとても親しみを持っているので、彼の噂話をでっち上げるのです。しかし、あなたはそこを問題としているのですね、博士。石《カチョーロ》あたまはいわゆるお祈り屋とか生臭《なまぐさ》とかいったものとは大違いです。彼は一人の人間としてその義務を果たしている申し分のない人間です」

今では真剣になって彼は聞いていた。黄色い、厳しい目でわたしの目を見据えたまま、黙って考えこんでいたが、「その人は善人なのですね」と言った。

「石《カチョーロ》あたまは、やがては聖人になる人だと思います」とわしは言った。「この点についてもわしは本気だった。「わたしたちはマコンドで、たとえわずかでも彼に似たところのある者を見たことは一度もありません。彼はこの土地の出であったために、つまり、老人たちが、彼がどんな子供もするように鳥を取りに行った頃のことを覚えていたために、最初は不信の目で見られたのです。彼は戦争に行って戦いました。大佐になったので、それが問題になりました。ご存知のように、人々は坊さんを敬うような具合に老兵を敬うものではありません。それに、彼は福音のかわりにブリストル暦を読んで聞かせたのですが、わたしたちはそういうことにはなじめなかったのです」

彼はにっこり笑った。最初の幾日か、あんなことをわしらはおかしいと思っていたが、彼も同じ気持になったにちがいない。「奇妙な人ですね」と彼は言った。

「石《カチョーロ》あたまはそういう人です。町の人たちを導く手段として、大気中の現象との関係を優先するのです。嵐についてはほとんど神学的ともいえるような先入観を持っています。日曜日にはいつも嵐の話をします。そんなわけで彼の説教の基盤は福音書ではなくてブリストル暦なのです」

今はもう彼はにこにこして、強い関心を示して嬉しそうに耳を傾けていた。わしも興奮を覚えていた。「まだあなたの興味をそそるものがあるんですよ、博士。あなたは石あたま《カチヨーロ》がいつからマコンドにいるのかご存知ですか」と尋ねた。

彼は知らないと答えた。わしは言った。

「偶然なこともあるもので、あなたが来られたのとちょうど同じ日に来たのです。それにまだもっと妙なことが。もしもあなたに兄さんがおられるとすれば、きっと石あたま《カチヨーロ》にそっくりだと思います。もちろん、体つきがですが」

もはや彼は別のことを考えているようには見えなかった。わしは彼の真剣さや集中された執拗な注意力を見てとって、心に決めていたことを彼に言う時が来ていることに気づいた。

「ところで、博士。石あたま《カチヨーロ》のところに行ってお会いになってみたらどうですか。そうすれば、事実はあなたの考えておられるようなものではないということが判りますよ」

すると彼は、「そうしましょう、石あたま《カチヨーロ》に会いに行きましょう」と言った。

9

冷やかに音もなく、着々とナンキン錠は鉄錆をこしらえている。アデライダは博士《ドクター》がメメと一緒に暮らすために出て行った事実を知った時、その小さな部屋に錠をかけた。わしの妻はその引越しを自分の一つの勝利であり、彼がわしらとともに暮らすことをわしが決めた瞬間に、彼女が開始した計画的で粘り強い努力の終極の結果でもあると考えた。十七年後の今も、そのナンキン錠はその部屋を守りつづけている。

八年間、わしは常に変らぬ態度をとりつづけてきたが、人間の目から見て何か価値のないものが、そして、神の目から見て何か恩知らずの点がもしもあり得たとしたら、わしにたいする罰はわしの死のずっと前にもたらされることになったはずだ。人間の務め、キリスト教徒の義務とわしが考えたもののために一生かかって償いをすることが、たぶんわしにはふさわしいことであったろう。なぜならば、マルティンが、真偽のほどをわしには全く知ることのできなかった計画をぎっしりと詰めこんだ折りカバンを手に、わしの娘と結婚しようとほぞを固めてわしの家に来た時には、まだナンキン錠には鉄錆はつきはじめていなかったからだ。彼は四つボタンの背広を着て、毛孔《けあな》という毛孔から若さと活力を滲み出させながら、和気藹々とした明るい雰囲気に包まれてやって来た。彼は今から十一年前の十二月にイサベルと結婚した。わしのサインした手形をいっぱい詰めた紙入れを持ち、わしの財産を当てにして彼が企画した取引がうまくいき次第すぐに戻ってくると約束して出て行ってから九年が過ぎた。九年が過ぎたが、だからといって彼が詐欺師だと考える権利はわしにはない。結婚が自分の誠実さをわしに信じこませるための単なる口実に過ぎなかったのだと考える権利はわしにはない。

しかし、八年間の経験は何かの役には立っていた。マルティンはあの小さな部屋に住んだかもしれない。アデライダがそれに反対したのだ。彼女の反対は今度は強硬で断乎として撤回を許さないものだった。わしにはわかっていたのだが、妻は新婚夫婦にあの小部屋の使用を許すくらいなら、いそいそと馬小屋に手を加えて花嫁の部屋にしたことだろう。わしは今度はためらわずに彼女の考えに同意した。それは八年間も延期されてきた彼女の勝利をわしが承認することであった。もしもわしら二人がマルティンを信用するという間違いを犯したとすれば、それは二人の過失なのだ。二人のどちらにとっても、勝利でもなければ敗北でもない。しかし、そのあとからやって来たことはわしらの力の遠く及ばないところにあり、暦のなかで予言される大気中の現象のようなもので、宿命的に実現されることになっていたのだ。

メメに、わしらの家から出て行きなさい、そして、自分の人生にとって最適と思う道を進みなさいと言ってやった時、ようやくわしは逆らうことが、それから、すべてのものにたいして自分の意志を強制することが(常にそうしてきたのではあるが)、そして、自分の流儀で事を決めることができたのだった。もっとも、あとでアデライダはわしの優柔不断と気の弱さを面と向かってなじりはしたが。しかし、あのような出来事がたどっていた経過を前にした時、わしは自分の非力を思い知らされた。わしの家庭の事の手はずを決めるのはわしではなくて、わしらの存在の流れを定める別の不可思議な力であり、しかもわしらはそれの柔順な、しがない道具でしかない存在だったのだ。あの頃、予言を、自然に、そして連鎖的に実現させるためにすべてが服従しているようにみえた。

メメが雑貨屋を開店した時の様子から(夜から朝にかけては、田舎医者の娼婦に変る働き者の女が、遅かれ早かれ、結局は雑貨屋の店番をするようになることは、誰もが心のなかで知っていたに違いない)、わしは博士がわしらが想像していた以上の額の金をわしらの家で溜めることができたことを、そして、診療に当たっていた頃から無造作に箱の中に投げ入れていた紙幣や硬貨を数えもしないでそのまま引出しの中にしまっていたことを知った。

メメが雑貨屋の店を開いた頃には、彼はここの奥の部屋に、何か得体の知れない予知能力を備えた御しがたい動物として監禁されているものと思われていた。彼が外部からの食物を口にしなかったこと、それからメメがはじめの幾月かは、自分の食べる分だけの肉を一片《ひときれ》ずつ買っていたこと、しかし一年後には、おそらくあの男と直接にかかわりあったため、ついに菜食主義者になってしまったせいだろうか、その習慣も棄ててしまったことを人々は知っていた。あの時から二人はこもりっきりになってしまっていたが、やがて官憲がドアをこじあけて屋内を調査し、畑を掘り起こしてメメの死体の所在を突きとめようとする日が来るのである。

　博士はそこに閉じこもり、古いぼろぼろになったハンモックに入って揺れているものと思われていた。しかしわしには、生ある者の世界への彼の帰還が望めなくなっていた幾月かのあいだも、彼の頑固な隠棲、つまり神の脅迫との彼の無言の戦いは、彼が死に見舞われるずっと以前に頂点に達するはずであるということがわかっていた。遅かれ早かれ彼が出て行くことはわしにはわかっていた。というのは、手枷《かせ》、足枷、首枷も、火責め、水責めの苦痛も、磔刑《たつけい》や轆轤《ろくろ》回しの拷問も、薪や白熱した鉄棒による目玉突きも、舌の上に載せられた溶けない塩や拷問台も、さてはまた、笞《むち》も鉄灸も愛欲も、自分を宗教裁判官に屈服させることはできなかったと、ふいに飛び出して行って、街角で最初にふと出くわした人に言い立てることもなく、閉じこもったまま神から遠く離れて半生を送ることの可能な人間は存在しないのだから。そうしてその時が彼のところに訪れるのは、その死のわずか数年前のことになる。

　わしは、わしらがベランダで話をかわした最後の夜や、あとでメメを診てもらおうとして彼をあの小部屋に呼びに行った時以来、ずうっとあの事実を知っていた。夫婦としてメメと暮らしたいという彼の願いにわしは反対することができたろうか。以前ならばたぶんできただろう。今はだめだ。三か月前から宿命の別の一章が実現されかけていたからだ。

あの夜、彼はハンモックには入っていなかった。簡易ベッドに仰向けに寝て、頭を後ろにそらせ、天井の、おそらく最も強く光が当たっていると思われる一点をじっと見つめていた。部屋には電灯があったのに、一度もそれをつけたことはなかった。薄暗いところに横たわって暗闇に目をこらしている方が好きだったのだ。わしが部屋に入って行ったのに彼は身動きもしなかった。しかし、わしは、敷居をまたいだその瞬間に、彼がほかにも誰かがいるなと感じはじめていることに気づいた。その時、わしは言った。「あまりご迷惑でなかったら、博士、あのグアヒーラの女が病気らしいのですが」と。彼はベッドの上で体を起こした。自分以外に誰かがいる気配を感じたのは一瞬前のことだった。今、彼はなかにいるのはわしだと悟った。疑いもなく、完全に性質を異にする二つの感情が働いた。というのは、彼は素早く態度を一変させ、髪の毛を撫でつけると、ベッドの縁に腰をかけてわしの言葉を待ち受けていたからだ。

「アデライダなのですが、博士。あいつがあなたにメメを診に来ていただきたいと言っているのです」とわしは言った。

すると彼は腰をかけたまま、反芻動物のような哀れっぽい声で、ショッキングな返事をした。

「その必要はないでしょう。妊娠したまでのことです」

それから体を前の方に屈めた。わしの表情を探っているように見えた。そして、「二年前からメメはわたしと寝ているんです」と言ったのである。

わしは驚かなかったことを認めなければならない。困惑も当惑も怒りも感じなかった。何とも感じなかった。おそらく彼の告白が、わしの考え方からすれば、あまりにも重大事であり、わしの理解の正規の筋道からはずれていたせいだろう。わしは彼と同じように、その反芻動物の哀れっぽい声と同じように冷やかに、顔色ひとつ変えないで静かに立ちつくしていた。さらに長い沈黙の時が流れ、わしが最初の決断を下すのを待つかのように、彼がベッドに腰かけたままじっとしていた時、わしはたった今言われた言葉の持つ激しさを完全に理解した。しかし、その時はもうあまりにも時間が経ちすぎていて困惑を感じはしなかった。

「あなたはその事情をご存知なのですから、博士」わしにはこれだけ言うのがやっとだった。

彼は言った。

「人間は用心深いものですよ、大佐。危険に遭えば、その避け方を悟るものです。うまくいかないことがあるとすれば、それは人間の力を超えた予測のつかない何かがあったからです」

わしはあの種の逃げ口上は心得ていた。いつものことだが、わしには彼が、結局、何を言おうとしているのかわからなかった。わしは椅子を引きずって行って彼の前に腰かけた。すると彼は簡易ベッドを離れ、バンドをバックルで留め、ズボンを引っぱり上げて身装を整えた。彼は部屋の隅の方から話をつづけた。

「わたしが用心深かったことも、彼女が妊娠したのは二度目だということも、紛れのない事実です。一度目は一年半前のことでした。が、あなた方はお気づきにはならなかった」

彼は感情をまじえないで話していた。そして、再び簡易ベッドに戻った。暗闇のなかに、わしはタイルの上をゆっくりと歩く彼のしっかりとした足音を聞いた。彼は言った。

「しかし、あの頃、メメは何でも喜んでしたものです。今は違います。二た月前に彼女はまた子供ができたとわたしに言いました。それでわたしは最初の時と同じことを言ったのです。今夜来るんだよ、同じことをしてやるからな、と。その日、彼女は今日はだめ、明日、とわたしに言ったのです。わたしは台所へコーヒーを飲みに行った時、待っているぞ、と言ったのですが、彼女はもう二度と来ないと答えたのです」

博士は簡易ベッドの前に行っていたが腰を下ろさなかった。再びわしに背を向けて、部屋の中を歩き回りはじめた。わしは彼が話すのを聞いていた。寄せては返す波の音のように高くなり低くなる彼の声が聞こえていた。まるでハンモックの中で揺れながらわしに話しかけているようだった。穏やかに、しかし明確に彼は事の次第を語った。彼の言葉をさえぎろうとしても無駄だと悟ったわしは、ただ話を聞いているだけだった。

「けれども、メメは二日後にやって来ました。わたしはすっかり準備を終えていました。彼女にそこに坐るように言い、コップを取りにテーブルのところに行きました。それから彼女にそれを飲みなさいと言ったのですが、すぐ、今度は飲まないなと察しました。にこりともしないでわたしを見つめ、少しばかり残酷な言い方で『この子は捨てませんよ、博士。この子は生んで育てます』と言ったのです」

わしは彼の冷静さに苛立ちを覚えて、言ってやった。「そんなことでは何ひとつ正当化できませんよ、博士。二度もあなたは恥ずべきこととしか言いようのない行為をやってのけた。最初はこのわたしの家のなかで関係を持ち、次は堕胎の罪を犯して……」

「しかし、わたしとしてはできるだけのことはした。それはおわかりいただけますね、大佐。あれでもわたしには精一杯のことだったのです。あとで、いよいよどうしようもないとわかった時には、あなたに相談するつもりでいました。二三日のうちにはそうしようと思っていたのです」

「本気で恥をそそぎたいと思っておられるのなら、こういった事態に対処する方法があることぐらいはご存知でしょうね。われわれこの家に住んでいる人間がどんな考え方をしているのか、あなたはご存知のはずです」とわしは言った。

「少しでもあなたのご迷惑になるようなことはしないつもりです、大佐。これは信じていただきたい。わたしはグアヒーラの女を角の、今、空きになっている家に連れて行って一緒に暮らします。わたしがあなたに申し上げようと思っていたのはこのことなのです」

「おおっぴらに情婦《おんな》と暮らすわけですね、博士。わたしたちにとってそれがどんな意味を持つものなのかわかっているのですか」

博士は簡易ベッドに戻った。腰をかけて身を屈め、両肘を腿についたままの恰好で言った。彼の口調が変ってきた。最初は冷静だった。今は残酷で挑戦的なものになりかかっていた。

彼は言った。

「わたしはあなたにはこれっぽちのご迷惑もおかけするはずのない、唯一の解決策を提案しているのですよ、大佐。もうひとつ解決策があるとすれば、それはわたしの子ではないとでも言うことですかな」

「メメはあなたの子供だと言うでしょう」とわしは言った。わしは憤りを感じはじめていた。もはや彼の言い方はあまりにも挑戦的であり攻撃的になってしまっていたので、わしも冷静に受け止めていられなくなった。

なおも彼はぶっきらぼうに執念深く言った。

「メメがそんなことを言うはずはありませんよ、これは絶対安心して信じていただきたい。わたしには確信があるからこそ、ただただあなたにご迷惑のかからないようにと思って、彼女を角に連れて行くと申し上げているのです。それだけのことですよ、大佐」

メメが彼を自分の子供の父親であると主張する可能性を、彼はあえて否定したが、あまりにも確信に満ちた態度だったのでわしはあらためて困惑を覚えた。彼の力がその言葉よりも遥かに奥深いところに根を張っているような気がした。

「わたしたちは実の娘同様にメメを信頼しています、博士。こんな時、彼女はわたしたちの身内のようなものです」

「わたしの知っていることをご存知だったら、そんな話し方はなさらないでしょう、大佐。こんなふうな言い方をお許し願いたいのですが、しかし、もしあなたがご自分の娘さんをあのインディオの女と比べたりなさると、娘さんを侮辱することになりますよ」

「あなたにそんなことを言われる理由はありませんな」とわしは言った。

すると彼は相変らずの不愉快な冷たい声で答えた。「それがあるのですよ。メメはわたしが彼女の子供の父親だと言うことはできない、とあなたに申し上げるからには、わたしにもそれ相応の理由があるのです」と。

彼は頭を後ろにそらし、深く息を吸いこんでから言った。

「夜、メメが出て行く時、もしもあなたに彼女を見張るひまがあるとしても、わたしに彼女を一緒に連れて行けなどと強要はしないでしょう。この場合、危険な目にあうのはこのわたしなのですよ、大佐。わたしはあなたにご迷惑がかからないようにと思って死体の処理を引き受けているんじゃないですか」

彼はメメとは教会の門さえくぐることはないだろう、とその時わしは察した。しかし、問題は、彼の最後の言葉を聞いてからも、わしは、後日、良心にとってたいへんな重荷となるかもしれないことを引き受ける危険をおかさなかった、という事実だ。わし宛ての手紙が何通かあった。しかし、彼は自分の持っていたたった一通の手紙だけでも、充分にわしの良心と賭けをすることができたろう。

「いいでしょう、博士」わしは言った。「お引き受けして、早速今夜にでも角の家を修理させましょう。しかし、何はともあれ、あなたはわしの家から追い出されたのだという証拠を残しておきたいのですよ、博士。あなたは自分の意志で出て行くのではありませんぞ。アウレリアーノ・ブエンディーア大佐だったら、あなたはずいぶんひどい目にあわされたことでしょうな。大佐の信頼にたいするあなたのそのやり方ではね」

そして、わしは彼の本能を目覚めさせてやったと思い、彼の暗い根源的な力の狂奔を待ち構えていると、はたして、彼の威厳の全重量をわしにぶつけてきた。

「あなたは寛大な方です、大佐」と彼は言った。「これは誰もが知っていますし、あなたがそのことをわたしに気づかせる必要がなくなるほど、わたしはながながとこの家で暮らさせていただいてきましたぞ」

立ち上がった時、彼は勝利者のようには見えなかった。わしらの八年間の心尽しにこたえ得たことでどうにか満足しているように見えただけだった。後ろめたさを覚えてうろたえたのはわしの方だった。あの夜、彼の冷やかな黄色い目のなかではっきりと成長を示している死の幼芽を見て、わしは自分の行為が利己的なものであり、わしの良心に附着した、たった一つの汚点のために、残された人生を、恐ろしい贖罪《しょくざい》に耐えながら生きてゆくことが自分にはふさわしいと思い知った。それにひきかえ、彼は悠然としていた。

「メメのことでしたら、アルコールで摩擦してやって下さい。しかし下剤はかけないように」

10

ぼくのおじいさんはママのそばに戻って来ました。ママは完全にうわの空でぼんやりと坐っていました。服と帽子はここの椅子の上にあるのですが、ママはそこにはいなくなっていました。おじいさんはそばに行ってみて、ママの心がどこかよそに行ってしまっているのを知り、ママの目の前で杖を動かしながら言います。「目を覚ますんだよ、おまえさん」と。ママは瞬きをして首を振りました。「何を考えているんだい」とおじいさんが言います。するとママは無理に微笑を浮べて、「石あたま《カチヨーロ》のことを考えていたの」と言います。

おじいさんは再びママのそばに坐り、杖にあごをのせると、「実に偶然だ！　わしも同じことを考えていた」と言いました。

二人は自分たちの言葉を理解しあっています。お互いに相手を見ないで話しています。ママは椅子に腰かけたまま上体を後ろにそらし、腕を手の平で軽くたたいていました。そしておじいさんはママのそばに坐ったまま、まだあごを杖にのせていました。でも、こんなふうにしていても、二人はお互いに自分たちの言葉を理解しあっているのです。ルクレシアに会いに行く時、アブラハムとぼくが互いに理解しあっているようなものです。

ぼくはアブラハムに言います。「今やってんば、やってんのよ」と。アブラハムはいつもぼくの三歩ほど先に立って歩いて行きます。そして、ふり返りもしないで言うのです。「まだだめだ、もうちょっとしたら」と。ぼくは「だんのかやってんときにゃ、はわっちゃってくんのよ」と言います。アブラハムはふり返りませんが、ぼくには彼が、水を飲み終えたばかりの牛の唇のところで揺れている水の糸のような、間のびのした、人のよさそうな笑いを浮べ、低い声で笑っているのがわかります。彼は「きっと五時頃だ」と言います。彼はもう少し走ってから言います。「今行ったら、だんのかはわっちゃうかもしれない」と。しかしぼくは「どうせ、いつも、やってんば、やってんのよ」と言い張ります。すると彼はぼくの方をふり返って、「よし、それじゃあ行こう」と言いながら走りだします。

ルクレシアに会うためには樹や溝のいっぱいある五つの裏庭を通って行かねばなりません。トカゲのために緑色になっている低い土塀を越えて行かなければなりません。そこでは以前には小人が女の声で歌をうたっていました。アブラハムは犬の吠え声に追われて、強い光の下を金属片のように輝きながら走り過ぎます。やがて立ち止まります。もうその瞬間、ぼくたちは窓の正面に来ているのです。まるで眠っているルクレシアに呼びかけるみたいに、ぼくたちは声を抑えて、「ルクレシア」と言います。けれど、彼女は起きていて、踝《くるぶし》まで蔽う、糊のきいただぶだぶの白いナイトガウンを着たまま、靴もはかないでベッドに腰をかけています。

ぼくたちが何か言うと、ルクレシアは視線を上げて部屋の中を見まわし、それからダイシャクシギのように丸くて大きな目でぼくたちをじっと見つめます。それからにっこり笑って部屋の真中の方にと歩きだします。口は開いたままで鋸《のこぎり》のような細かい歯がのぞいています。丸い頭で髪の毛は男のように短かくつめてあります。真中に行くと笑うのをやめてしゃがみます。そしてドアの方を見ていますが、やがて、彼女の両手がその踝まで届き、残酷でもあり、けしかけるようでもあり、計算ずみでもあるゆっくりとした速さでナイトガウンが上がりはじめます。ルクレシアが、唇の両端をきゅっと左右に引き、喘ぎ、苛立たしそうに顔をしかめ、ダイシャクシギのような大きな目を据えて輝かせながら、ナイトガウンをまくり上げてゆくあいだ、アブラハムとぼくはずっと窓のところで見ています。その時、下の方が濃い青に変っている白いお腹がぼくたちの目に入ります。とたんに彼女はナイトガウンで顔を覆い、そのまま寝室の真中で、踵から上がってくる、わななく力で両足をぴったりと締めつけ、ながながと横になってしまいます。突然、荒々しく顔をあらわに出すと、人差指でぼくたちを指さします。そして家じゅうに響きわたる恐ろしい悲鳴とともに、そのきらきら輝く目玉が目の窪からとび出すのです。その時、部屋のドアが開いて女の人がどなりながら出て来ます。「おまえたちのおっかさんにしてやればいいじゃないか、どうでもがまんできなくなるようにさ！」

この二三日、ぼくたちはルクレシアに会いに行っていません。今、ぼくたちは農園の道を通って川へ行くことになっています。早いうちにここを出れば、アブラハムはぼくを待っているはずです。それなのにおじいさんは動こうとしません。杖にあごをのせてママのそばに坐っています。ぼくはおじいさんから目を離さないで、眼鏡の奥のおじいさんの目を窺っています。でもおじいさんはぼくに見られていると感づいているに違いありません。なぜなら、突然、深い溜息をついて体を震わせ、ママに低い悲しげな声で、「石あたま《カチョーロ》だったら、鞭でなぐってでも彼らを連れて来ただろうよ」と言うからです。

それからおじいさんは安楽椅子から立ち上がり、死人のいる場所へと歩いて行きました。

わしがこの部屋に来たのはこれで二度目だ。家具は十年前に初めて来た時と同じ場所に置かれている。あれ以来、全然博士《ドクター》は手を触れることがなかったみたい、あるいは彼がメメと一緒に暮らすためにやって来たあの遥かに遠い日の夜明け以来、二度と自分の生き方をあれこれ考えることがなかったみたいだ。書類もそのまま同じ場所にあった。小机も、わずかばかりのふだん着も、何もかもが今日ふさいでいる場所と同じ位置を占めていた。石あたま《カチョーロ》とわしがこの男と官憲とのあいだをとりなすために来たのはまるで昨日のことのようだ。

その頃には、バナナ会社はわしらを搾取するのをやめて、わしらのところに運びこんで来たがらくたのそのまたがらくたとともにマコンドから出て行ってしまっていた。そしてそのがらくたとともに、一九一五年の繁栄のマコンドを偲ばせる最後の名残り、つまり落葉は散って行ってしまった。四軒の貧しげな暗い店とともに、ここに荒廃した一つの町が残った。職を失い怨念を抱く人々がここに住み、繁栄した過去への追憶と重苦しく静止した現在の悲哀に苛《さいな》まれていた。当時にあっては、陰鬱で脅迫的な選挙の日曜日をのぞいては、未来には何もなかった。

六か月前、夜が明けるとこの家の入口に落書きのビラが鋲で留めてあった。誰一人関心を持つ者もなくそのままになっていたが、やがて最後の小ぬか雨が不鮮明な字を洗い落し、紙は二月のこの前の風に運ばれてなくなってしまった。しかし一九一八年の末、選挙が近づいて政府が投票者たちの苛立ちを刺激したり掻きたてたりしておく必要があると考えていた頃、何者かが新しい官憲にこの孤独を愛する医師（ずいぶん前から彼がいることについての偽りのない証言をすることができただろうに）のことを話した。最初の数年間、彼と暮らしていたインディオの女が、あの時代にはマコンドの全く取るに足らない商売までも潤していたあの繁栄の分け前にあずかった雑貨屋を営んでいた話も出たに違いなかった。ある日（何月何日であったのか、何年のことであったのかも誰一人思い出せない）、店の戸が開かなかった。メメと博士はなかに閉じこもって、彼らが自分で裏庭に作った野菜を食糧として、そこで生活をつづけているものと推測された。しかし、ここの角に貼り出されたビラには、この医者は情婦《おんな》を殺害して畑に埋めた、町の人々が彼女を使って自分を毒殺することを恐れたからである、と書いてあった。おそらく博士の死を策謀する動機など誰にもなかった時代に、そんなことを言っても全く説明がつかない。政府が腹心の男たちを使って警察と警備隊を強化した年までは、官憲は彼の存在を忘れていたのではないかとわしは思う。その頃、あの落書きにまつわる忘れられていた伝説が思い起こされ、官憲はドアを破って家宅捜査を行い、メメの死体の位置を突きとめようと裏庭の土を突き刺し、屋外の便所を調べた。しかし彼女の痕跡を示すものは何ひとつ発見されなかった。

その際、博士は引きずり出され、踏みつけられ、きわめて当然のことのように広場《プラーサ》で公的な効力をもつ掟の名のもとに、あらたな犠牲《いけにえ》にされていたかもしれない。しかし石あたま《カチョーロ》があいだに入った。彼はわしの家に来て、わしならばきっと博士から満足できる説明を得られるだろうから、会いに行ってくれと言った。

わしらは裏から入って行き、ハンモックのなかに見捨てられた生ける屍を発見した。この世に、生ける屍ほど恐ろしいものは絶対にあり得ないだろう。とはいうものの、わしらが入って来るのを見て、ハンモックのなかで上体を起こしたこの素姓の知れない住民の生ける屍は恐ろしいなんてものではなく、その部屋のなかのすべてを覆っている埃の層に、彼自身も覆われているように見えた。頭は鋼のようであり、冷やかな黄色い目は、かつてわしが家で見たことのある、あの裡《うち》に秘められた力強さをなおも持ちつづけていた。彼の体を爪で引っ掻いたならば、亀裂が走って人間のおが屑の山と化すのではないかという印象をわしは受けた。口ひげは短かくなっていたが、すべすべになるほどには剃ってなかった。あごひげには、鋏を使用していたので、彼のあごは、生き生きとした固い茎というよりは、柔らかな白い棉毛《わたげ》が散らばっているように見えた。ハンモックのなかの彼を目の前にしてわしは思った。《今ではもう人間には見えないな。今では目だけが生き残っている屍のようだ》と。

彼の話し声は、彼がわしらの家に来た時と同じく反芻動物の哀れっぽい声だった。何も話すことはないと彼は言ったが、わしらがあのことを知らないでいるとでも思っている様子で、警官がドアをぶち破り、彼の承諾も得ないで裏庭を棒で突き刺して歩いた話をした。しかしそれは抗議ではなかった。ぐちっぽい、寂しい打ち明け話にすぎなかった。

メメのことについては、子供っぽいとさえ思われるような説明をした。しかし、真実を語る時にはかくやと思われる口調で話した。メメは出て行ってしまったのです、それだけのことなのです、と彼は言った。彼女は店を畳んだ時から外に出なくなり、苛々しはじめました。誰とも口をきかなくなり、外界との交わりはいっさい持とうとしませんでした。ある日、彼女が旅行カバンに荷物を詰めているのを見たけれど自分は黙っていました、と言った。彼女が外出着を着てハイヒールをはき、手に旅行カバンを下げ、まるでただ彼に自分が出て行くことをわざとわからせるためみたいに、そんなふうな身仕度で、ものも言わずに玄関口に立っているのを見ても、やはり自分は何も言いませんでした、と彼は話した。「あの時、わたしは立ち上がって引出しの中に残っていた金《かね》を彼女にくれてやりましたよ」と彼は言った。

わしは「どのくらい前のことですか、博士」と尋ねた。

すると「わたしの髪の毛をごらんになればわかりますよ。散髪してくれたのはメメですから」と答えた。

石《カチヨーロ》あたまはあそこにいるあいだ、ほとんど口をきかなかった。彼は部屋に入って来た時から、マコンドに十五年も住んでいながら会ったことのなかった唯ひとりの男を目の前にしてショックを受けた様子だった。この時、わしはあの二人の男が無気味なほど酷似していることに（いままではこれほどとは思わなかったが、たぶん博士が口ひげを剃り落してしまっていたせいだろうか）気づいた。瓜二つというほどではなかったが、兄弟のように見えた。ひとりの方が少し年長で、もうひとりの方よりも痩せてやつれていた。ひとりは父親に、もうひとりは母親に似ていたにしても、彼らのあいだには二人の兄弟のあいだに存在する共通の面影があった。その時、わしはベランダでの最後の夜を思い出した。わしは言った。

「この人が石《カチヨーロ》あたまですよ、博士。いつかこの人に会いに行くとあなたはわたしに約束なさいましたね」

彼は微笑んだ。司祭を見て言った。「そのとおりです、大佐。なぜ行かなかったのかわたしにもわかりません」と。そして彼はなおも探るような目付きで見つめていたが、やがて石《カチヨーロ》あたまが口を開いた。

「善きことをはじめるのに、決して遅すぎるということはありません。わたしをあなたの友人にしていただきたいものです」

よそ者を前にして石《カチヨーロ》あたまが日頃の力を失ってしまっているのを、わしは即座に見てとった。絶対的で威圧感のこもった調子でブリストル暦の大気の予言を読む時の説教壇の上に響き渡る声の揺《ゆる》ぎない確信は影をひそめ、おずおずと話していた。

彼らが会ったのはこの時が初めてだった。そして最後でもあった。しかしながら博士の生命はこの夜明けまで延びた。というのは、負傷者たちの手当てを懇願されたにもかかわらず、ドアを開けようともしなかった廉《かど》により、今わしがその執行を阻止する役を引き受けようとしている恐ろしい判決が大声で下された夜、石《カチヨーロ》あたまが再び彼のために仲裁に入ったからである。

わしらはその家から去ろうとしていたが、その時わしは数年前から彼に尋ねたいと思っていたことを思い出した。石《カチヨーロ》あたまに、あなたが官憲に取りなしているあいだ、わしは博士とこのままここにいます、と言った。二人だけになると、わしは博士と話した。

「ひとつお伺いしたいのですが、博士。赤ちゃんはどうなりました?」

彼の顔色は変らなかった。「赤ちゃんて何のことですか、大佐」。「あなたたちのですよ。メメはわたしの家を出て行った時には妊娠していましたよ」。すると彼は穏やかに静かな態度で答えた。

「おっしゃるとおりです、大佐。わたしはそんなことまで忘れてしまっていましたよ」

父は黙りこんでしまいましたが、やがて言いました。「石《カチヨーロ》あたまだったら、鞭でなぐってでも彼らを連れて来ただろうな」と。父が苛立ちを抑えていることはその目でわかりました。そして、待っている時間が延びて三十分も経つのですが（三時頃にはなっているはずですから）、そのあいだわたしは子供の戸惑いや何を尋ねるでもないような呆然とした表情、それから彼の父親を彷彿させる曖昧で冷やかな無関心ぶりを見て気に病んでいます。九年前に汽車の窓から手を振って、永久に消え去ってしまったマルティンの場合のように、わたしの息子はこの水曜日の焼けつく空気のなかに溶けていこうとしています。この子供がこのままだんだんに父親に似てゆくならば、この子のためにわたしが払った犠牲はすべて空しいものとなることでしょう。彼を肉と骨を備え持った人間にして下さい、ふつうの人間のように姿や形や体重や色を持たせてやって下さい、と神様にお願いしても無駄でしょう。あの父親の血筋を引いている以上、何もかもが無駄なことになるでしょう。

五年前、この子にはマルティンに似通った点はまったくありませんでした。今はそのすべてを受け継ごうとしています。ヘノベバ・ガルシーアが二組の双生児《ふたご》を含めて六人の子供を連れてマコンドに戻って来た時からのことです。ヘノベバは太ってお婆さんになっていました。目のまわりに細い青筋が浮き出て、そのためにかつては清楚で艶やかだった彼女の顔には何となく不潔さが感じられました。小さな白い靴をはきオーガンジー*のフリルの飾りを着けたわが子に囲まれて、彼女は自分の、喧騒で乱雑な幸福を見せつけていました。ヘノベバが人形芝居の座長と駆け落ちしたことは知っていましたが、彼女のあの子供たちを目の前にした時には、自分にわからない奇妙な嫌悪感を覚えました。子供たちはたった一つの中枢機械装置のコントロールで自動的に動いているみたいでした。お揃いの靴をはき、お揃いのフリルを着けたこの六人は小さくて驚くほどよく似ていました。塵埃《じんあい》に滅されて荒廃した町のなかに都会のアクセサリーをごてごてとくっつけて出現したヘノベバの雑然とした幸福が、わたしには痛々しく、哀れに感じられました。彼女の動作、幸せそうに見える様子、そして、自分でも言っていましたが、彼女が人形芝居の一座のなかで知ったものとはあまりにも懸け離れたわたしたちの生き方を憐れむその気持のなかに、何か皮肉めいたもの、慰めようのないばかばかしさがありました。

わたしは彼女を見て昔を思い出していました。そして「ものすごく太ったのね、あなたは」と言ったら、彼女は悲しそうな顔をして、「思い出は人を太らせるものなのよ」と言いました。そしてじっと子供を見つめていました。彼女は「ところで、四つボタンの魔法使いはどうしたね？」と尋ねました。彼女が知っていることは承知していたので、あっさり「いなくなってしまったのよ」と答えました。するとヘノベバが「それであんたにはこの子を残して行っただけなのかい？」と訊きました。それでわたしは、「そうよ、わたしには子供を残して行っただけなのよ」と言いますと、ヘノベバは淫らで卑しい笑いを浮べ、「五年かかってたった一人しか子供をつくらないなんて、ずいぶんだらしがないんだねえ」と言ったのです。そして、なおも動き回り、ごちゃまぜになった自分のひよこたちのなかで、くわっくわっと大声で言葉をつづけるのでした。「ところで、わたしはあの男に首ったけだったわ。誓ってもいいけど、もしもパロケマードの子供のお通夜が縁で彼を知ったのじゃなかったら、わたしはあんたからあの男を奪い取ってしまったろうよ。あの頃には、わたしもずいぶん迷信深かったものね」

さよならを言う前のあの時、ヘノベバはつくづくと子供を眺めて「ほんと、あの男にそっくりだわ。四つボタンの背広を着てないだけのことよ」と言ったのです。その瞬間、子供が父親と同じように見えはじめたのです。まるでヘノベバに、同一人物になれ、と呪いをかけられたみたいでした。時どきわたしは子供がテーブルに肘をつき、左肩に頭を傾け、どこともなくぼんやりとした視線をめぐらせているのを見ました。手すりの上のカーネーションの花鉢にもたれて、「君のためでなくとも、ぼくは居残って一生マコンドで暮らしたいものだ」と言った時のマルティンにそっくりです。時どきわたしは子供が同じことを言い出すような気がします。今、わたしのそばで暑さのために充血した鼻に手をやって、しょんぼりと坐っている子がそんなことを言えるはずはないのに。わたしは「痛いの?」と尋ねます。すると、「痛くないよ、眼鏡をかけたらずり落ちてしまうだろうなと考えていたの」と言います。「そんな心配なんかしなくてもいいのよ」とわたしは子供に言い、ネクタイをゆるめてやります。そして、「おうちに帰ったらひと休みしてお風呂に入るんだよ」と言い添えます。それから、今、「カタウレ」と言って一番年上のグアヒーラの男を呼んだ父親の方に目をやります。カタウレはずんぐりとした体格のインディオで、ベッドでたばこを喫っていましたが、自分の名前が呼ばれたのを聞いて顔をあげ、小さくて陰気な目でわたしの父の顔を探します。しかし父が再び話しはじめようとした時、よろめきながら寝室に入って来ようとする町長の足音が、裏の小部屋から聞こえてきます。

II

きょうの昼間、わしらの家はたいへんだった。わしは以前から彼の死を予期していたので、彼が死んだという知らせには驚かなかったが、それがわが家にこのような混乱を惹き起こすとは夢にも思わなかった。この埋葬には誰かがわしと同行しなければならなかったのだが、その相手はわしの妻ということになるだろうと思っていた。とくにわしが三年前に病気をしてからは、そして妻がわしの机の引出しを調べて銀の柄《え》の杖とぜんまい仕掛けのかわいい踊り子を見つけたあの日の午後からこっちは。あの頃、わしらはおもちゃのことは忘れていたと思う。しかしあの日の午後、わしらは仕掛けを動かした。するとそのかわいい踊り子は、以前には陽気だった、そして引出しの中での長い沈黙のあとでは、さびしげに郷愁をこめて鳴る音楽に力づけられて、昔のように踊った。アデライダは人形が踊るのを見て思い出にふけっていた。やがてわしの方をふり返って素朴な悲しみに濡れた視線を向けた。

「誰のことを思い出しているの?」と妻は言った。

わしにはアデライダが誰のことを考えているのかわかっていた。一方、おもちゃの奏でる擦り切れた小曲はその片隅にもの悲しさを漂わせていた。

「あの男はどうなったのでしょう?」。わしの妻は、おそらく彼が午後の六時に部屋の入口に現われて鴨居にランプを吊した頃に感じた激しい動悸に心を揺すぶられたのだろうか、思い出にふけりながら言った。

「角にいるよ」とわしは言った。「この二三日のうちには死ぬだろうが、そうしたらわしらは埋めてやらねばなるまい」

アデライダはおもちゃのダンスに心を奪われて黙りこんでしまった。わしは自分も妻の郷愁の想いに染まってしまったような感じがした。「あの男が来た日、おまえさんは彼を誰と取り違えたのか、前から知りたいと思っていたんだ。おまえさんは誰かほかの男だと思ってあの食事を用意したのだろ?」と訊いてみた。

するとアデライダはもの悲しそうな微笑を浮べて言った。

「あの男が踊り子の人形を手にして、そこの片隅に立った時、わたしの目に誰のように見えたか、あなたにお話ししたら、あなたはわたしを馬鹿にして笑うわ」と。そして二十四年前に、継ぎ目のない長靴《ちょうか》をはき、一見、軍服のような服を着た彼を見た空間を指さした。

あの日の午後、彼らは思い出の中で和解し合っていたように思った。それゆえ、きょうは妻に黒い服を着てわしについて来るように言ったのだ。しかし、あのおもちゃは再び引出しの中におさまっている。音楽はもはやその効力を失ってしまっている。今、アデライダの力は尽き果てようとしている。彼女の心は悲しくうちひしがれている。そして部屋のなかでただひたすらに祈りつづけて時を過ごしている。「あなたでなければ、あのような埋葬をすることは思いつかなかったわ」と妻は言った。「およそありとあらゆる不幸に見舞われてきたので、わたしたちに残されていたものといえば、ただひとつ、この呪われた閏年ぐらいなものね。そしてそれから大洪水」と。この仕事にはわしの名誉がかかっているのだということを彼女に納得させるためにわしは一生懸命だった。

「わしが生きてこられたのは彼のおかげではないとは言いきれないだろ」と言って聞かせた。

するとと彼女が言った。

「借りがあるのは彼のほうだったわ。あなたの生命を救うのに彼がしてくれたことといえば、八年分のベッドと食事と洗濯代の借金を清算してくれただけじゃないの」

それから彼女は椅子を手すりのほうに引きずって行った。悲しみと迷信のために目を曇らせてまだあそこにいるにちがいない。あまりにも思いつめたようなふうに見えたので、気分をほぐしてやろうとした。「よろしい、そういうことなら、イサベルを連れて行こう」と言った。妻は返事をしなかった。侵すべからざる態度で坐ったままでいたが、やがてわしらの外出の用意ができたので、わしは妻を喜ばせるつもりで、「わしらが帰って来るまで、祭壇の前に行ってわしらのために祈っていておくれ」と言った。すると妻はドアの方をふり向いて、「お祈りにだって行くものですか。あの女が火曜日ごとにメリッサの小枝をねだりに来ているあいだは、わたしがお祈りをしたって何の役にも立ちませんからね」と言った。妻の声にわしは、暗い混沌とした挑戦を感じた。

「わたしはここにこうして坐って、ぐったりしているだけよ、最後の審判の日まで。その時までに白蟻に椅子が食べられてしまわなかったらの話ですけど」

父は立ちどまり、首筋を伸ばして、裏の部屋を通ってこっちに来る耳なれた足音を聞いていました。その時にはカタウレに言うつもりでいたことを忘れ、杖にすがったままふり向こうと努めましたが、足がいうことをきかなくてだめでした。もう少しで前に倒れるところでした。三年前、床を転がる壺や木靴や安楽椅子の音と、彼が倒れるのを目撃したただ一人の人間だった子供の泣き声とに包まれて、レモネードの海のなかに倒れこんだ時のように。あの時から父はびっこをひき、二度と全快した姿を見ることはあるまいとわたしたちが思っていた、あの辛い苦痛の一週間のあとに硬直してしまった足を、ずうっと引きずっています。今、町長がさしのべる援助のおかげでこんなふうにバランスを回復している彼を見る時、その役に立たない足に町民の意志に逆らって果たそうとしている約束の秘密が在るのだとわたしは思うのです。

父の感謝の気持はおそらくあの時からのものでしょう。ベランダに俯伏せに倒れ、塔から突き落されたような感じがしたと言い、マコンドに最後に残っていた二人の医師からは立派な死を迎えることのできるように準備しなさいと勧められた時からです。倒れてから五日目の日にシーツにくるまれて縮こまっていた父の姿が思い出されます。その前の年にマコンドの全住民総出の感動的な、蟻の入りこむ隙もない、花の葬列に送られて墓地へと運ばれて行った石《カチヨーロ》あたまのように痩せこけた彼の体が思い出されます。棺のなかの彼の王者の威厳には救いようのない沈痛な諦めの深淵が窺われましたが、それは父の声が寝室に響き渡り、八五年の戦争当時のある晩、アウレリアーノ・ブエンディーア大佐のキャンプに帽子《ソンブレロ》をかぶり、虎の皮と歯と爪とで飾り立てた長《ちよう》靴《か》をはいた奇妙な軍人が現われ、人々が「あなたは誰ですか」と訊いたと話した頃の、あの父の顔にわたしが見たものと同じものでした。で、その奇妙な軍人は返事をしなかったので、人々は「どこから来たのですか」と訊きました。それでも彼は返事をしなかったのです。で、人々は「どちらの味方として戦っているのですか」と尋ねたのです。それでもまだその見たことのない軍人からは何の返事も得られませんでした。とうとう当番兵が燃えさしを摑んで彼の顔のそばに持っていったのですが、ちょっと調べただけでびっくり仰天して叫んだのです。「おやっ！　マ*ルボローの公爵だ！」

すっかり思い違いをしてしまって、医師たちは彼を風呂に入れるように指示しました。その通りに行われました。しかし翌日になっても彼の腹部にはほとんど変化は認められませんでした。そこで医師たちは家の外に出て、助言できることと言えば、立派な死を準備してやることぐらいしかないと言ったのです。

寝室は沈黙の空気の底に沈み、そのなかでは死のゆっくりとした穏やかな羽搏《はばた》き、死にかけている人のいる寝室の人間の臭気がするあのひそやかな羽搏きの音しか聞こえません。アンヘル神父が彼に終油の秘蹟をほどこしてからかなりの時間が過ぎましたが、誰も動こうとはしないで、医師に見離された男の骨ばった横顔を眺めていました。しばらくして時計が鳴り、継母《はは》は一匙の薬を彼に飲ませようとしました。わたしたちは彼の頭を持ち上げて、継母が匙を入れることのできるように上下の歯を引き離そうと努めました。ベランダでゆっくりと踏みしめる足音が聞こえたのはその時でした。継母は匙を宙に浮せたまま呟いていた祈りをやめると、さっと土気色になって麻痺した顔をドアの方に向けました。「あたしは煉獄にいたってあの足音はわかりますよ」と彼女はかろうじて言うことができました。ちょうどその時、わたしたちはドアの方を見て博士《ドクター》に気づいたのでした。彼はそこの入口のところにいて、わたしたちを見ていました。

わしは娘に言う。「石あたま《カチョーロ》だったら、鞭でなぐってでも彼らを連れて来ただろうよ」と。そして棺の置いてある方に向かって歩いて行く、《博士がわしらの家から出て行った時から、わしらの行為は、より一段と高い意志によって定められているのだから、わしらが全力を尽して努力してみても、あるいはこもりきりになって、ひたすらに祈りに身を捧げているアデライダの空しい行為を受け継いでみたところで、これに逆らうことはできないことをわしは承知していたのだ》と考えながら。

そして棺からわしを隔てている距離を縮めてゆく時、ベッドに腰をかけている無表情のわしらの使用人たちの姿が目に入ったのだが、死者の上で沸騰している空気を一息吸ったとたんに、わしはマコンドを壊滅させたあの禍《わざわい》の苦い物質のすべてを吸いこんだような感じがした。町長が埋葬許可の件でぐずぐずしているようなことはあるまいとわしは思っている。屋外の酷熱に責め苛まれている街々では、人々が待ち受けていることを知っている。様子を探ろうと窓から覗いている女たちがいることを、こんろの上では乳が沸騰し、米が焦げているのも忘れ、そこにへばりついて覗いているのを知っている。しかし、この反乱の最後のデモンストレーションは、打ちひしがれ、堕落した男たちの集団よりも、まだましな可能性を持っているとさえわしは思う。彼らの戦闘能力は、彼らが行動し、計画を練り、敗北を喫したあの選挙の日曜日の訪れる前から乱れていて、あとになってからやっと自分たちの行為を決定したのはほかならぬ自分たちであったことを思い知ったのだった。しかし、何もかもが、一歩一歩わしらをこの水曜日へと宿命的に導いてくる諸事実に道をつけるために準備され、定められていたように思われた。

十年前、荒廃に晒《さら》された時、復旧を願う人々が集団的な努力さえ惜しまなかったら、あの再建は容易に実現されていただろう。バナナ会社に荒らされた畑に出るだけで、つまり、そこの雑草を抜き取って、もう一度、一からはじめればそれでよかったのだ。しかし、ぐずぐずしているな、過去も未来も信じるな、と落葉は教えこまれていた。今のこの瞬間を信じるのだ、そして今、貪《どん》婪《らん》な欲望を満足させるのだ、と教えこまれていた。落葉が去って行ったことに、そして落葉がなくては再建が不可能であることに気づくのにわしらは多くの時間を必要としなかった。落葉はあらゆるものを持って来て、あらゆるものを持って行ってしまった。あとには、町の瓦礫《がれき》のなかに日曜日が、そしてマコンドの最後の夜のなかに変りばえのしない選挙の策謀家が残されただけで、警察や警備隊のためには焼酎の大壜が四本、公共広場《プラーサ》に置かれていた。

あの夜、人々の反抗心はまだ燃えさかっていたのに、石あたま《カチョーロ》は彼らを抑えることができたと思うと、きょうは犬殺しのように身を固めて家から家へと歩き回り、この男の埋葬を強制することができるだろう。かつて石あたま《カチョーロ》は彼らを鉄の規律の下に屈服させていた。四年前――わしが病気になる一年前――この司祭が死んだ後でさえも、あの規律は、人々がこぞって自分の畑地の草花や灌木を引き抜いて墓へと運び、彼らの最後の敬意を表したあの熱狂的なやり方にも表われた。

この男は埋葬式に出なかった唯一人の人間だった。司祭にたいする町民のあの矛盾した絶対的な服従のおかげで命拾いをしたまさに唯一人の人間だった。というのは、広場に四本の焼酎の大甕が置かれ、マコンドが武装した野蛮人どもの蹂躙する町、共同墓地に死者たちの埋められる恐怖の町と化したあの夜、この街角に一人の医者がいることを思い出したものがいたはずだからだ。ドアの前に担架を置いて人々が彼に向かって叫んだのは(彼はドアを開けずになかから話していたので)、まさにその時だった。彼らは叫んだ。「博士、この怪我人たちを診てやっておくんなせえ、ほかの医者はもう手がいっぺえなんだから」と。すると彼が答えた。「よそへ運んで下さい。わしはこういうことについては何も知らないんだから」と。人々は「わしらのお医者様は、もう博士だけだ。仁術を施して下さってもいいじゃねえですか」と言った。彼は「昔は知っていたことも、今ではきれいさっぱり忘れてしまった。どこかよそへ運んで下さらんか」と答えた(そしてやはりドアを開けはしなかった)。そのため、彼は部屋の真中にいて、高いところに吊されたランプの下で黄色くて冷やかな目を光らせて返事をしている、と群集は想像していた。そして彼はドアを閉め切ったままでいたが(とにかく、ドアは頑として開かなかったのだ)、一方、ドアの前ではマコンドの男や女たちが死に瀕していた。あの夜、大衆はどんなことでもやってのけることができただろう。家を焼き、一人住まいの男を灰にしてしまう準備にとりかかったのだ。しかしその時、石あたま《カチヨーロ》が現われた。まるで、彼は人の目には見えない姿でその場にいて、その家とその男の消滅を回避させるために警戒に当たっていたみたいだったということだ。「誰もドアに手を触れてはならん」と石あたま《カチヨーロ》は言ったそうだ。十字架の人のように両腕を拡げ、その無表情で冷たい牛の髑髏《されこうべ》のような顔面に憤怒の炎を燃やして発した言葉はただこれだけだったということである。その時、その衝動にブレーキがかかり、方向は変ったが、この水曜日の到来を未来永劫にわたって保証する宣言を人々に叫ばせるのに充分な力は依然として残っていた。

下男たちにドアを開けと言おうとしてベッドの方に歩いて行きながら、《彼は間もなく来るはずだ》とわしは思う。そして、五分以内に来なかったら、許可がなくとも棺桶を運び出して路上に死体を置こう、そうして、《彼が家の真前で葬式をしなければならないようにしてやろう》とわしは考える。「カタウレ」と言って、わしは下男のなかでいちばん年上の男を呼ぶ。が、彼が顔を上げるか上げないうちに、隣りの部屋を通ってこちらにやって来る町長の足音が聞こえる。

まっすぐにわしの方に来るのがわかる。わしは杖にすがって素早く踵《きびす》を返そうと努めたのだが、足が悪いためにうまくゆかず、前にのめって、あわや転倒して棺桶の縁で顔をぶち割るものと観念したその時、たまたま彼の腕があったのでわしはそれにしっかりとしがみつく。そして、「ご心配なく、大佐。何も起こりはしませんよ、これは断言できますよ」と言っている穏やかで間のびのした彼の声を聞く。それで、わしもそうだと思うが、しかし彼は自分自身を励ますために言っているのだということがわしにはわかっている。「何も起こりようがないとわたしは思っています」とわしは逆のことを考えながら言い、彼は墓地のパンヤの木*について何かを言い、それからわしに埋葬許可書を渡す。わしは読みもしないで折り畳み、チョッキのポケットにしまってから、彼に「とにかく、何が起ころうと、それは起こることになっていたのです。まるで暦が予告していたように」と言う。

町長はグアヒーラの男たちに向かって話しかける。彼らに棺桶の蓋に釘を打ちつけ、ドアを開けるように命じる。この男の姿を、つまり、三年前に病み上がりのわしのベッドの前で見たのが最後となった、それほどの齢でもないのに老衰のために頭も顔もくしゃくしゃの、どこから来たのかもわからない寄るべのない紳士の姿を、人の目から永久に消し去ることになる金槌と釘を探して動き回っている男たちをわしは見る。あの頃、彼はわしを死神から奪い返してくれたところだった。彼をあそこに連れて行った力、わしの病気の知らせを彼に伝えた力、その同じ力が彼を病み上がりのわしのベッドの前に立たせてこんなことを言わせたように思われた。

「ちとばかり足の訓練が必要なだけです。これからは杖を使わなくてはいけないかもしれませんが」

二日後、わしは費用がどのくらいかかったのか尋ねることにしたが、彼は「わたしにたいして、あなたには一銭の借りもありませんよ、大佐。しかし、お願いできるものでしたら、いつか、朝になってわたしの体が硬くなっているのをご覧になったら、わたしの上に土を少しばかりかけて下さいませんか。禿鷹どもに食われることのないように。わたしの望みはただ一つ、これだけです」と言った。

あの延び延びになっていた中途半端な死が完全に実現される前に、さらに三年の歳月が経過することになるのだが、彼がわしに求めたその約束そのものに、そしてその持ち出し方に、部屋のタイルの上を歩く足音のリズムのなかに、この男の死がかなり前からはじまっていることを認めさせるものがあった。その日というのがきょうなのだ。そして、彼には縄なんか必要でなかったとわしは思っているほどだ。あの黄色く冷やかな目のなかに残っている生命の最後の残り火を消すには、微かに吹く風で充分だったろう。彼がここに来てメメと暮らすようになる前のことだが、小さな部屋で彼と話をした夜以来、わしはすべてを予見していた。それゆえ、今わしが果たそうとしている約束をさせられた時も、まごつきはしなかった。わしは率直に言った。

「そんなこと、言われるまでもありませんよ、博士。あなたはわたしがどんな男かご存知のはずだ。たとえあなたがわたしの生命の恩人でなかろうと、みんなを差し置いてでもあなたのお葬式をさせてもらう男であることぐらい、お察しいただきたいものですね」

彼は微笑し、その黄色くて冷やかな目をはじめて和らげて言った。

「まったくその通りです、大佐。しかし、覚えておいて下さいよ、死人にはわたしを葬ることができるはずはなかったということを」


今となっては誰もこの恥ずかしいことを避けて通れはしないでしょう。町長が父に埋葬許可書を渡します。そして父が「とにかく、何が起ころうと、それは起こることになっていたのです。まるで暦が予告していたように」と言います。わたしの生れる前に死んだすべての人々の衣服をしまってあるトランクに対して誠実さを守り、マコンドの運命に身をゆだねた時と同じように投げやりな調子で彼はそう言ったのです。あの時からすべてが落ち目になりました。継母《はは》のあの活力そのものが、そしてあの厳格で高飛車な性格までもが苦い悲しみと化してしまいました。彼女はだんだんによそよそしくなり無口になっていくようです。彼女の抱いた幻滅はたいへんなもので、きょうの午後などは手すりのそばに坐って、「わたしはここにこうして坐って、ぐったりしているだけよ、最後の審判の日まで」と言ったほどです。

父はどんなことであろうと、二度以上自分の意志を押しつけようとしたことはありませんでした。ただきょうはこの恥ずべき約束を果たすために起き上がったのです。父はここで、ドアを開き、棺桶に釘を打つために行動を開始したグアヒーラの男たちを見ながら、何事が起ころうともたいしたことにはなるまいと確信しています。彼らがそばに来るのを見てわたしは立ち上がり、子供の手を取り、窓の方に椅子を引き寄せます。ドアが開いた時に町の人々の目に触れたくないからです。

子供は途方に暮れています。わたしが立ち上がった時、ちょっと驚いたような、何とも言えない表情を浮べてわたしの顔を見つめました。しかし今はわたしの傍で途方に暮れながら、一生懸命に閂を外そうとして汗だくになっているグアヒーラの男たちを見ています。錆びた金属の突き刺すような、忍ぶような泣き声とともに、ドアは完全に開きます。その時わたしはあらためて街路に目をやります。家々を覆い、町の光景をこわれた家財道具のように惨めなものにしている、白い、焼きつくような、ぎらぎら光っている埃を眺めます。まるでマコンドは神様に不必要であると宣言され、建設のための奉仕をやめた町民のいる片隅に投げ捨てられたみたいです。

最初の一瞬、子供は突然の明るさに目が眩んだはずでした（ドアが開いた時、彼の手はわたしの手のなかでびくっとしました）、きっとなって急に顔を上げ「聞こえた？」とわたしに尋ねます。やっとその時になって、どこか近くの裏庭でダイシャクシギが時を告げているのに気づきます。「ええ、もう三時になるのね」とわたしは言います。ちょうど釘を打つ金槌の音が響き渡る瞬間なのです。

鳥肌の立つ、引き裂くようなあの音を聞くまい、子供には自分の戸惑いを見透かされまいとわたしは顔を窓の方に向け、隣りの街区にあるわたしたちの家を背景に物悲しそうに立っている埃まみれのハタンキョウの木々に目をやります。わたしたちの家も目に見えない破壊の風に揺すぶられて、静寂で決定的な崩壊の寸前にある状態です。バナナ会社に搾り取られてからは、マコンド全体がこんな有様でした。蔦は家々を侵し、狭い通りには雑草が伸び、土塀には亀裂が走り、女は昼日中に寝室でトカゲと出くわすのです。わたしたちがあらためてマンネンロウとオランダ水仙を栽培するのをやめてからは、そして、目に見えない手が食器棚のクリスマスの皿を砕き、誰も二度と着ようとはしない衣服の中の虫を太らせはじめた時からは何もかもが破壊されているように見えます。父には自分を一生涯びっこにした、あの急激な衰弱に見舞われる前の行動的なエネルギーはありません。レベーカ夫人は、相変らず扇風機の後ろにいて、彼女の空しくて辛いやもめ暮らしの掻きたてた燃えるような憎悪を追い払ってくれそうなもののことについては全然気にしていません。アゲダはしつこくつきまとう難病に打ちのめされて不自由な体になっていました。アンヘル神父は毎日の昼寝《シエスタ》の時間に、ミンチボールの頑固な消化不良を楽しむことよりほかには何の喜びも持っていないように見えます。変らないもの、それはサン・ヘロニモの双生児の姉妹の歌と、二十年も前から火曜日ごとにメリッサの小枝を貰いに来ているのに、齢を感じさせない不思議な物乞いの女だけです。誰をも運び去ることのない埃まみれの黄色い汽車の警笛だけが一日に四回、静寂を破ります。そして、夜になると、バナナ会社がマコンドから去る時に残していった工場のトーン、トーン、トーンという音が。

窓から家が見えます。あそこでじっと椅子に腰かけている継母は、おそらく、わたしたちが戻る前にこの町を消し去ってしまう最後の風が吹くだろうと考えているのだとわたしは思います。その時にはわたしたちをのぞいてはみんなが立ち去っていることでしょう。というのは、わたしたちはこの土地に、そして、わが家の祖先代々、祖父母までの家財道具や衣類、それから戦争を逃がれてマコンドに来た時に両親が馬のために使用した蚊帳がまだ入っているトランクのたくさんある部屋に縛りつけられていたのですから。骨は地下二十尋《ひろ》のところにあって、もはや見出されることのない、遥かな死者たちへの思い出によってわたしたちはこの地に植えつけられているのです。トランクは戦争の末頃からその部屋に置いてあります。そして、夕方になってわたしたちが埋葬から帰って行く時も、それらはそこにあることでしょう。それまでに、マコンドを、トカゲだらけの寝室を、それから思い出に打ちひしがれた寂しげな人々を消滅させる最後の風がまだ吹き過ぎていなければの話ですが。

突然、おじいさんが立ち上がり、杖にすがったまま鳥のように首を伸ばします。おじいさんの眼鏡はまるで顔の一部になっているように見えます。ぼくが眼鏡をかけるとしたら、それはとてもむずかしいだろうなと思います。ちょっとでも動くと耳からはずれてしまうだろうな。ぼくはそんなことを考えながら、自分の鼻を軽くたたいてみます。ママはぼくを見て、「痛いの？」と尋ねてくれます。それでぼくは、そうではなくて、ただぼくは眼鏡をかけることはできないだろうなと考えていただけだと言います。するとママは微笑んで深呼吸をしてから、「きっと、汗びっしょりになっているんでしょ」とぼくに言います。そのとおりなのです。ぼくの下着は肌の上で燃えており、首まで覆っている厚手のグリーンのフラシ天が汗のために体にくっついて気持が悪い。「そうなの」とぼくは答えます。するとママはぼくの方に身を屈めてぼくのネクタイをほどき、首のところを扇子であおいでくれます。そして、「おうちに帰ったらひと休みしてお風呂に入るんだよ」と言います。「カタウレ」と呼ぶ声が聞こえ……

その時、後ろのドアからまた拳銃を持った男の人が入ろうとしています。戸口に来るとその人は帽子をとって注意深く歩きます。まるで死体が目を覚ますのを恐れているようです。けれど、その人はぼくのおじいさんを驚かすためにそうしたのでした。おじいさんはその人に押されて前の方に倒れかかり、よろめき、自分を押し倒そうとした張本人の腕にどうにかしがみつくことができました。ほかの男たちはたばこを喫うのをやめ、木挽《こび》き台の上の四羽の鳥のように一列に並んでベッドに腰をかけています。拳銃の男が入って来ると、その鳥たちは屈みこんでひそひそ話をしました。そしてその中の一人が立ち上がってテーブルの方に歩み寄り、釘箱を取り、それから金槌を手にします。

おじいさんは棺桶のそばで男の人と話しています。男は、「ご心配なく、大佐。何も起こりはしませんよ、これは断言できますよ」と言いました。するとおじいさんは「何も起こりようがないとわたしは思っています」と言います。男の人は「外側に埋めてけっこうです、墓地の左側の土塀の前、いちばん高いパンヤの木があるところですよ」と言いました。そしてそれから、「万事がとてもうまくゆきます、すぐにおわかりになりますよ」と言いながらおじいさんに一枚の紙を渡します。おじいさんは片手を杖において体を支え、もう片方の手でその紙を受け取ってチョッキのポケットにしまいますが、そこには鎖のついた小さい、四角の金時計が入っているのです。そのあとで「とにかく、何が起ころうと、それは起ることになっていたのです。まるで暦が予告していたように」と言います。

男の人が「窓のところに人がいます。しかし、あの連中はまさに好奇心のかたまりですね。女ときたら、いつも何でも覗いて見たがるものです」と言いました。しかしおじいさんには聞こえなかったと思います。おじいさんは窓から街路の方を眺めていたからです。それから男の人は歩いてベッドのところまで来ると、帽子で自分を扇ぎながら、あの男たちに、「さあ釘を打ってよろしい。それから、ドアも開けなさい。少しは涼しい風が入るようにな」と言いました。

男たちは行動を開始します。彼らのなかの一人は金槌と釘を持って棺桶にかぶさるように身を屈め、他の男たちはドアの方に行きます。ママは立ち上がります。ママの汗まみれの顔は蒼白い。椅子を引き寄せ、ドアを開けに来た男の人たちが通れるように、ぼくの手を取ってわきに寄らせます。

最初、男の人たちは錆びついた掛け金にくっついてしまっているらしい差し金をまわそうとします。けれど、動かすことはできません。まるで誰かが街路の側から体重を預けて力いっぱい押しているみたいです。けれど、一人の男の人がドアに寄りかかって叩きますと、部屋のなかに板や錆びついた蝶番《ちようつがい》や時の経過とともに少しずつくっついてしまった錠前の音が響き渡り、悠々と人をおぶって通れるほどの広さにドアが開きます。そして、目を覚ました木材と鉄のきしむ音がしばらくつづきます。いったい何が起こったのか、ぼくたちにはわけのわからないうちに、光が後ろから部屋のなかに闖入して来ます。二百年間、二百頭の牛の力で抑えてきた支えが取り払われたからです。そして、光は騒然とした倒壊のなかに物体の影を引きずりこみながら、部屋のなかで仰むけに倒れるのです。男の人たちの姿が真昼の稲妻のように、すさまじいほどにはっきりと現われます。よろめいていて、光に打ちのめされないように必死にふんばっていなければならないようです。

ドアが開くと町のどこかで、一羽のダイシャクシギが歌いはじめます。今、ぼくは街路を見ています。きらきらと輝き、燃えている埃を眺めています。男の人たちが数人、反対側の歩道に腰を下ろし、腕組みをして部屋を眺めているのが見えます。ダイシャクシギの歌がまた聞こえてきたので、ママに「聞こえた？」と尋ねます。ママは、「ええ」と返事をして、「きっと三時になるのだわ」と言います。けれども、ダイシャクシギは死人の臭いを嗅ぎつけた時に歌うものだとぼくはアダから聞いています。ぼくは釘の頭に最初の打撃を加える金槌の鋭い音が耳に達したとたんに、ママにそのことを言いに行こうとします。金槌は振り下ろされ、また振り下ろされて、すべてを詰めこんでいきます。小休止があって、また振り下ろされ、六回続けざまに木材は痛めつけられて、眠っていた板の長い、悲しげな叫びを誘います。一方、ママは向こうに顔を向けて窓ごしに街路を見つめています。

釘打ちが終ったとたん、数羽のダイシャクシギの歌が聞こえてきます。おじいさんは下男に合図をします。この男の人たちは前屈みになって棺桶を傾けます。一方、帽子を手にしてまだ片隅にいた男の人がおじいさんに「ご心配なく、大佐」と言います。するとおじいさんはどぎまぎして、闘鶏の首のように紫色の脹らんだ首を隅の方に向けます。けれども、何も言いません。片隅から再び話しかけたのはあの男の人の方です。「この町には、あのことを覚えているものは誰もいないと思ってもいいでしょうな」と言いました。

今、この瞬間、本当に身の毛がよだつような感じがします。《すぐさま、あっちに引き返したい》と思います。けれど、今となっては遅すぎることはわかっています。男の人たちは最後の力をふりしぼっています。踵を床にめりこませて、体をまっすぐに起こします。棺桶は光のなかに浮んでいます。まるで死の船を埋葬するために運んで行くみたいです。

《間もなく、人々はこの臭いに感づくことでしょう。間もなく、ダイシャクシギが一羽残らず歌いはじめるでしょう》とぼくは考えています。

マコンドに降る雨を見たイサベルの独白

Monólogo de Isabel viendo llover en Macondo, 1955

井上義一　訳

日曜日にミサが終わって表に出ると、急に冬が訪れていました。前日の土曜日の夜の暑さは、息苦しいほどでした。日曜の朝も、雨の降りだしそうな気配はありませんでした。空が曇り、強い風が吹きよせてきたのは、ちょうどミサが終わって、わたしたち女が金具を目印にめいめい自分のパラソルを探そうとしていたときのことです。風はぐるぐると渦を巻いて、五月のからからに乾いた土埃《つちぼこり》と灰を舞いあがらせました。わたしの隣にいた人が《この風が吹くと、雨期になるのよ》と言いました。わたしも以前からそのことは知っていました。中庭に出たころから、わたしのお腹はしくしく痛んで、震えていたのです。家に戻る男の人たちは、片手で帽子を押さえ、もうひとつの手にハンカチを持って、風と土埃を防いでいました。雨が降りはじめたのは、その時でした。空は灰色のゼリーのようにわたしたちの頭の上に垂れこめ、ゆらめいていました。

そのあとの午前中、義母とわたしはバルコニーの手すりのそばに腰掛けて、鉢植えのローズマリーや月下香《げつかこう》が雨に濡れて生気を取り戻していくのを、嬉しく眺めていました。それらの植物は七カ月も暑い夏が続き、葉を焦がすような埃をかぶっていたので、からからに干上がっていたのです。正午ごろになると、地面からの照り返しもおさまり、埃を洗い落とした地面と、生き返った草木の匂いが立ち昇り、ローズマリーやひやりとしてすがすがしい雨の匂いに混じりあいました。昼食を食べていると、父が《五月に雨が降るのは、水に恵まれるということのしるしなんだ》と言いました。新しい季節の到来に気をよくしていた義母は、にっこり笑って《お説教で聞き込んできたのよ》と言い返しました。父は笑いながら、おいしそうに昼食を食べ終え、バルコニーに出て、黙って気持ちよさそうに横になりました。目を閉じていましたが眠っているようすはなく、目覚めたまま夢を見ているようにしていたのです。

午後はずっと同じ調子で雨が降りつづきました。単調で穏やかな雨音を聞いていると、午後の汽車に乗って旅をしているような気分になりました。でも、気づかないうちに、雨はわたしたちの感覚の奥深くに入り込んでいたようなのです。月曜日の朝早く、庭の方から吹いてくる身を切るような冷たい風を避けようとして、戸を閉めたころには、わたしたちはしきりに雨の勢いを気にしていました。しかし、その日の午前中に雨はおとろえ、わたしたちをほっとさせたのです。義母とわたしは再び庭を眺めに出ました。五月のざらざらに乾いた褐色の地面は、一夜のうちに黒い色に変わり、草がはえはじめて、安物の石鹼のようにグズグズになっていました。植木鉢からは水があふれ出ています。《ひと晩でずいぶん降ったものね》と義母が言いました。義母の顔から笑みが消え、以前の喜びが沈鬱な愁いに変わったことに、わたしは気がつきました。《そうね。雨が小降りのあいだに、小作人たちに植木鉢を廊下に運ばせたほうがいいかも知れない》と、わたしは答えました。小作人たちが植木鉢を運んでいると、雨がまた強くなり、巨大な樹木のように木々の上に降り注ぎました。父は日曜の午後にいたのと同じ場所に座っていましたが、雨のことは口にしませんでした。《きのうの夜、変な姿勢で眠ったようだ。目が覚めたら、背骨がひどく痛かった》と、父は言いました。父はバルコニーの手すりのそばで、足を椅子の上に乗せ、何もない庭を眺めて、座っていました。そして夕暮れ時になって、食事はいらないと告げたあと、《もう雨がやまないような気がするよ》とつけ加えました。暑さの盛りのころをわたしは思い出しました。八月になるとわたしたちは時間の重みにうちひしがれて、死んだように長い昼寝をするのです。汗に濡れた服が身体に張りつき、外から漂ってくる流れの止まった時間の執拗で低いうなり音が聞こえてきます。わたしは、雨に洗われた家の外壁や、水に濡れてゆるんだ木材の継ぎ目を見ました。庭に目を移しても、そこには何もなく、塀に面したジャスミンの花壇だけが、母の思い出そっくりのたたずまいで残っていました。ロッキングチェアーに座った父は、痛む背骨を枕の上に乗せて、悲しげな目で迷路のような雨の世界を眺めていました。わたしは八月の夜を思い出していました。すべての物音が絶えた夜は、一千年も前から油をさされないままに錆びついた軸のまわりを回っている地球のきしみ音だけが聞こえてくるようでした。

日曜日から引きつづいて、月曜日も一日中雨が降り続いています。けれどその降り方は前日とはちがい、わたしは心の中で何か異常な苦いものを感じ取りました。日暮れごろに、わたしの横から《こんな雨はうんざりだ》と言う声が聞こえました。そちらの方を見なくても、マルティンの声だと分かりました。十二月のある曇った朝、わたしの夫になったときからと、少しも変わらぬ冷淡で退屈そうな口調で話したので、彼が隣にいると分かったのです。結婚して五カ月でした。もうすぐ、子供も生まれるはずでした。わたしは、雨にうんざりしたと横で言っているマルティンに話しかけました。《うんざりはしないけど、花壇が空っぽになったのは寂しいわ。それに、中庭の木が雨ざらしになっているのもかわいそうね。》わたしが振り返ると、マルティンの姿はありません。しばらくすると、かすかな声が聞こえてきました。《どう見ても、やみそうにないな。》そこで、その声のする方を見ましたが、椅子はからっぽでした。

火曜日の朝早く、一頭の雌牛が庭に入り込みました。蹄《ひづめ》を泥に埋め、頭を垂れて、言うことを聞かずに、頑固に居座っている姿は、粘土の山のようでした。午前中、小作人たちが棒で叩いたり、煉瓦を投げたりして、追い出そうとしたのですが、牛は泥の中に蹄を突っ込み、雨に濡れた大きな頭を垂れて、誰が何をしようが知らぬふうで、庭にいつづけます。小作人たちがなおも責めたてるのを見て、気が優しく辛抱強い質《たち》の父は牛をかばって言ったのです。《放っておきなさい。そのうち出ていくだろうから》

火曜日の夕方になると、雨はいっそう激しくなり、その音を聞いているとまるで心臓に穴を開けられるような痛みを感じました。降り始めの一日目の午前中にはひんやりと涼しかった空気も、湿気を帯びてべとべとと粘つくようでした。気温は高くも低くもなく、中程度だったのですが、それでも靴をはいていると足にはじっとりと汗がにじみ出てきます。肌を出した方がいいのか、それともシャツを着ていた方がいいのか、分からなくなるくらい不快な湿気でした。家中の誰もが無気力になってしまい、回廊に座っていましたが、初めの日のように雨を見る者はひとりもいませんでした。雨の降る音はもう耳に入らなくなっていました。わたしたちは、霧に包まれた木々のあたりをただ呆然と眺めているばかりです。見知らぬ人を夢にみて、目覚めたあとに口の中に残る味わいのような、悲しく辛い夕暮れの中に木々はそびえていました。わたしは、その日が火曜日だったことに気づき、サン・ヘロニモの双子の姉妹のことをふと思い出しました。盲目の姉妹は毎週わたしたちの家に来て、誰からも顧みられることのない哀調を帯びた天性の美声で、素朴で愁いを含んだ歌をうたって聞かせてくれるのです。雨音の向こうから盲目の姉妹の歌声が聞こえるような気がして、わたしは、家の中にうずくまって、雨があがり外に出て歌をうたう時が来るのを待っている、ふたりの姿を思い浮かべました。でもその日は、双子の姉妹はとても来られそうに思えませんでした。それに、いつも火曜日になると昼寝の時間の終わったころに軒先に来て、西洋山ハッカの枝を分けてくれと頼む女乞食も姿を現しそうにはありませんでした。

その日、わたしたちの食事の時間は大幅に狂っていました。義母が簡単なスープと古くなったパンを用意したのは、昼寝の時間だったのです。しかし実際のことを言えば、月曜日以来わたしたちは何も食べようとはしなくなっていたのです。そしてまたその時から、何も考えようとしなくなっていたのだと思います。わたしたちは雨のせいで麻酔をかけられたように麻痺して、ただおとなしく諦めて、自然の崩壊に身をゆだねていたのでした。その日の午後、身体を動かしたのは雌牛ぐらいのものでした。牛は突然はらわたを絞るようなうめき声をあげ、力いっぱい泥の中に蹄を突き立てました。それから死んでしまったように、半時間もじっとしていました。それでも、生きつづけなければならないという習性のおかげで、倒れこむまでにはいたらなかったようです。身体の力が尽きて習性が消えてなくなるまで、牛は雨に打たれながら同じ姿勢を保っていました。しかしやがて前脚を折り曲げ(瀕死の状態にありながら、なおも最後の力を振り絞って黒々と光る尻を後脚で支えていました)、よだれを垂らしながらぬかるみに頭を沈め、しばらくするとついに自分の身体の重みに耐えられなくなって倒れました。それは全的崩壊と呼びたくなるような、荘厳ささえ感じられる、ゆっくりと静かな儀式でした。《こんな所まで来てたのね》と背後で誰かが言いました。振り返ってみると、火曜日にいつも訪れるあの女乞食が玄関に立っています。彼女は西洋山ハッカをもらうために、豪雨の中を歩いてきたのでした。

水曜日にわたしが居間に入ったとき、壁ぎわにテーブルが寄せられていて、その上に家具が置いてあり、反対側には、トランクや家財道具を入れた箱を積み上げて一夜のうちに即席のバリケードが築かれているのを目にしなかったなら、大雨という異常現象にも慣れてしまっていたかも知れません。部屋の中の様子を見て、わたしは何もかもが空っぽになってしまうのではないかという恐怖を覚えました。夜の間に、何かが起こったのです。家中が大混乱に陥っていました。シャツも着ず、裸足《はだし》で、膝までズボンをたくし上げた小作人たちが、食堂の方へ家具を運んでいました。仕事の時と同様に忙しく動いている人々の表情には、雨を前にして虚《むな》しい戦いをつづける悲愴感や無力感のようなものが漂《ただよ》っていました。わたしはうろたえてあてもなくうろうろと動き回り、自分がまるで荒れ果てた牧場になってしまったように感じていました。水草や苔《こけ》、それにねばねばした液を出す白い茸《きのこ》に全身を覆われ、気持ちの悪い植物が生い茂る湿地で、闇に包まれているような気分でした。家具が山積みになった荒《すさ》んだ居間の内部を眺めていると、肺炎にかかるわよと言う義母の声が部屋から聞こえてきました。その時になって初めて、家が水に浸《つ》かっていることに気づいたのです。どろりと濁った水が踝《くるぶし》のあたりまで来ていて、家の床一面が覆われていました。

水曜日の正午になっても空は明るくなりません。午後三時近くになると、夜中のような異常な闇が早々とあたりを包み、中庭には無情な雨が緩慢で単調なリズムを刻みながら、降りつづけます。あまりにも早い陰鬱な夕暮れが滑り込むように迫り、自然の猛威を前にして力なくうちひしがれて、ただ黙って壁にもたれている小作人たちを包み込みました。外部からニュースが伝わるようになったのは、この頃からでした。それまでは、情報をもたらすものが何ひとつなかったのです。濁流に押されて、道路から時折流れて来るものといえば、家財道具が大半で、時々その中に災害の大きさを物語る残骸や動物の死体が混じっている程度でした。待望の季節の到来を告げる雨が降りはじめたのは日曜日でしたが、それがニュースのかたちをとってわたしたちのもとに届いたのは、ようやく二日後のことでした。そして水曜日になると、豪雨そのものに押し流されるように、大量のニュースが舞い込んできました。教会が水浸しになり、倒壊寸前だということも分かりました。見ず知らずの人が来て、《月曜日から、鉄橋のレールが水に流されて、汽車が不通になっているようだ》と教えてくれたこともありました。病気で寝ていた女性が行方不明になり、その後庭にぷかぷか浮かんでいるのが見つけられたという知らせも伝わりました。

驚異的な豪雨の話を聞かされ放心状態に陥ったわたしは、湿気のこもった暗闇の中で、脚を縮めてロッキングチェアーに座り、これからどうなるのかと漠然と考えていました。ランプを手に持ち、背筋をまっすぐに伸ばした義母が戸口に現れたのは、その時です。義母の姿は長年家に住みついた亡霊のように見えましたが、わたし自身もその超自然的な雰囲気を受け継いでいたので、たいして驚くことはありませんでした。義母はわたしに近づいてきました。手に持ったランプを高く掲げ、背筋を伸ばし、足元の水を蹴散らしながら《お祈りをしなければならないわ》と言いました。わたしは義母の顔を見ましたが、それはかさかさに乾いてひびだらけで、たった今墓穴から抜け出してきたような、とても人間のものとは思われない肌の色をしていました。義母はわたしの前に立ち、ロザリオを握りしめて繰り返しました。《お祈りをしなければならないわ。墓地が水浸しになって、死んだ人たちがかわいそうに水にぷかぷか浮かんでいるのよ》

その夜はしばらく眠ったと思うのですが、腐った肉のような鼻をつく臭いがして目が覚め、わたしは横でいびきをかいているマルティンを力いっぱい揺さぶり起こしました。《ねえ、変な臭いがしない?》とわたしが訊くと、《なんだい、今ごろ》と彼は答えました。《変な臭いがするのよ。死んだ人たちが道に流れて来ているにちがいないわ。》そんなふうに考えるとわたしは恐くてしかたがなかったのですが、マルティンは壁の方に寝返りをうって、眠そうなしわがれ声で言いました。《おまえの気のせいだよ。妊娠中の女はいろんなことが気になるんだ》

　木曜日の朝になると、臭いは気にならなくなりましたが、同時に距離の感覚もなくなっていました。前の日からおかしくなっていた時間の感覚もすっかり失われていきました。その日が木曜日だという実感もありませんでした。木曜だという事実はゼリーのようにもろく感じられ、手で一皮めくればたちまち金曜日になってしまいそうな気さえします。あたりには、男の人も女の人も見えません。義母も、父も、小作人たちも、皆ぶよぶよとした手ごたえのない身体になって、冬の湿地の中で動いていました。《どうなったか分かるまでは、ここを動くんじゃないぞ》と言い残す父の声は遠くから届くようで、かすかにしか感じられませんでした。それは耳で聞いたというより、唯一正常に働いていた触覚で感じたと言った方が正確かも知れません。

　しかし、父は時間の流れの中で行方不明になってしまい、もう戻って来ませんでした。そこで夜になると、わたしは義母に寝室までいっしょについて来てほしいと頼みました。そして、一晩中つづく静かで安らかな夢を見ました。次の日も、空気は前の日と同じで、色も、臭いも、温度もありませんでした。わたしは目が覚めるとすぐに椅子に座り、じっと身体を動かさずにいました。意識の一部が完全には目覚めていないような気がしたからです。汽車の汽笛が聞こえたのは、その時でした。長く悲しげに響く汽笛は、山の向こうから聞こえてきました。《雨のあがった所があるに違いないわ》と考えていると、それに応えるように背後から声が聞こえました。《どこだろう……》わたしは振り返って、《そこにいるのは誰？》と尋ねました。そこには義母が長く細い腕を壁の方に伸ばして、立っていました。《わたしですよ》と義母が言いました。《今の音、聞こえた？》とわたしは尋ねました。彼女は聞こえたと答え、近くで雨のやんだ所があり、線路も修繕されたのだろうとつけ加えました。それから義母は湯気が立っている朝食の盆を渡してくれました。スープからはニンニクのソースと溶けたバターの香りがしています。わたしはまごついて、何時頃かと尋ねました。義母は諦めきった声で答えてくれました。《二時半頃のはずよ。何しろ汽車の時間は正確だから》そこでわたしは《二時半ですって！　どうしてこんなに眠ったのかしら》と言いました。すると義母は、《それほど眠ってはいないわよ。せいぜい三時間ほどかしら》と答えました。わたしは体が震えてしまい、手からスープの皿が滑り落ちてしまいました。《金曜日の二時半……》とわたしが呟《つぶや》くと、義母は妙に落ち着いた調子で告げました、《木曜日の二時半よ。今は木曜の二時半ですからね》。

わたしは自分がどれくらいの時間、感覚が麻痺して夢遊病の状態にあったのか、思い出すことができません。ただひとつ憶えているのは、果てしなく長い時間が過ぎた頃に、隣の部屋からの声を聞いたということだけです。《もうベッドをそちらに寄せてもいいぞ》と、その声は言っていました。疲れきった声でしたが、病人というわけではなく、少なくとも回復期の人のもののようでした。そのあと、水中の煉瓦のこすれる音が聞こえました。わたしは身体を硬くしていましたが、やがて横になっていることに気づきました。その時わたしは巨大な穴がぽっかりと開いたように感じたのです。家全体が激しく震えて、深い沈黙の中に沈んだかのようでした。信じられないことでしたが、すべてのものの動きが止まってしまったのです。心臓が突然冷たい石ころに変わってしまったのを感じました。《わたしは死んでしまったのね。神様、わたしは死んだのですね》と呟きました。わたしはベッドから跳び起きて、《アダ、アダ！》と叫びました。すると横に寝ていたマルティンが、《大声をあげても、聞こえはしないさ。みんなは外にいるんだから》と、そっけなく言いました。その時はじめて、雨がやんでいることに気づきました。静寂がわたしたちの周りを包んでいたのです。その静けさは神秘に満ちた深い幸福感をもたらし、死そのものと形容したくなるような完璧な状態でわたしを包み込みました。やがて、廊下の方から足音が聞こえてきます。明るい生き生きとした声も聞こえます。そして、涼しい風がドアを揺さぶり、錠前の金具をきしませたその瞬間、熟した果物のような固い物体が、中庭の池に落ちていきました。空中で何かが、目に見えない人物が現れたことを告げたのです。その人は薄闇の中で微笑《ほほえ》んでいました。時間の流れが混乱したことに当惑したわたしは、思わず呟きました。《神様、この前の日曜日のミサに出ろと言われても、驚いたりはいたしません》

注解

二〇　**ヘリオトロープ**　ペルー原産、ムラサキ科の常緑小低木。赤紫色の合弁花をふさ状につけ、芳香があり、香水の原料とされる。

二七　**チェコスロヴァキア**　中欧の内陸国チェコとスロヴァキアの二国が、一九一八—三九年、四五—九三年に形成していた共和国。チェコ人、スロヴァキア人ともに西スラブ系の民族。

三八　**カノコソウ**　オミナエシ科の多年生草本。根を乾燥させ、鎮痙剤として用いる。

四三　**ホルムアルデヒド**　アルデヒドは、アルコールを酸化して得られる無色で刺激臭のある揮発性の液体。ホルムアルデヒドはメチルアルコールから生成し、さらに酸化を受けると蟻酸となる。ホルムは蟻の意。水溶液（ホルマリン）は防腐、殺菌、消毒などに用いる。

五〇　**イサクとリベカ**　イサクは旧約聖書に登場するイスラエル民族の族長。アブラハムの子で、ヤコブの父。リベカはイサクの妻。

五〇　**ヤコブ**　前項イサクとリベカの次男。双子の兄エサウをだしぬき、イスラエル十二支族の祖先となる。

五二　**アルブミンと漿液**　アルブミンは細胞や体液中にある水溶性の単純蛋白質。漿液は体腔の内面や内臓の表面を覆う膜を浸している透明な液。

八八　**ワセリン**　石油を真空で蒸留した際の残り滓を精製して得る潤滑剤。

一二九　**ウルリッツァー**　ジュークボックスの機種名。

一三一　**一時間も、だらだら……**　コロンビアのカリブ海沿岸地域には、夜間にイシチドリの鳴き声を真似ると目をつぶされる、という俗信がある。

一三九　**独立戦争**　一七一七年以来スペイン副王領だったコロンビアは、一八一九年、ベネズエラ出身の南米独立の指導者ボリーバル率いる解放軍と地元革命軍が連合してスペイン軍を破り、大コロンビア共和国の一部として独立を果した。

一三九 **カルロス三世**　ナポリ国王（在位一七三五―五九）、次いでスペイン国王（在位一七五九―八八）。啓蒙専制君主としてスペインの近代化を目指した（一七一六―八八）。

一三九 **サン・イルデフォンソ**　スペイン中部、セゴービア州南部のグァダラマ山脈北西麓、標高一二〇〇メートルに位置する観光地。

一四四 **一八八五年に起きた戦争**　独立以後のコロンビアでは、中央集権制を主張する保守党と連邦主義の自由党が激しく対立、一八八五年には、当時野に下っていた自由党が反乱を起したが鎮圧され、翌年、連邦制を廃止して、現在のコロンビア共和国となった。

一四四 **サージ**　綾目が四五度の角度に表れる梳毛《そもう》織物。

一四六 **レンテッハ豆**　マメ科の一年草。南欧、地中海沿岸産。種子は凸レンズ状で扁平。レンズ豆。

一五二 **さまよえるユダヤ人**　中世伝説で、十字架を負って刑場に赴く途次のキリストをののしり打擲《ちようちやく》したために、永久に世界を放浪するように運命づけられたとされるユダヤ人。

一五三 **終油の秘蹟**　カトリックで、臨終間際の信徒の目、鼻、口、耳、手、腰、足に香油を塗って神の聖寵を与える儀式。

一五六 **はたんきょう**　アーモンドの別名。巴旦杏。

一五九 **さんかのごい**　サギ科の大形の鳥。全長約七〇センチメートル。湿地に棲み、主に夜間に活動。山家の五位。

一六五 **マンティーリャ**　絹、レースで出来た大判の婦人用肩掛け。

一七六 **フラシ天**　毛足の長いビロード。プラッシュ。

一七八 **アダ**　女性の名アデライダの愛称。

一九四 **グアヒーラ**　コロンビア北部の州。ラ・グアヒーラ。州都はリオアチャ。

二〇三 **尋**　広の意で、左右にのばした両手の指先から指先までの長さ。水深や縄、釣り糸の長さを計る単位に用いられ、一尋は六尺、約一・八一八メートル。

二〇八 **ロカイ**　ユリ科の常緑多年草。アロエ。剣状の葉肉が多量に含有する苦い液は、さまざまな民間療法に利用される。俗称イシャイラズ。

二三〇 **サン・ヘロニモ**　メキシコ南東部、オアハカ州南東の農産物集散地シウダー・イステペックの旧称。サン・ヘロニモ・イステペック。

二三七　**レメディオス**　女性の名。愛称がメメ。

二三七　**鳩目**　靴やとじ紙などの、紐を通す部分の補強用に打ちつける穴のあいた金具。

二三九　**メリッサ**　シソ科の多年草。地中を水平に匐《は》う枝を有し、香味料、消化促進剤に用いる。西洋山ハッカ。

二四四　**マンネンロウ**　地中海沿岸原産のシソ科の低木ローズマリーの和名。葉をハーブとして利用。

二七九　**オーガンジー**　薄手の張りのある綿布。

二八五　**マルボローの公爵**　ジョン・チャーチル・マールバラ。英国の将軍、初代公爵（一六五〇―一七二二）。

二九〇　**パンヤ**　東南アジア原産で、熱帯地方に分布する落葉高木。高さ約三〇メートルにもなり、種子から綿毛を得る。

解説

大西亮

本書に収められた短篇集『青い犬の目』（一九七四）と長篇小説『落葉』（一九五五）は、いずれもガルシア゠マルケスの初期作品として知られているものである。そこにはすでに、彼の小説におなじみのテーマが随所に鏤《ちりば》められており、ガルシア゠マルケスの創作を全体として見渡す場合、見逃すことのできない重要な位置を占めていることは明らかである。とりわけ『落葉』は、〈マコンドもの〉と称される一連の作品の出発点に位置する記念碑的な小説であり、やがて『百年の孤独』に結実することになる死や孤独といったテーマを中心に据えている。発表されたのは一九五五年だが、すでにその七年前、二十一歳のときに書きはじめられており、マコンドに寄せる作者の思いが、その初期の段階から彼の創作を方向づけていたことを示している。

ガルシア゠マルケスの作品にほぼ一貫した舞台を提供しているマコンドについてはのちに触れることにして、まずはこの作品が刊行されるにいたった経緯を含め、彼の足跡を簡単に振り返っておこう。

一九二七年、コロンビアのカリブ海沿岸の寒村アラカタカで生まれたガブリエル・ホセ・ガルシア＝マルケスは、母方の祖父母のもとで幼少期を過ごしたのち、バランキリャ、シパキラで中学、高校生活を送る。一九四七年、ボゴタ大学法学部へ入学した彼は、周囲の不安や心配をよそに、もっぱら古今東西の文学作品を読みあさる日々を送っていた。ところが一九四八年、首都ボゴタを震撼させた〈ボゴタ事件〉のあおりを受けて大学は一時閉鎖され、ガルシア＝マルケスは大学を中退するとカルタヘナへ赴く。カルタヘナ大学法学部へ編入すると同時に『エル・ウニベルサル』紙のコラム担当記者の仕事にありついた彼は、余暇を利用して短篇小説を書きはじめる。やがてバランキリャへ移り住み、『エル・エラルド』紙の編集に携わりながら糊口をしのいでいたが、新聞社での仕事を深夜に終えると、誰もいなくなった編集室にただひとり残り、明け方までタイプライターをたたく毎日を送った。のちに『落葉』というタイトルで出版されることになる長篇小説がこうして誕生したのであるが、この作品の成立には二つの出来事が大きくかかわっていた。

ひとつは、当時のガルシア＝マルケスの交友関係である。のちにバランキリャ・グループと称される文学仲間との交流は、ガルシア＝マルケスがつねに懐旧の念とともに思い返す忘れがたい青春時代のひとこまである。どんちゃん騒ぎをこよなく愛する破天荒な文学かぶれの無頼漢が集まるこのグループは、作家やジャーナリスト、画家や教師たちによって形成されていたが、当時のコロンビアにおいてもっとも進取の気性に富み、世界文学の動向にも通じていた。ガルシア＝マルケスは彼らとの交流を通じて、ドス・パソスやヘミングウェイ、そしてフォークナーやヴァージニア・ウルフを発見するのである。とりわけフォークナーとの出合いは、『落葉』を執筆する際に大きな影響を与えた。

当時のガルシア＝マルケスは、大勢の娼婦が利用する場末の安宿に仮住まいしていた。宿代が払えなくなると、書きかけの『落葉』の原稿を抵当代わりに宿の主人に差しだした。『エル・エラルド』紙の仕事から得られるわずかな収入は、絶え間ない窮乏を補うにはあまりにも微々たるものであった。しかし、さまざまな刺激に満ちあふれたバランキリャでの生活は、人生そのものの魅力を彼の前に開示することになる。いかがわしい酒場やバーが軒を連ねる〈犯罪通り〉での思い出。〈ラ・クエバ（洞穴）〉という名の酒場では、漁師たちと酒を酌み交わし、仲間たちと夜を徹して文学談義を繰り広げた。若者たちの猥雑なエネルギーが充満するこのような生活空間のなかから『落葉』は生まれたのである。

もうひとつの出来事は、母とともに生まれ故郷アラカタカを再訪したことである。祖父母の家を売り払うため十三年ぶりにアラカタカの土を踏んだガルシア＝マルケスは、さびれはてた村の様子を目にしてある種の感慨に打たれた。かつての村の賑わいはすっかり影をひそめ、荒廃の色を漂わせた家並みは昔と変わらぬ暑熱にどんよりと覆われている。蜃気楼のように浮かぶその町は、このとき一個の文学的テーマとして彼の前に立ち現れた。こうして、アラカタカ再生＝マコンド創造のための文学的模索がはじまるのである。バランキリャ・グループとの交流をめぐる先のエピソードが、外向きに発散されるエネルギーのなかから『落葉』が生みだされた背景を物語っているとすれば、母と一緒のアラカタカ再訪のエピソードは、自身のルーツへの沈潜を通じたアラカタカ再生＝マコンド創造の舞台裏を明かすものといえるだろう。このとき、アラカタカを眺めるガルシア＝マルケスの意識には、アメリカ深南部《ディープ・サウス》の頽廃と暑熱を描いたフォークナーの作品世界が自然に想起されていたにちがいない。ガルシア＝マルケス自身述べているように、架空の町ヨクナパトーファ郡ジェファソンを支配する荒涼としたアメリカ南部の雰囲気は、アメリカ資本のユナイテッド・フルーツ社によって繁栄の土台が築かれたといっても過言ではないアラカタカの打ち棄てられた様子と多くの点で似通っていたのである。

現代ラテンアメリカ文学には、架空の村や町を舞台とした作品がいくつか存在する。よく知られているものとしては、メキシコの作家フアン・ルルフォの代表作『ペドロ・パラモ』の舞台であるコマラや、ウルグアイの作家フアン・カルロス・オネッティの諸作品に登場するサンタ・マリアなどが思い浮かぶが、それらはいずれも、ラテンアメリカの現実に依拠しながら虚構の小説空間を構築する作家の想像力が生みだしたものといってよい。『落葉』、『ママ・グランデの葬儀』（一九六二）、『百年の孤独』（一九六七）とつづくガルシア＝マルケスの一連の作品に一貫した舞台を提供しているマコンドもむろん例外ではない。ちなみにマコンドという名称は、ペルーの作家マリオ・バルガス＝リョサとの対談のなかでガルシア＝マルケス自身明らかにしているように、アラカタカの祖父母の家の近くにあったバナナ農園の名前からとられたものである。

『落葉』に描かれたマコンドの最初の住民は、十九世紀末にコロンビア全土で繰り広げられた〈千日戦争〉と呼ばれる内戦の惨禍を逃れ、遍歴の末に流れ着いた者たちである。二十世紀初頭に〈千日戦争〉が終結すると、マコンドにはアメリカ資本を中心とする多国籍企業ユナイテッド・フルーツ社が進出する。バナナ・ブームによる繁栄と享楽の時代を迎えたマコンドには、その余沢にあずかろうと大勢のよそ者たちが集まってくる。素性の知れない男たちや身を持ち崩した女たちからなるそれら有象無象の集団は、いわば、バナナ熱による束の間の繁栄に引き寄せられてマコンドに吹き寄せた〈落葉〉にほかならなかった。

　マコンドの繁栄は一九一〇年代にその頂点を迎えるが、バナナ会社の撤退とともにやがて衰退の道を歩みはじめる。怠惰や無気力、失望が支配し、かつての栄華の記憶をむなしく反芻する荒廃した町のイメージは、ガルシア＝マルケスの一連の作品において、旱魃や洪水の襲来といった自然現象のみならず、疫病の蔓延や人心の荒廃、中傷ビラの出現といったさまざまなメタファーを通じて具体化される。蒸し暑く淀んだ空気に覆われたマコンドは、同時に、終末の予感を宿した奇妙な切迫感に包み込まれている。


　物語の随所に配された日付をみればわかるように、『落葉』の背景となっているのは、一九〇三年から一九二八年にいたるまでのマコンドの歴史である。一九二八年といえば、作者ガルシア＝マルケス誕生の翌年であり、彼はいわば自己の出生に先立つ前史的な物語として『落葉』を構想し、そのなかに草創から隆盛、衰亡にいたるマコンドの全歴史を圧縮したのである。

　物語は、三人の登場人物――大佐、大佐の娘イサベル、イサベルの息子「ぼく」――の独白によって進められる。彼らの語りを通して、三世代に亘る一族の歴史のみならず、マコンドの歴史そのものが浮かびあがる仕掛けになっている。そして、その中心には、棺に納められた一体の死体が置かれている。三人の語り手は、この棺を取り囲みながら、一族の過去をめぐる物語をそれぞれの視点から紡いでいくのである。この、死を中心点として同心円状に積み重ねられていく過去の物語こそ、『落葉』の基本的な構図をなすものであり、中心点に位置する「博士《ドクター》」の死に、マコンドの死――最終的な崩壊の予感――が重ね合わされていることは明らかであろう。内戦を逃れた大佐とその妻によるマコンド定住のいきさつからバナナ会社の進出による町の繁栄へと語り進められてきた物語は、バナナ会社の撤退による町の荒廃を物語る段階にいたって、マコンド衰滅の結末を予示するかたちで幕を閉じるのである。「博士」に対する中傷ビラや住民のあいだに広がる憎悪、盗賊の跳梁や死体が放つ腐臭など、崩壊の予兆を奏でる通奏低音が物語の背景に一貫して流れていることも見逃せない。

物語の中心に位置する「博士」の人物像には、孤独の影が終始つきまとっている。素性の知れない謎の人物として登場するこの男は、大佐の家に身を寄せながら医師として暮らしを立てはじめるが、それも長つづきせず、やがて自室に引きこもりがちの生活を送るようになる。治療行為を拒否したことによる村人の反感は、メメを孕ませたうえで堕胎を促すという、村人のモラルを逆なでするような行為によってさらに助長され、「博士」をさらなる孤独へ追いやる。自殺による死を遂げてからも、教会地での埋葬を断られ、棺のなかで行き場を失ったまま死後の孤独を強いられる。

このように、語り手たちがそれぞれの視点から紡ぎだしていく一族の物語は、さまざまな思い出が交錯するなかで重層的な厚みを増しつつ、最終的に死と孤独のイメージへ収斂していく。そこにマコンドを包み込む孤独が重ね合わされていることはいうまでもない。バナナ会社の撤退と同時に、かつてマコンドに蝟集していた無数の〈落葉〉たちは行方をくらまし、閑散とした町の通りには荒廃の気配が漂っているばかりである。私たちはそこに、作者自身が再発見した故郷アラカタカのイメージが揺曳していることを知る。

『落葉』、『ママ・グランデの葬儀』、『百年の孤独』とつづく一連の〈マコンドもの〉に共通してみられるのは、人間の内面と周囲の環境世界のあいだに見出されるある種の照応関係である。ガルシア＝マルケスの作品にはよく、暑熱や湿気、長雨や洪水、旱魃といった気候条件や自然現象が重要な背景として描かれるが、それらは決して、単なる〈書き割り〉として存在するのではない。そこには必ずといっていいほど、人間の内面が色濃く反映されている。気候条件や自然現象ばかりではない。中傷ビラや死体が放つ腐臭、疫病の流行なども、マコンドの住民の心理を映しだすシンボリックな事象として理解することができる。周囲の環境世界が登場人物たちの内面を決定づけている、というよりもむしろ、登場人物の内面のありようが周囲の環境世界をさまざまな色に染めあげている、といったほうがいいかもしれない。とりわけ『落葉』の場合、殺伐とした雰囲気を漂わせるマコンドのイメージは、そこに住む住民の心情と無縁ではない。怨恨や嫉妬、不信といった感情が熱気のように滞留する町、それこそ、崩壊の予感にうち震えるマコンドの姿にほかならない。マコンドはいわば、鬱屈した感情に閉ざされた住民たちの内面世界から眺められた心象風景でもあるのである。

その意味で、ガルシア＝マルケスがダニエル・デフォーの『疫病流行記』やカミュの『ペスト』を高く評価していたことは注目に値する。既成の価値観や道徳の崩壊をもたらす悪を象徴するものとしてのペストは、ガルシア＝マルケスの作品にもしばしば登場する疫病の流行と等価のものとして位置づけられるだろう。あるインタビューのなかで彼は、自身の作品に登場する中傷ビラについて、それが共同体の秩序を揺るがす害悪の象徴である点で、一種の疫病にほかならないと語っている。ガルシア＝マルケスの言葉を敷衍するならば、『百年の孤独』に登場するアウレリャノ・ブエンディア大佐の三十二度の内戦をめぐるエピソードも、コロンビアを恒常的に蝕んできた政治的暴力の連鎖を、ある種の疫病として描きだしたものといえるかもしれない。また、『百年の孤独』のタイトルが示唆するのも、マコンドに蔓延する孤独という名の悪疫といえよう。

『落葉』の舞台となっているマコンドが、ガルシア＝マルケスの生まれ故郷アラカタカをモデルにした架空の町であることはすでに述べたが、この作品には、幼少期の作者の思い出が随所に刻み込まれている。第一に、大佐の人物像があげられる。『落葉』に登場する大佐は、素性の知れない「博士」を一家に迎え入れて世話をする寛大な人物として描かれている。この大佐がガルシア＝マルケスの母方の祖父をモデルにしていること、そして、幼少期の作者の面影が語り手の「ぼく」に重ね合わされていることは、ガルシア＝マルケス自身認めているところである。

ガルシア＝マルケスの祖父ニコラス・リカルド・マルケス・メヒーアは、かつて〈千日戦争〉に参加したことのある自由派の退役軍人で、とりわけ凄惨な戦いが繰り広げられた沿岸地方の戦場で目覚ましい軍功を上げたことから大佐の称号を与えられた。鷹揚かつ豪放磊落な人物であった祖父について、ガルシア＝マルケスは多くの思い出を語っている。祖父はよく、ガブリエル少年を連れて、ジプシーや空中ブランコ乗り、ヒトコブラクダなどを見物するために村のサーカス小屋へ出かけていった。あるときは、バナナ会社の敷地まで少年を連れていくと、凍った魚の入った箱を開けさせ、まだ氷というものを見たことのない少年を驚かせたという。こうした思い出は、『百年の孤独』のサーカスの場面や氷の神秘をめぐるエピソードなどに生かされている。

ある日、書斎の窓から一頭の美しい白馬を眺めていた祖父は、突然左目に異常を感じると、そのまま視力を失ってしまったという。この身体的欠陥は、『落葉』に登場する大佐の片足の不具として、デフォルメされたかたちで再現されている。また、ガブリエル少年が祖父母と暮らした屋敷は、『落葉』のなかでもほぼ忠実に再現されている。

どっしりとした存在感でガブリエル少年をやさしく包み込んでくれた祖父とは対照的に、祖母のトランキリーナ・イグアラン・コテスは、少年にとってつねに畏怖すべき存在だった。死者と対話し、屋敷の寝室から漏れてくる死者の息づかいや溜め息、すすり泣きを耳にしていた祖母は、夜になるとガブリエル少年を椅子に座らせ、あたりを徘徊する死者の霊や奇妙な虫の知らせ、さまざまな昔話や伝説などを語り聞かせては、少年を怖がらせた。祖母の語る蠱惑《こわく》に満ちた妖異の世界は、少年の感性に消しがたい痕跡を残したであろうことは想像に難くない。のちに『百年の孤独』を執筆する際、ガルシア＝マルケスが祖母の語り口からヒントを得たことはよく知られている。信じがたい出来事をあたかもごく普通の日常的な出来事であるかのように、まったく表情を変えることなく冷静沈着に語る祖母の語りこそ、後年のガルシア＝マルケスがたどりついた独特の語りの原点だったのである。

ガルシア＝マルケスは、現実離れした出来事に真実性を与えるこうした語りの手法を、カフカの『変身』にも見出している。「ある朝、グレーゴル・ザムザがなにか気がかりな夢から目をさますと、自分が寝床の中で一匹の巨大な虫に変っているのを発見した」という有名な一節ではじまるこの小説は、非現実的な出来事をそのまま受け入れることを読者に促す奇妙な説得力に富んでいる。その秘密が、語りそのものが有するある種の流儀に求められることはいうまでもない。

ガルシア＝マルケスが幼少期を過ごした屋敷には、祖母のほかにも、空想のなかに生きているかのような奇態な言動を繰り返す女性が何人も暮らしていた。そのなかのひとりであるガルシア＝マルケスの伯母は、ある日、台所の椅子に腰を下ろすと、自分のための経帷子《きょうかたびら》を織りはじめた。不思議そうに眺めるガブリエル少年に、彼女は、自分がもうすぐ死ぬことを告げた。その言葉どおり、経帷子が完成すると、彼女はベッドに横たわり、そのまま息をひきとったという。

こうした不可思議な出来事は、『落葉』のなかにもしばしば登場する。「ぼく」が経験する亡霊との交流や、幽霊とのハネムーンで妊娠した床屋の娘、あるいは草を食べる「博士」のエピソードなどはすべて、ガブリエル少年が日常的に親しんでいた超現実的な世界の延長線上に位置するものなのである。

ガルシア＝マルケスは、みずからの小説作法について、自分の知らないことを書くのではなく、すでに少年時代に見聞きしたことを書くだけだと語っている。また、あるインタビューのなかで、「現実に根ざさない言葉は私の小説には一行もない」とも断じている。ガルシア＝マルケスの言葉は、のちに魔術的リアリズムの名で喧伝されることになる彼の作品の本質を考えるうえで見逃せない。ガルシア＝マルケスはかつて、自身の作品の魔術的な側面のみが注目され、それに着想を与えている現実世界のほうが等閑に付されていることに不満を表明したことがあったが、彼にいわせると、ラテンアメリカの現実そのものがすでに魔術的な驚異に満ちあふれており、限りなく荒唐無稽な想像世界に似ているのである。作家に課せられた仕事は、そうした現実を素材としながら、想像力の働きによって文学的加工を施すこと、ガルシア＝マルケスの言葉を借りれば、〈現実の詩的変容〉を行うことである。それは決して、現実の裏づけのないところに絵空事の世界を打ち立てることを意味しない。

現実世界に裏打ちされたガルシア＝マルケスの作品をみていく際に見逃せない点がもうひとつある。それは、彼の作品を支えるジャーナリズム的要素である。つとに指摘されているように、ガルシア＝マルケスの小説には、日付や曜日、時間をはじめ、細部の数値的データへの周到な配慮がめぐらされているものが多い。こうした特徴は、『落葉』はもちろん、とりわけ『百年の孤独』や『族長の秋』（一九七五）、『予告された殺人の記録』（一九八一）といった作品に著しい。三十二度の内戦に参加した大佐のエピソードや、三千人もの死者を出した広場での虐殺、死体を満載した二百両の貨物列車、ウルスラのベッドから半径百二十二メートル以内に埋められている七千二百十四枚の金貨、あるいは、一杯のチョコレートを飲んだニカノル・レイナ神父の体が地面から十二センチ浮揚する場面など、細部の描写を通じて出来事に独自の現実性を与える手法が頻繁に用いられている。ガルシア＝マルケスは、それがジャーナリズム的手法であることを認めながら、ジャーナリズムはつねに現実との接触を保ってくれる有効な手段であると述べている。

細部への執拗な目配りに支えられたガルシア＝マルケスの語りの本質は、例えば「象が空を飛んでいるといっても、ひとは信じてくれないだろう。しかし、四千二百五十七頭の象が空を飛んでいるといえば、信じてもらえるかもしれない」といった彼の言葉にも端的に示されている。そうした考え方からすれば、大佐が参加した内戦はやはり三十二度でなければならず、ニカノル神父の体が浮かびあがるのはどうしても地面から十二センチでなければならないということになるのかもしれない。

ジャーナリズムの手法によって物語に信憑性を与えるといっても、ガルシア＝マルケスはむろん、事実の克明な描写のみをめざしているわけではない。現実世界を足がかりにしながら、そこに誇張や歪曲といった操作を施すことによってはじめて、作品はフィクションとしての広がりと奥行きを獲得し、想像力に満ちた独自の世界をかたちづくる。誇張された数値を科学的厳密さの衣にくるんで差しだすことで、語られている出来事は現実の地平を離れ、ある種の非現実性を獲得する。現実と非現実の溶融にもとづくこのような語りこそ、ガルシア＝マルケスの魔術的リアリズムを根底から支えるものなのだ。

一九四八年末にカルタヘナで書きはじめられた『落葉』は、バランキリャで数度の書きなおしを経たのち、出版されるまでにほぼ七年近くの歳月を要している。ガルシア＝マルケスははじめ、アルゼンチンのロサーダ社へ原稿を送るが、すげなく出版を断られている。ロサーダ社からの断りの返事には、スペイン人批評家ギリェルモ・デ・トーレからの手紙が同封されていた。作家としての道をあきらめ、別の方面で活躍することを丁重に勧める文面には、申し訳程度に、作品にあふれる詩的感性を褒め称える文句が添えられていたという。

やがて、ボゴタの『エル・エスペクタドル』紙で働きはじめたガルシア＝マルケスは、出版社をみつけるための奔走をつづけるが、どこからも色よい返事はもらえなかった。そして一九五五年、ついにボゴタのある出版社から初版一千部が刊行されることになった。このときのエピソードが興味深い。

無名の出版社から刊行された『落葉』を売りさばくため、ガルシア＝マルケスは知り合いの本屋に片っ端から声をかけては、本を買い取ってくれるように頼み込んだという。ようやく半分ほどの処分が完了したとき、残りの在庫を売り払うために出版社はある奇策を案じた。ガルシア＝マルケスの友人で、同じ出版社から新作を発表したばかりの作家に、その作品の印税として『落葉』五百部を提供したのである。不幸にも大量の在庫を抱え込むことになったその作家は、みずから『落葉』を売りさばくために東奔西走するはめに陥り、数年かかってようやく印税分の金額を回収することができたという。

こうした経緯を経て世に送られた『落葉』は、コロンビアの批評界からおおむね高い評価をもって迎えられた。といっても、ガルシア＝マルケスの人脈がそこでも一定の効力を発揮したことを忘れてはならない。知り合いの作家たちによる好意的な書評が複数の新聞に掲載され、バランキリャ・グループによる大々的な宣伝も功を奏してか、四年後の一九五九年には別の出版社から再刊されている。このときは、当時としては破格の一万部が印刷された。

右のエピソードからは、デビューしたばかりの新進作家を仲間たちでもりたてていこうとするほほえましい舞台裏の様子が伝わってくるが、そこにはもちろん、作家としてのガルシア＝マルケスの才分を見極めるだけの眼識が働いていたことは間違いない。才能と環境の幸運な結びつきが、ガルシア＝マルケスの作家としての船出を後押ししたのである。

すでに述べたように、『落葉』は、作家として身を立てることを決意する前のガルシア＝マルケスが、新聞記者の仕事の傍らに書いた作品である。小説を書くことはもう二度とないだろうという切迫した思いにせきたてられるように、彼は明け方までひたすらレミントン社製タイプライターをたたきつづけたという。あふれでる想念に導かれるまま一気呵成に書き進められたこの作品には、いわば二十代の若者の沸きたつ情熱が存分に注ぎ込まれているのである。そのためか、

『落葉』はどちらかというと饒舌な文体を特徴としている。のちに発表された『大佐に手紙は来ない』（一九六一）が九度（一説によると十一度）の推敲の末、無駄のない構成と切り詰められた文体によって仕あげられているのとは対照的である。

ガルシア＝マルケスは、『落葉』を執筆するにあたって、フォークナーとヴァージニア・ウルフの作品、とりわけフォークナーの『死の床に横たわりて』とウルフの『ダロウェイ夫人』が大きな示唆を与えてくれたと語っている。それぞれの作家が駆使する内的独白と〈意識の流れ〉の手法に触発されて『落葉』を書きあげたというガルシア＝マルケスだが、彼は後年、若書きの作品である『落葉』が多くの点で手法上の未熟さを免れていないことを認めている。『落葉』はたしかに、複数の人物による独白というスタイルで書かれてはいるが、それらは相互に独立した複数の独白というよりも、むしろ、ただ一人の人物による複合的独白、あるいは、複数の人物による単一の独白といった趣を呈している。ガルシア＝マルケスもこの点を認めたうえで、内的独白の技巧を自在に操れるようになったのは『族長の秋』がはじめてであると述懐している。複数の独白がポリフォニックに交響する『族長の秋』のめくるめく小説世界にたどりつくまでに、さらに二十年の歳月を要したということである。

ともあれ、あふれる情熱が注ぎ込まれたこの作品によって、ガルシア＝マルケスは、自分が作家を志していることを明確に意識するようになる。手法上の欠点や未熟さにもかかわらず、『落葉』は、彼自身の生と密接に結びついた記念すべき処女長篇となったのである。以後、ガルシア＝マルケスにとって、書くことと生きることはほぼ同義の営みとなった。

『落葉』以前のガルシア＝マルケスの試行錯誤の過程を伝えるのが、本書に収められた短篇作品である。彼がボゴタ大学に在籍していた一九四七年から『落葉』初版が刊行される一九五五年までのあいだに発表されたこれらの作品は、文字どおり、作家ガブリエル・ガルシア＝マルケス誕生に先立つ前史的な作品群と呼ぶことができるものである。「土曜日の次の日」を除くすべての作品は、後年、『青い犬の目』というタイトルの短篇集にまとめられた。

「ただ単に頭で作った作品」、「文学的思いつき」、「頭の体操であり修辞の練習」だったと後年のガルシア＝マルケスが回想しているこれらの作品は、文学と人生の一致にもとづく小説作法を体得する前の彼が、さまざまな手法上の実験を試みるなかから生みだしていったものである。彼自身語っているように、作品の多くは、その時々の読書体験を通じて得られた文学的発見に導かれて執筆された。以下、いくつかの作品について簡単に解説を加えておこう。

最初に書かれた「三度目の諦め」は、カフカの『変身』との衝撃的な出合いから生まれた。当時、ボゴタ大学に在籍していたガルシア＝マルケスは、ある日、友人から借りた『変身』を下宿に持ち帰ると、そのままベッドに横たわり、さっそくページをめくりはじめた。書き出しの一行を目にしたときの驚きを、ガルシア＝マルケスは「ベッドから転げ落ちそうになるほどの衝撃」と振り返っている。このとき彼は、文学が有する無限の可能性に目を見開かされた。つまり、事実の単なる描写ではなく、詩的イメージによる現実の変容こそ文学に生命を吹き込む手法にほかならないことに気づいたのである。読後の興奮も冷めやらぬまま机に向かった彼は、一気にこの作品を書きあげたという。弱冠二十歳の大学生の手になるこの作品は、『エル・エスペクタドル』紙の文芸付録（一九四七年九月十三日発行）に掲載され、一部の批評家から高い評価を得た。生と死の共存や孤独といったテーマには、幼少期のガルシア＝マルケスが親しんだ死者との交流の世界の記憶がにじみでている。

つづいて「エバは猫の中に」が『エル・エスペクタドル』紙の文芸付録（一九四七年十月二十五日発行）に掲載された。主人公エバの転生願望を幻想的なタッチで浮かびあがらせたこの作品は、当時のあるコロンビアの有力作家のコラムにとりあげられ、コロンビア文学に新風を吹き込む気鋭の作家の誕生を祝福する文章がつづられた。

「六時に来た女」、「イシチドリの夜」、「誰かが薔薇を荒らす」の三篇は、一九五〇年に雑誌『クロニカ』に発表された作品である。バランキリャ・グループがおもな活躍の舞台とした『クロニカ』は、ガルシア＝マルケス自身が編集に携わったことでも知られ、スポーツと文学というおよそ相容れない二つの要素を折衷した大衆向けの読み物だった。当時コロンビアで盛りあがりをみせていたサッカー人気にあやかって、より多くの読者層を獲得しようとする商業的な思惑が雑誌の編集方針に反映されていたことは間違いないが、それは結果的に、アカデミズムの桎梏《しっこく》から文学を解き放つことを至上命題とするグループの精神とも合致するものだった。しかし、そのような編集方針もやがて綻びをみせはじめ、十四カ月目に廃刊の憂き目をみている。

これら三篇については、ジャーナリズムの手法やヘミングウェイ、あるいはカポーティの作品の影響が指摘されている。とりわけ「六時に来た女」は、ガルシア＝マルケス自身、「ガブリエル・ガルシア＝マルケスの作品というより、ヘミングウェイの作品といった趣がある」と述べているように、テンポよく運ばれる会話のリズムや事実の直截的な描写の積み重ねによって、切れ味の鋭いヘミングウェイの「殺し屋」を彷彿させる作品となっている。「六時に来た女」にみられる簡潔な語り口は、やがて『大佐に手紙は来ない』、『悪い時』（一九六二）、『予告された殺人の記録』といった作品にも引き継がれ、『落葉』から『百年の孤独』、『族長の秋』へとつづくバロック的な文体の作品とは異なる系譜をかたちづくっている。

「マコンドに降る雨を見たイサベルの独白」は、もともと『落葉』の一章をなすエピソードとして構想されたものだが、友人の説得により『落葉』から削除され、独立したかたちで一九五二年に『エル・エラルド』紙に掲載された。もっとも、このときは「雨期」というタイトルで発表され、現在のタイトルで世に知られるようになるのは、友人が主宰する雑誌『神話』に掲載された一九五五年以降のことである。『落葉』にも登場するイサベルのモノローグという体裁をとったこの作品は、また、メキシコの作家カルロス・フエンテスが編集長を務める『文芸メキシコ』誌にも掲載された。

『落葉』と同じくマコンドの衰亡を描いた「土曜日の次の日」は、その他の短篇作品とは別に、後年『ママ・グランデの葬儀』に収載された。『落葉』とほぼ同じ時期に書かれたこの作品は、一九五四年七月、ガルシア＝マルケスの親友が会長を務める〈コロンビア作家芸術家協会〉から短篇小説賞を与えられた。ガルシア＝マルケスは当初、協会が主催する文芸コンテストへの参加には必ずしも乗り気でなかったが、文学賞の質の向上をめざす協会側の強い働きかけもあって、最終的に出品を決意、めでたく受賞の栄誉に輝いたという逸話が残されている。衰滅の予感を漂わせるマコンドの姿を浮かびあがらせた「土曜日の次の日」は、「マコンドに降る雨を見たイサベルの独白」や「火曜日の昼寝」、「ママ・グランデの葬儀」といった短篇作品（後二者は『ママ・グランデの葬儀』所収）や『落葉』と同様、いわゆる〈マコンドもの〉に連なる作品であり、やがて『百年の孤独』に結実することになる孤独のテーマを萌芽として含む佳品である。いずれの作品も、『百年の孤独』の大々的な成功による初期作品の再評価の機運が高まるなかで注目を浴びることになったものだが、そうした事実を別にしても、作家として身を立てる前の、若々しいガルシア＝マルケスの息づかいがそのまま伝わってくる点で、注目に値する作品群といえるだろう。

あるインタビューのなかで彼は、「先に『百年の孤独』を読んでからそれまでの作品に出合えば、読者は試作を読んでいるような印象を受けるのではないか」と危惧の念を述べる一方、「だが、書かれた順に読めば、作品ごとの発展や、全体がひとつの問題に迫ろうとしていることに気づくはずだ」と語っている。ガルシア＝マルケスの作品を年代順に、そして虚心に辿っていくことで、全体を統べる「ひとつの問題」のみならず、そこから派生するさまざまな問題系が展望されるであろうことは間違いない。

かつて安部公房は、ガルシア＝マルケスの作品の本質を要約して、「現代というこの特殊な時代の人間の関係を照射する強烈な光」と評した。その言葉が示唆するとおり、カリブ世界の濃厚な薫りを漂わせたガルシア＝マルケスの小説は、例えばフォークナーの作品がそうであるように、地域性の枠を超えた普遍的な広がりを有するものとして、現代という〈時代〉を体現するものといえるかもしれない。ホルヘ・ルイス・ボルヘス、アレホ・カルペンティエル、フリオ・コルタサル、カルロス・フエンテス、ホセ・ドノソ、マリオ・バルガス＝リョサ、マヌエル・プイグといった作家とともに、ラテンアメリカ文学を世界文学の表舞台に押しあげる重要な役割を担った作家のひとりとして、ガブリエル・ガルシア＝マルケスの作品はいま、あらためてその全貌がみなおされる時機を迎えているのだといえよう。

（おおにし　まこと・法政大学国際文化学部助教授）

付記

本書に収録した諸篇は、左記の各既刊本を底本とし、原語で発表された順序に従って配列した。

『青い犬の目――死をめぐる11の短篇』（福武文庫、一九九四年八月刊）の全篇。
『ママ・グランデの葬儀』（集英社文庫、一九八二年十二月刊、一九九三年十一月第七刷）より「土曜日の次の日」
『短編集　落葉』（新潮社、一九八〇年一月刊、二〇〇〇年二月第二十一刷）より「落葉」

（編集部）

Obras de García Márquez | 1947-1955

落葉《おちば》 他《ほか》12篇《へん》

著　者　ガブリエル・ガルシア=マルケス
訳　者　高見英一《たかみえいいち》　桑名一博《くわなかずひろ》　井上義一《いのうえよしかず》

発　行　2007年2月25日
2　刷　2007年3月25日

発行者　佐藤隆信
発行所　株式会社新潮社
郵便番号 162-8711　東京都新宿区矢来町 71
電話　編集部　03-3266-5411
読者係　03-3266-5111
http://www.shinchosha.co.jp
印刷所　錦明印刷株式会社
製本所　大口製本印刷株式会社

乱丁・落丁本は、ご面倒ですが小社読者係宛お送り下さい。
送料小社負担にてお取替えいたします。
価格はカバーに表示してあります。

Printed in Japan　ISBN 978-4-10-509009-8 C0097

Obras de García Márquez

ガルシア＝マルケス全小説

1947-1955 La hojarasca y otros 12 cuentos
*落葉 他12篇 高見英一 桑名一博 井上義一 訳
三度目の諦め／エバは猫の中に／死の向こう側／三人の夢遊病者の苦しみ
鏡の対話／青い犬の目／六時に来た女／天使を待たせた黒人、ナボ
誰かが薔薇を荒らす／イシチドリの夜／土曜日の次の日／落葉
マコンドに降る雨を見たイサベルの独白

1958-1962 La mala hora y otros 9 cuentos
悪い時 他9篇 高見英一 桑名一博 他 訳
大佐に手紙は来ない／火曜日の昼寝／最近のある日／この村に泥棒はいない
バルタサルの素敵な午後／失われた時の海／モンティエルの未亡人／造花のバラ
ママ・グランデの葬儀／悪い時

1967 Cien años de soledad
*百年の孤独 鼓 直 訳

1968-1975 El otoño del patriarca y otros 6 cuentos
族長の秋 他6篇 鼓 直 木村榮一 訳
大きな翼のある、ひどく年取った男／奇跡の行商人、善人のブラカマン
幽霊船の最後の航海／無垢なエレンディラと無情な祖母の信じがたい悲惨の物語
この世でいちばん美しい水死人／愛の彼方の変わることなき死／族長の秋

1976-1992 Crónica de una muerte anunciada / Doce cuentos peregrinos
予告された殺人の記録 野谷文昭 訳
十二の遍歴の物語 旦 敬介 訳

1985 El amor en los tiempos del cólera
*コレラの時代の愛 木村榮一 訳

1989 El general en su laberinto
迷宮の将軍 木村榮一 訳

1994 Del amor y otros demonios
愛その他の悪霊について 旦 敬介 訳

2004 Memoria de mis putas tristes
*わが悲しき娼婦たちの思い出 木村榮一 訳

*は既刊です。